16

글쓰는기계 게임 판타지 장편소설

초판 1쇄 찍은 날 | 2020년 6월 18일
초판 1쇄 펴낸 날 | 2020년 6월 25일

지은이 | 글쓰는기계
펴낸이 | 예경원

기획 | 위시북스
편집책임 | 이은송
편집 | 위시북스

펴낸곳 | 예원북스
등록번호 | 제396-2012-000132호
등록일자 | 2012. 7. 25
KFN | 제1-542호

주소 | 경기도 고양시 일산동구 호수로 646-24 위너스21II빌딩 206A호 (우)10401
전화 | 031-819-9431 팩스 | 031-817-9432
E-mail | yewonbooks@naver.com

ISBN 979-11-365-3191-9 04810
        979-11-6424-237-5 (Set)

Wish
Books

나는 될 놈이다

16 글쓰는기계 게임 판타지 장편소설
WISHBOOKS GAME FANTASY STORY

CONTENTS

CHAPTER 1

판온에서 다른 지역으로 이동하는 방법은 많았다. 에랑스 왕국처럼 잘나가는 왕국의 경우, 마탑에 가면 왕국 내 다른 도시로 텔레포트도 시켜줬다. 물론 어느 정도 공적치가 있어야 하고, 현상금도 걸려 있지 않아야 하며, 내야 하는 골드도 비쌌지만. 그래도 바쁜 플레이어들은 그런 걸 사용했다.

그런 걸 사용할 처지가 안 되는 플레이어들은 마차를 사용하거나 탈 것을 태워주는 NPC들을 고용해서 움직였다. 그런 면에서 프리카 대륙은 중앙 대륙에 비해 이동수단이 적은 편이었다. 다행히 프리카 대륙에 갈 정도의 플레이어들은 각자 자기 탈것 하나 정도는 갖고 다니는 수준!

그래서인지 날아다니는 플레이어들이 꽤 보였다.

"이야…… 저거 보셨어요? 저거? 저거 저번에 경매장에서 6천 골드 찍었던 말이에요!"

"그래. 그래. 보고 있어."

태현은 이다비의 말에 무표정하게 고개를 끄덕였다. 아까 십 분 전부터 이다비는 주변에 보이는 모든 탈것의 가격을 말하고 있었던 것이다.

"저거 가격은……"

"그래, 그래. 그보다 지금 네가 타고 있는 탈 것이 더 비싸다는 건 알고 있지?"

별생각 없이 말했다. 그냥 지겨워서 튀어나온 말이었다.

'아차.'

"그, 그런……!"

"야, 팔지 마! 팔면 안 돼!"

"안, 안 팔아요!"

둘의 대화를 듣던 케인은 태현에게 물었다.

"야, 우리 쳐다보는 놈들이 좀 많은 거 같은데."

"뭐 그럴 법하지."

태현이 변장을 해도, 이런 날아다니는 오토바이를 타고 돌아다니면 시선을 끌 수밖에 없었다. '나 김태현이다' 하고 자랑하는 거나 마찬가지였으니까. 그래서 변장도 푼 상태였다.

태현은 신경 쓰지 말라는 듯이 말했다.

"앞으로 계속 저런 시선 받을 테니까 신경 끄고 운전에나 집중해."

"버포드를 내버려 두고 온 게 잘한 짓이었을까?"

케인의 걱정에도 일리가 있었다. 영지에 돌아온 케인이 가장 놀란 건 바로 사디크 성기사가 돌아다니는 모습이었다.

-아키서스와 사디크를 위해! 아키서스와 사디크를 위해!

-아키서스를 위하여! 사디크는 좀 덜 위하여!

순간 케인은 자기가 다른 곳으로 온 줄 알았을 정도였다.

"사디크 교단이 거의 망한 상태라 뭘 하지도 못할걸. 널 내 버려 둬도 아무 짓도 안 하는 것처럼."

"과연 그렇…… 뭐?"

"이야. 저기 밑에 배 지나간다."

케인은 태현을 노려보다가 시선을 돌렸다. 바다에서 배를 타고 넘어가는 플레이어들이 보였다. 프리카 대륙으로 갈 수 준이 아닌 플레이어들도 구경을 위해 오고 있는 것이다.

"이제 눈이 안 내리는군?"

"중앙 대륙에만 내리는 거 같네요."

"프로즈란드에도 내려! 프로즈란드에도 내린다고!"

유 회장과 태현의 대화를 듣던 케인이 외쳤다. 프로즈란드 에서 겪었던 일들은 짧았지만 아직도 깊숙이 남아 있었다.

케인도 나름 판온 한 경험이 길었지만, 갈락파드 같은 미친 NPC는 정말 처음이었다.

'잠깐, 갈락파드 그놈은 영지로 올 텐데, 영지에는 사디크 성 기사들이 있고……'

오싹! 등골에 소름이 돋는 걸 느꼈다.

케인은 생각하는 것을 멈췄다. 어차피 여기서 생각해 봤자 달라지는 건 없으니까!

'내 책임 아니야! 김태현이 데리고 온 놈들이니까!'

정확히 말하자면 펠마스였지만.

케인이 갈등하고 있는 동안 유 회장은 말을 이어갔다.

"이 게임은 정말 신기하군. 여름에도 눈이 오고 말이야."

"뭐 판온에선 별일이 다 일어나죠."

"그러면 현실처럼 변화가 생기고 그러나?"

"그렇죠?"

"흠……"

유 회장은 생각에 잠겼다.

여름에 눈이 오면 무슨 일이 일어날까?

"흐으음…… 저기, 이다비 양."

"네?"

"양?"

"양??"

태현과 케인은 놀라서 뒤를 돌아봤다. 유 회장이 저렇게 공손하게 부르다니?

"궁금한 게 있는데 말이야……."

탁-

탈 것에서 내린 태현 일행은 저 멀리 보이는 투기장 건물을 쳐다보았다. 벌써 사람들이 바글바글 서 있었다.

이다비는 흐뭇한 표정으로 사람들의 인파를 바라보았다.

"흐뭇하네요."

"왜 네가 흐뭇해해?"

"저기 파워 워리어 길드원들 안 보이세요?"

정말 남들보다 몇 발자국은 앞서가는 이다비였다. 파워 워리어 길드원들은 신나게 장사를 하고 있었다. 예전과 차이점이 있다면, 당당하게 파워 워리어 이름을 걸고 있다는 것!

태현이 방송에서 자랑(?)을 해준 덕분에, 파워 워리어의 이름값도 같이 올라간 것이다. 덕분에 가입하겠다는 사람들도 확 늘어났다. 과거와 비교해 보면 눈물을 흘릴 정도의 차이였다.

-흑흑…… 파워 워리어에 들어오길 잘했어……!

-친구들이 길드에 초대해 달라고 하면 우리 길드 이름 숨기고 그랬는데……!

-애들아, 나 여기 있거든? 길마 앞에서 길드 욕하는 건 좀 너무하지 않아?

-사실인 걸 어떡해요.

-맞아. 우리 길드 문구가 〈꼬와도 접지 마 너 접으면 우리 길드 망해〉였잖아요.

보통 대형 길드는 쿨했다.

불만 있어? 그러면 나가! 너 없어도 잘 돌아가!

이게 보통 길드원들에게 대하는 태도!

그렇지만 파워 워리어는 정반대였다.

불만 있어도 나가지 마! 너 나가면 우리 길드 망해!

절박함과 구질구질함을 당당히 파워 워리어!

"헉, 김태현이에요?"

"와! 김태현이다! 케인도 있어!"

"팬이에요!"

태현 일행을 알아본 플레이어들이 우르르 달려왔다. 예쁘장한 엘프가 손을 잡고 웃자 케인의 얼굴이 헤벌쭉해졌다.

"이번 대회 기대하고 있어요!"

"감, 감사합니다……?"

태현에게도 여성 팬들이 몰려들어서 환호했다.

그걸 본 이다비가 살짝 볼을 부풀렸다.

그 순간 태현에게 귓속말이 들어왔다.

-뭔가 이상해.

-네?! 저 아무 생각도 안 했어요!

-뭔 소리야?

-……그러게요. 뭔 소리일까요? 아하하하!

-쟤네들이 수상하다고.

-네? 뭐가 수상해요?

-대회를 앞두고 저렇게 친절하게 다가오는 게 수상하잖아.

-……태현 님. 보통 세상에는 그런 걸 팬이라고 부르는데.

-아냐. 수상해. 제네 하는 거 잘 보고 방심하지 마.

이다비는 어이없다는 듯이 태현을 쳐다보았지만 태현은 진지했다.

"이거! 드셔주세요! 저희가 직접 만든 음료예요!"

"네? 대회에서는 음식 버프가 의미 없는데요?"

"아, 그렇군요. 죄송해요……! 기껏 만들었는데!"

"아닙니다! 마시겠습니다!"

미안한 표정을 지으며 엘프 플레이어가 내밀었던 음료를 가져가려고 하자 케인이 기겁하며 말렸다.

당장에라도 원샷할 기세!

태현은 〈중급 요리〉 스킬에 〈괴식 요리〉 스킬까지 갖고 있었다. 그런데도 음료에서는 별다른 게 뜨지 않았다.

만약 함정이라면 정말 잘 만든 함정!

그러나 태현은 이런 함정을 바로 잡아낼 수 있는 사기 스킬을 갖고 있었다.

-신의 예지!

'역시!'

신의 예지 스킬은 저 음료가 매우 불길하다고 알려주고 있었다.

-먹지 마, 이 멍청한 놈아!

-어? 왜? 아. 설마……!

태현은 케인의 반응에 안도했다. 그래도 얘가 성장을 하는 구나!

-너 지금 나한테만 준다고 질투하는구나!

태현은 그냥 내버려 둘까 하고 생각했다. 그렇지만 참았다. 미운 정이 뭔지!
'나 참. 나만큼 착한 사람도 없다니까.'

-그 음료에 독 들었다.
-뭐?
-음료에 독 들었다고. 출전하기 싫으면 마시던가.

케인은 당황한 눈으로 앞의 플레이어들을 쳐다보았다. 태현이 성격이 더럽고 야비하고 비열하고 치사한 놈이었지만 이런 거짓말을 하지는 않았다. 그렇다면 이건 정말로 함정?
'이, 이 사람들이 모두?'
"자, 자! 케인 혼자 마시면 좀 그렇죠! 저희도 받았는데 보답을 해드려야 하지 않겠습니까?"
태현은 바로 가방에서 음료를 꺼내 팬들에게 건넸다.
"네? 저희는 괜찮……"

"아뇨! 같이 마셔야죠! 혼자 마시면 케인이 너무 쑥스러워할 겁니다! 자자! 츄라이! 츄라이!"

팬들은 당황했지만 태현이 내미는 음료를 받아들였다.

'뭐 별일 없겠지?'

'그냥 같이 마시면 될 거야.'

"자, 그러면 투기장 대회를 위해서!"

짠!

태현은 상대가 망설일 틈을 주지 않고 몰아붙였다.

뒤에서 보던 이다비가 감탄할 정도!

'사람을 함정에 빠뜨리는 게 정말 능숙해!'

꿀꺽-

[상대가 <즉석에서 만든 괴물 음료>를 마셨습니다. 요리, 괴식 요리 스킬이 오릅니다.]

"……뭔 음료??"

상대방도 메시지창이 떴는지 어리둥절한 표정이었다.

괴물 음료가 뭐야?

"아무나 마실 수 없는 귀한 음료죠."

"으아악!"

"꺄아아악!"

비명과 함께 음료를 마신 플레이어들이 마비 상태에 빠졌다. 태현은 케인에게 준 음료를 들고 다가섰다.

"아이고, 제가 뭘 잘못 만들었나 봅니다. 미안하게 됐어요. 이 음료 마시고 회복하세요."

"읍! 읍읍!"

"마비 상태는 내버려 둬도 곧 풀리지만, 여러분들이 이러고 있는 걸 보니 너무 마음이 아프네요. 자! 원샷!"

꿀꺽-

마비 상태에 있던 플레이어들의 얼굴이 새파랗게 변했다.

"커헉!"

"커허어억!"

"와, 미친. 독을 뭐 얼마나 넣은 거야?"

얼굴색이 붉은색, 푸른색, 초록색으로 차례차례 변하다가 로그아웃 당하는 걸 보고 태현은 기겁했다.

저 정도 독이면 거의 장인이 만든 독 수준 아닌가!

"이런 식으로 날 엿 먹일 놈들이 대체 누구……."

"너무 많지 않나요?"

"그렇긴 해."

보통 대회 전에 이런 일을 겪으면 '설마 다른 팀이 대회 출전을 방해하려고 이러는 건가?' 의심을 하게 마련이었다.

그러나 태현의 경우는 달랐다. 원한을 가진 다른 사람들을 먼저 의심을 해봐야 하는 수준!

'원한을 너무 많이 샀어.'

태현은 그렇게 생각하며 고개를 저었다. 그래도 이런 식으로 독을 만들어서 함정을 파려면 용의자가 좁혀졌다.

'일단 요리 스킬이 뛰어나야 할 거고, 독 구해서 대회 전에 케인한테 먹이려고 할 정도 능력이면······ 설마 레스토랑 길드인가?'

레스토랑 길드. 쑤닝 길드와 친한 길드 중 하나였다.

요리사들로 만들어진 길드였고, 예전에도 한 번 요리에 독을 타서 날로 먹으려다가 태현한테 꼬리를 잡힌 적이 있었으니 이런 일을 벌여도 놀랍지 않았다.

"그런데 어떻게 아신 거예요?"

이다비가 신기하다는 듯이 물었다. 아무리 봐도 상대방은 그냥 팬으로밖에 보이지 않았던 것이다.

실제로 케인은 거기에 넘어가서 해롱해롱하지 않았는가.

그런데 태현은 눈치를 챘다. 대체 뭘 본 것일까?

"아. 케인을 좋아하는 거 같길래 수상하다고 생각했어."

이다비도, 케인도, 바닥에 쓰러져서 곧 로그아웃 당할 플레이어들도 믿지 못하겠다는 눈빛으로 태현을 쳐다보았다.

고작 저런 이유로 사람을 의심하다니!

"아니었으면요?"

"뭐, 내 팬이니까 용서해 주겠지. 케인이 의심 가서 시켰다고 하면 될 거야. 어차피 이번 대회에서는 쟤가 좀 싸가지 없는 이미지잖아."

"야!!"

"조용히 해, 인마. 넌 내 덕에 목숨 구한 줄 알아. 안 그랬으면 대회 출전도 못 했어."

케인은 태현의 말에 흠칫했다.

생각해 보니 등에 땀이 흘렀다. 여기서 로그아웃 당하면 대회 참가 전에는 다시 접속이 불가능했다.

설마 설마 했지만 정말로 이런 식으로 대회 참가를 방해하려는 놈들이 있다니!

"진짜 이런 짓을 하는 놈이 있단 말이야?"

"왜 없겠어. 나 같아도 하겠는데."

너무 당연하다는 듯이 말하는 태현이었다.

"습격을 당했어?!"

이세연은 깜짝 놀라 외쳤다.

그녀가 놀랄 만했다. 이 MBS팀에서 가장 책임감을 크게 갖고 있는 게 그녀였으니까!

태현이야 '아 망하면 망하는 거지~ 난 신경 안 써~'이러고 있었고, 도동수는 '김태현 죽인다 김태현 죽인다' 이러고 있었다. 그나마 케인이나 김철수가 협조적이기는 했지만, 두 명 모두 태현이나 도동수를 관리할 능력은 없었다.

즉 모두를 관리할 힘이 있는 건 이세연뿐!

"괜찮아. 안 죽어."

"지금 그걸 말이라고 해?!"

이세연은 태현의 양팔을 붙잡고 앞뒤로 흔들었다.

"상대가 누구였는데?"

"음…… 짚이는 게 너무 많아서 확정하기가……."

"……그래. 넌 그랬지. 안 되겠다. 내 길드원 몇 명 붙여줄 테니까 너하고 케인 씨는 같이 다니는 게 좋겠어."

"나로도 충분한데?"

"너 걱정하는 게 아니라 케인 씨가 걱정이야. 넌 내버려 둬도 혼자 잘 살 테니까 걱정 안 해."

둘의 대화를 듣던 다른 사람들의 표정이 기묘하게 변했다.

저게 걱정을 하는 걸까, 아닌 걸까?

"하긴…… 케인은 약해서 금세 죽을 수 있겠군."

"약하긴 누가 약해!? 여기서 생존력만 따지면……."

케인은 말하다가 멈칫했다. 그가 분명 생존력이 강한 탱커 계열의 직업이기는 했지만, 따지고 보면…….

미친 회피력의 태현, 강력하고 다양한 회복 스킬을 갖고 있는 김철수, 비록 마법사지만 전설 직업의 강력한 특별 스킬들을 갖고 있는 이세연까지. 만만한 사람이 없었다.

"……그래도 내가 꼴등은 아니다!"

케인이 무슨 생각을 했는지 깨달은 도동수가 케인을 노려보았다. 그러나 온갖 시련을 겪으면서 성장한 케인은 도동수의 시선 정도는 신경도 쓰지 않았다.

"어쨌든 너희가 적 많은 건 알겠어."

"저는 아니에요! 이 자식이 많은 거지!"

케인이 방방 뛰면서 태현을 가리켰지만 아무도 수긍하지 않았다. 이미 두 사람은 1+1 세트나 마찬가지!

보통 태현을 싫어하는 사람들은 케인도 같이 싫어했다.

"대회 시작하면 끝날 때까지는 투기장 근처에 있어. 그보다 이건 당연한 거 아니야!? 다른 팀들은 다 그러는데!"

"진정해. 그럴 테니까."

"누구 때문에 이러는데! 그리고 길드원 붙여줄 테니까 같이 다니고! 실수해서 네 명으로 출전하게 되는 일은 없어야 해. 알겠어?"

"알겠어. 알겠어."

태현이 고개를 끄덕이고 일행과 같이 나가자, 이세연은 도동수에게 시선을 돌렸다.

"그쪽도 들었겠지?"

"흥. 나는 알아서 잘할 수 있다."

"그럴 거라고 믿고 있어. 최소한의 지시에는 따라줬으면 좋겠는데."

"흥. 난 네 지시를 받으려고 들어온 게 아니거든."

"대회에서 망신을 당하고 싶지는 않을 텐데?"

도동수는 대답하지 않고 나가 버렸다. 이세연은 한숨을 푹 내쉬었다. 김철수가 그걸 보고 안쓰럽다는 듯이 말했다.

"죄송합니다. 별로 도움이 안 되어서……."

"아뇨. 어차피 김철수 씨가 말하신다고 달라질 건 없으니까……. 어떻게 이렇게 협조하기 힘든 사람들만 모였는지 모르겠어요. 어느 정도는 자업자득이긴 한데……."

태현과 같이 팀으로 대회에 나가보고 싶어서 욕심을 부린 일이 이렇게 될 줄이야. 사실 도동수나 태현 중 한 명만 없어도 분위기는 훨씬 더 화목해질 것 같긴 했다.

'그래도 일단 제대로 돌아가기는 할 거 같네.'

태현은 일단은 이세연의 말을 들어줄 것이고, 도동수도 대회 욕심이 있으니 대놓고 미친 짓은 하지 않을 것이다. 아슬아슬하기는 했지만 어떻게 수습은 될 거 같았다.

"아, 진짜. 짜증 나."

"……."

"진짜 진짜 짜증 나! 내가 왜!"

이세연이 태현과 케인의 호위를 위해 부른 길드원은 김현아와 그 친구였다. 당연히 태현을 고운 눈길로 볼 리 없었다. '이래도 괜찮나?' 싶을 정도로 짜증을 부리는 김현아!

물론 태현이 그런 김현아의 마음을 이해해 주고 가만히 있을 사람은 아니었다.

"야! 세연아! 네가 믿고 맡긴 동생이 나 너무 싫어서 네가 맡긴 일 제대로 안 한단다! 우리는 그냥 따로 다닐 읍!"

바로 고자질을 하러 움직이는 태현!

"미친 거 아냐?!"

김현아는 새파랗게 질려서 태현의 입을 막으려 들었다. 세상에 저렇게 치사한 짓을 당당하게 할 수 있는 사람이 있다니!

"네가 하기 싫대서 배려해 주는 거잖아."

"그게 어디가 배려야!!"

"알겠어. 다른 식으로 배려해 주지. 난 괜찮으니까 얘만 지켜라. 얘가 제일 약하거든."

태현은 케인을 가리키며 말했다. 케인은 매우 굴욕적인 표정을 지었다.

"이 사람이 제일 약한 거야?"

"그렇지."

"확실히 좀 약해 보이긴 했어."

"겉으로도 그렇지만 실제로도 약하지."

"아니야! 아니라고! 이것들아!"

결국 폭발한 케인이었다.

"여러분, 대기실로 와주시죠. 이제 곧 경기가 발표됩니다."

MBS 직원이 와서 말했다. 곧 있을 팀 블루와의 대결. 그 대결에 사용될 투기장 맵이 이제 곧 결정되었다.

"원하는 맵이라도 있냐?"

"글쎄. 다 상관없긴 한데……."

태현은 생각에 잠겼다. 이세연이 몇 번이고 메일을 보내서(확인할 때까지 전화를 걸어댔다) 동영상을 보긴 봤다. 치열한 예선을 뚫고 올라온 것에서 알 수 있듯이, 상당히 잘 균형이 잡힌 팀이었다. 정석적인 직업 구성에, 어떤 변수에도 대처할 수 있는 능력이 있는 단단한 팀!

그에 비해 태현의 팀은 각자 능력은 좋았지만 모래알 같은 팀워크 능력을 갖고 있었다.

'좀 흔들지 않으면 귀찮아질 수 있겠군. 투기장 맵은……
장애물이 좀 많았으면 좋겠는데.'

그러는 동안 팀 블루도 작전 회의에 들어가 있었다.

태현의 팀과 달리 화기애애한 팀 분위기!

"모두 준비됐지? 연습한 대로만 하면 돼."

"맡겨만 둬. 특히 그 케인 자식은 내가 발라 버릴 테니까. 아
주 개망신을 당하게 해주겠어."

이주형은 이를 갈며 케인을 욕했다. 일은 태현이 저질렀는
데 아무도 태현을 욕하는 사람이 없는 이 불합리함!

다른 팀원들은 굳이 말리지 않았다.

'주형이는 원래 저래야 실력이 좀 나오니까.'

'열심히 하는 건 좋지.'

"케인하고 김태현은 분명 같이 움직일 거야. 2명, 2명, 1명.
이런 식으로 움직이지 않을까 싶은데."

"연습 경기에서 보여줬던 것처럼? 확실히 무난하긴 해. 도동
수는 피하면 잡기 힘들고, 태현-케인, 이세연-김철수는 둘 다
강력한 조합이나……."

"도동수는 연습대로만 하면 충분히 막을 수 있어. 원철아.
할 수 있지?"

"물론이지. 타깃만 잘 설정해."

팀 블루의 플레이어 중 한 명은 〈목표 추적〉 스킬을 갖고

있었다. 한 명을 지정해서 잠깐의 시간 동안 위치를 파악할 수 있는 스킬. 잘 사용하면 도동수가 어디로 향하는지 알 수 있었다.

"도동수는 어차피 도적이야. 나하고는 상성이 최악일걸."

"좋아. 믿는다. 그러면 나머지는 그동안 버티는 건데…… 태현-케인 이 두 명이 좀 위험해. 이세연-김철수는 시간 끌면서 버틸 수 있는데 김태현은 진짜 장난 아니야. 연습 경기 보니까 눈 깜박할 사이에 폭딜을 넣더라고."

"케인이 끌어오고 김태현이 딜을 넣고. 심플하지만 진짜 상대하기 어려워."

전부 레벨이 100으로 맞춰진 상황에서 이세연-김철수 조합은 그렇게 파괴적인 딜링 능력을 보여주지 못했다. 그러나 김태현과 케인은 저 상황에서도 무시무시한 딜링 능력을 보여주었다.

"역시 장애물이 많은 맵이어야 해. 그래야 조준을 피하지."

"제발 장애물 많은 맵. 장애물 많은 맵……."

팀 블루의 플레이어들은 간절히 기도했다.

-이번 경기의 맵은 〈마법 폭주의 숲〉입니다!

-마법 폭주의 숲은 어떤 맵이죠?

-기본적으로 장애물이 많은 숲에, 마법 폭주 속성이 붙은 맵입니다. 마법의 위력이 늘어나지만 폭주해서 부작용이 일어날 가능성도 있는 거죠. 약간의 변수가 되겠어요.

-장애물이 많으니 이것도 꽤 변수겠군요.

-네. 평소에 싸우던 것과 좀 다르게 접근을 해야 할지도 모르겠습니다. 도적, 궁수 직업 같은 경우에는 은신하기 쉽고, 또 근접전을 벌일 때도 신경을 써야 하죠.

"됐다! 됐다!"

팀 블루는 환호성을 질렀다. 조마조마하고 있었는데 다행히 원하던 맵에 걸린 것이다.

그러는 동안 태현의 팀도 상의를 하고 있었다.

"이번 경기에서 케인이 망신을 당할 거 같냐, 안 당할 거 같냐?"

"전 당할 거 같아요."

"그래? 난 그러면 안 당한다에 걸까…… 아니, 난 당한다에 걸고 싶은데. 당할 거 같아."

"둘 다 당한다에 걸면 내기가 성립이 안 되잖아요."

부들부들!

케인의 꽉 쥔 주먹이 파르르 떨렸다. 그 김현아도 불쌍하다는 듯이 케인을 쳐다볼 정도!

"흠흠. 맵이 정해졌군."

유 회장이 와서 기침을 하며 말을 걸자 모두 고개를 돌렸다. 이세연은 이다비에게 속삭였다.

"그런데 저분은 누구시길래 김태현하고 같이 다니는 거야? 집안 어르신인가?"

"친한 거 같기는 해요."

"그래?"

관계없는 사람은 내보내려던 이세연은 멈칫했다. 태현의 친인척이면 내보내기가 뭐했던 것.

'그런데 여기는 왜 오신 거지? 김태현 응원하러 오셨나?'

"모두들 같이 사진이나 한 방 찍는 건 어떤가?"

"어르신……."

"아, 아니. 꼭 내가 찍고 싶은 건 아니고!"

"그냥 방송국에서 같이 찍으시죠? 어차피 본 경기 때 방송국에서 모일 텐데."

"그게 사정이 있어서…… 내가 방송국에는 못 간다."

태현은 뭔 소린가 싶었지만 더 이상 묻지 않았다. 사실 별로 안 궁금했던 것이다. 그냥 사진 한 방 찍어달라는데 그게 뭐 어렵나 싶기도 했고.

그러나 한 명은 아니었다.

"내가 왜 이런 걸 찍어야 해? 쳇. 다른 팬들이 해달라고 해도 안 해주는 거라고. 왜 김태현만 특별 취급하는 거지? 이건 공정하지 않잖아."

태현이 하는 일이라면 뭐든지 싫은 도동수!

도동수는 유 회장이 누군지 몰랐다. 그저 태현이 데리고 온 아저씨일 뿐! 맞는 말이기도 했다.

태현은 어깨를 으쓱거리며 대답했다.

"맞는 말이네. 그럼 찍지 말자."

안 찍으면 아쉬운 건 유 회장이지 태현이 아닌 것!

그리고 태현은 유 회장이 아쉬워하거나 말거나 정말 조금도 신경 쓰지 않을 사람이었다.

도동수가 놀라고 유 회장도 놀랐다.

그리고 유 회장은 도동수를 노려보았다. 다른 사람들의 노려보는 눈빛과는 차원이 다른, 박력 넘치는 눈빛! 오랫동안 재계에서 군림한 거물만이 보낼 수 있는 위압감 넘치는 눈빛이었다.

'이놈……! 네놈 때문에……!'

'헉, 대체 무슨 눈빛이……!'

도동수는 황급히 시선을 피했다. 누군지는 모르겠지만 보는 순간 뱀 앞의 개구리가 된 기분이 들었다.

'내가 너의 이름을 기억했다! 너는 절대로 유성에서 만들 팀에 들어가지 못할 것이다!'

쪼잔한 복수를 다짐하는 유 회장이었다.

"그런데 어르신."

"흠흠. 역시 너밖에 없다. 그래. 내가 평소에 말은 안 했지만 네가 참 괜찮은 놈이라고 생각했……."

"지금 사진 때문에 이러시는 겁니까?"

"아, 아니야!"

'사진 찍고 싶으셨군.'

미련이 철철 넘치는 유 회장의 얼굴. 태현은 고개를 절레절레 저었다.

"그래요. 아니라면 뭐 아닌 거겠죠. 다름이 아니라 지수가 요즘에 안 보이는데, 지수 요즘 뭐 합니까?"

"네깟 놈이 왜 지수가 뭐 하는지 관심을 가지는 것이냐!"

바로 튀어나오는 유 회장의 분노!

아까까지 칭찬하던 모습과는 정반대의 모습이었다.

"방금 저보고 괜찮은 놈이라고 하지 않으셨어요?"

"네가 잘못 들은 거겠지. 흥."

"아니, 지수가 안 보여서 물은 건데 왜 화를 내세요?"

"모른다. 흥."

"그러면 뭐 지수한테 연락해서 물어보죠."

"잠, 잠깐!"

유 회장은 팔을 뻗어 태현을 말렸다.

"입시 준비 중이다."

"네?"

"입시 준비 중이라고! 내 손녀는 고등학생이다."

"어……."

정말 생각지도 못한 이유! 태현은 고개를 끄덕였다.

"그거라면 어쩔 수 없죠."

여름이 거의 끝나가고 있었으니, 몇 달 남지 않은 셈이었다.

오히려 지금까지 판온을 했던 게 더 이상하게 느껴질 정도!

"근데도 용케 판온을 했네요?"

"내 손녀야 똑똑해서 자기 할 거 다 알아서 잘하는 애니까. 자기 성적 다 유지하니까 나도, 애비도 가만히 있었지. 그렇지만 아무래도 슬슬 집중해야 할 때 같아서……."

"지수가 잘 받아들이던가요?"

유 회장은 대답하지 않았다. 태현은 씩 웃었다.

"걔를 위해서야!"

"뭐 맞는 말이긴 해요. 집중할 때긴 하죠."

"너는 어땠는데?"

"저는 놀 거 다 놀고 잘 갔죠."

유 회장은 복잡한 표정으로 태현을 쳐다보았다. 분명 대단한 놈이긴 한데 왜 이렇게 얄미울까?

'잠깐, 그러면 지수 본선 진출했으면 대회와 수능을 동시에 치르려고 했던 거였나? 대단한데?'

물론 지수의 가족들이 그걸 듣고 '우리 딸 장하구나! 한 번 그렇게 해보렴!'이라고 말할 것 같지는 않았다. 애초에 '네 마음대로 살아라, 난 모르겠다~' 하고 방치하는 김태산을 아버지로 둔 태현과 유성그룹의 회장을 할아버지로 둔 유지수는 입장부터가 달랐으니까.

"뭐, 걱정 마세요."

"그렇지? 내 손녀는 알아서 잘⋯⋯."

"어르신 돈 많으니까 여차하면 유학 보내면 되죠."

유 회장의 얼굴이 차갑게 식었다.

"하하. 농담입니다."

"다시는 그딴 농담 하지 말게! 그리고 그 애는 벌써 거절했네. 유학이 가기 싫은 것 같더군."

"왜 그런 거 같습니까?"

"글쎄? 친구들이 다 한국에 있어서? 해외에서 적응하기 힘들 거 같아서? 아니, 자기를 아끼고 사랑하는 가족들이 다 한국에 있어서일지도 모르겠군."

"그건 아닌 것 같은데……."

"뭐라고 했나?"

"아무것도 아닙니다."

유지수와 관련될 때 유 회장은 정말로 무서웠다. 태현도 살짝 위축될 정도!

"어쨌든 성적은 충분해. 실수만 안 하면 원하던 곳에 갈 수 있을 거야. 역시 내 손녀답지. 스스로의 힘으로 미래를 개척……."

"음, 회장님 집에서 먹고 사는데 딱히 스스로의 힘은 아닌 것 같지만……."

"아까부터 이놈은 왜 자꾸 내 손녀의 미래에 초를 치는 거냐? 이놈. 내가 낚싯대를 들게 하지 마라!"

"진정하세요. 그래서 어디 가려고 합니까?"

"국내라면 당연히 한국대지."

한국 최고의 대학교, 한국대. 유학을 가지 않는다면 국내에서 최고로 좋은 곳을 가야 했다. 그리고 유지수는 능력이 됐다.

"아. 그래요? 무슨 과?"

"그건 아직 고민 중인 거 같더군. 내 생각에는 아마 경영학과를 가지 않을까 싶은데……."

"위대한 사유의 철학과 어때요?"

"……아니면 법대도 나쁘지 않지."

"역사와 전통의 국문학과는?"

"이놈이 정말 누구 인생을 망치려고!"

유 회장은 결국 울컥해서 태현의 멱살을 잡으려고 덤벼들었다.

"아니, 왜 그래요! 철학과나 국문학과가 뭐가 어때서!"

"이놈이 진짜!"

"지수가 뭘 좋아하는지 아직 모르는 거잖습니까!"

"적어도 저 두 개는 아니야!"

"와, 어르신 지금 자기 욕심에 손녀를 맞추는 그런 겁니까? 자기가 원하는 과에 지수가 가야 한다 이거?"

"아, 아니. 내가 언제!"

태현한테 나쁜 놈으로 몰리자 유 회장은 필사적으로 변명했다. 다른 공격이었다면 눈 하나 깜박이지 않았지만, '나쁜 할아버지' 공격에는 흔들릴 수밖에 없었다.

"나는 내 손녀가 어디를 가든 응원하고 지원해 줄 생각이야."

"예. 예. 물론 그러시겠죠."

전혀 동의하지 않는 태현의 '그러시겠죠'에, 유 회장의 이마에 힘줄이 돋아났다.

"정말이라고!"

"그래요. 믿는다니까요. 어르신은 신세대셔서 손녀가 뭘 하든 믿고 지원해주시겠죠. 알아요."

유 회장은 뭔가 찜찜한 기분이 들었다. 속아 넘어간 거 같은 기분!

"그런데 지수가 국문학과 오면 제 후배가 되는 건가요?"

"⋯⋯국문학과는 절대 못 가게 해야겠군."

"네?"

"아무것도 아니다."

"한국대표팀은 뭐 저렇게 이야기를 많이 하는 거지?"

"곧 경기잖아. 맵도 나왔고. 당연히 상의를 해야지."

"그전까지는 모이지도 않아놓고?"

"맞아."

태현 팀은 다른 팀들과 달리 대회를 코앞에 두고서도 경기장에 모이지 않는 홀륭한 팀워크를 보여주었다. 당연히 이 모습은 다른 팀들이나 팬들의 눈에 들어올 수밖에 없었다.

'한국대표팀은 너무 자신감이 넘쳐서 사전 연습도 필요로 하지 않는다!'

'평소에 하던 대로만 해도 이길 자신이 있어서 연습 안 한다!'

'케인이 말했는데, '내가 연습하면 너무 쉽게 이길 테니 밸런스를 위해 연습하지 않고 있는 거다'래!'

헛소문이 퍼질 정도!

그런 한국대표팀이 저렇게 뜨겁게 이야기하고 있으니 주변의 팬들은 신기해할 만했다.

"저 아저씨는 누구지?"

"글쎄. 감독인가?"

"벌써 팀에 감독이 있어?"

"감독 붙어도 이상할 거 없지. 벌써 프로게임단에서 스카우트 제안이 왔다던데."

"정말로? 대단하다."

밖에서 뭐라고 하거나 말거나, 태현은 대기실에서 묵묵히 스킬을 사용하고 있었다.

아티팩트 제작! 갖고 있던 재료 중 쓸만한 재료들을 대충 쓸어 넣어 반지를 만들려고 하고 있었던 것이다.

"가자! 이제 나가야 해."

"뭐? 이거 좀만 더 만들면 안 되나?"

수많은 사람들이 지켜보는 가운데, 투기장 대회의 첫 번째 경기가 시작되었다.

"자. 여기까지 오는 데 이런저런 일들이 많았다는 건 알아. 그렇지만 이제 다 잊고 경기에 집중할 때야. 알지?"

"……."

"……."

'아오, 이 진상들.'

태현과 도동수를 보며 이세연은 속으로 욕했다.

"예상대로라면 상대방은 분명…… 야! 안 듣고 가?!"

"나는 나보다 약한 녀석의 명령 따위는 듣지 않는다!"

탓-

도동수는 더 이상 말을 듣지 않겠다는 듯이 경기장의 문을 열고 앞으로 나가 버렸다. 그 뒤를 향해 태현이 외쳤다.

"그러면 우리 말 들어야지!"

-아! 처음 시작을 연 것은 도동수 선수군요.

-과감하게 움직이고 있습니다. 사실 이 투기장 경기에서 하나의 진지를 점령하는 데에는 꽤 시간이 걸리니, 처음에 그렇게 서두를 필요가 없거든요. 그런데 저렇게 먼저 움직인다는 건 자신감이 있다는 거예요. 한국 팀은 이미 어떻게 할지 다 생각이 끝나 있다는 겁니다.

-그렇죠. 그런 게…… 방금 도동수 선수가 욕했나요?

-네? 설마요. 팀원과 대화하는 걸 착각한 거겠죠.

-그렇죠?

그러는 동안 이세연은 이를 갈며 말했다. 첫 번째 경기의 시작을 이런 식으로 해야 하다니. 분노가 치솟았지만 지금 화를 터뜨릴 정도로 그녀는 어리석지 않았다.

"좋아. 첫 번째 경기니까 상대방이 어떤 걸 준비해 왔나 가 보자. 저번처럼 움직여."

"가운데로 갈까?"

"그래. 부탁해."

이세연과 김철수는 위로, 태현과 케인은 가운데로, 도동수는 아래로. 그리고 그러는 동안 팀 블루는 기다렸다.

-팀 블루는 기다리는데요?
-아, 뭘 노리는 거죠?
-아마 팀 블루 플레이어 중 맵을 볼 수 있거나 상대방 움직임을 볼 수 있는 플레이어가 있지 않을까 싶습니다. 그렇지 않으면 지금 가만히 있을 이유가…… 아, 움직입니다!

한 박자 늦게 움직이기 시작한 팀 블루의 조합은 2, 2, 1.
도동수 쪽으로 향하는 팀 블루의 플레이어는 차원철.
거의 똑같은 전략이었다.

-아, 똑같습니다! 각 진지에서 똑같이 만나게 됐어요!
-이렇게 되면 정말 실력 승부겠는데요?!

케인은 긴장한 얼굴로 숲을 쳐다보았다. 약간 경사진 언덕을 올라가야 나오는 가운데 진지. 이제 여기를 올라가면 언제 적이 나올지 알 수 없었다.
한순간의 실수로 승패가 갈라지는 냉정한 프로의 세계! 이제까지 해왔던 걸 생각하니 갑자기 심장이 두근두근 뛰었다.
'후욱. 후욱. 긴장하지 말자. 긴장하지 말자. 나는 할 수 있다. 나를 믿자. 내가 이제까지 해온 걸 생각해 보자…….'
케인은 잠깐 눈을 감았다 떴다. 뒤에 태현이 있다는 게 이렇게 믿음직할 수 없었다. 온갖 욕은 해도 이런 상황에서는 가장 믿음직스러운 게 태현!

그가 실수해도 어떻게든 해주겠지 하는 믿음이 있었다.

'좋아. 가자!'

뜨겁게 다짐하는 케인. 거기에 호응하듯이 옆에서 열기가 느껴졌다.

'뭐지? 내가 마음을 굳혀서 그런가? 이 열기는…… 김태현 이 녀석도 지금 각오를 해서 느껴지는 마음의 열기?'

케인은 고개를 돌렸다. 그리고 비명을 질렀다.

"뭐야?!"

옆에서 태현이 숲에 불을 지르고 있었다.

-뭐 하는 거야, 뭐 하는 거야, 뭐 하는 거냐고!

-시끄러워, 인마. 불 지르잖아.

태현은 가운데 진지 밑의 숲에 불을 지르고 있었다. 아직 보고 있는 사람들은 눈치채지 못했지만, 이건 사디크의 화염이 었다. 일반적인 화염과는 차원이 다른 화염!

그리고 태현은 마지막으로 도동수가 간 아래쪽 진지의 숲에 도 겨냥해서 사디크의 화염을 발사했다.

화르륵!

-거기는 왜?!

-이렇게 해놓으면 도동수도 한 명은 잡겠지?

……미친놈아!!

태현의 속셈은 간단했다. 가운데 진지에 불을 지르는 이유는 태현에게 유리한 전장을 만들기 위해서였다.

사디크의 화염 속에서 싸우면 당연히 유리한 건 태현. 그리고 밑의 진지 쪽으로 불을 지르는 이유는…….

'도동수 쪽으로 몇 명이 오든 간에 도동수가 한 명은 잡고 죽어야 게임이 안 꼬인다.'

아무리 그래도 본선까지 올라온 팀들인데, 태현이 전부 다 쓸어버리고 이기는 건 불가능했다. 처음에 판이 완전히 기울어지는 걸 막아야 했다.

그렇지만 태현의 팀은 콩가루 그 자체! 도동수가 말을 안 들을 거라는 건 이미 예상을 한 상태였고, 상대방 팀이 바보가 아니라면 어떻게든 그 허점을 파고들 것이다.

'도동수를 카운터 칠 수 있는 놈이 한 명 오거나, 아니면 두 명 이상이 한 번에 잡으려고 하던가. 어떻게 되든 간에 도동수는 도적 직업이니 이렇게 불 질러놓고 난장판으로 만들면 한 명은 잡고 죽겠지.'

거기에 얄미운 놈이 가는 곳에 불 지르는 즐거움은 덤!

사실 이 이유가 더 큰 거 같기도 했다.

케인은 의외로 그럴듯한 말에 안도의 한숨을 내쉬었다.

-그런 거면 미리 말을 하라고. 놀랐잖아. 왜 나한테만 말을 안 한 거야?

-다 말 안 했는데?

……야!!

도동수는 은신 스킬을 사용하고 빠르게 움직였다. 영웅 직업, 〈그림자 춤꾼〉을 갖고 있는 도동수에게 은신 계열 스킬은 밥줄이나 마찬가지였다.

그림자 속에 숨어서 움직이다가 상대가 보이면 뒤를 친다!

그런 면에서 숲으로 전장이 정해진 것은 행운이었다. 더 숨을 곳이 많아지고, 더 다양한 전술이 가능해졌으니까.

도동수는 운이 따라준다는 걸 느꼈다.

'김태현 자식만 띄워주는 건 사양이다. 이번 경기에서는 내가 활약한다!'

판온 1의 김태현과 같은 팀을 하는 것도 속이 뒤집히는데(김태현과 이세연은 한사코 아니라고 하지만 도동수는 거의 확신하고 있었다), 주목도 김태현 혼자 다 받고 있었다.

엿 먹이려고 나왔는데 오히려 태현을 부각시켜 주게 된 상황! 더 환장하겠는 건 그가 할 수 있는 게 별로 없다는 것이었다. 의도적으로 깽판을 치거나 태현을 방해하면 오히려 그가 속 좁은 놈으로 몰리는 상황이라니.

사실, 방송에서 태현이 의도적으로 그런 판을 만든 건 아니었지만 도동수 입장에서는 모든 게 사악한 계략으로 느껴졌다. 결국 답은 하나였다.

'실력이다. 일단 실력으로 내 위치를 확보하고 나서 김태현 놈을 밟아버리는 거야.'

팀 내에서 태현과 싸우더라도 지금 도동수의 편을 들어줄 여론은 별로 없었다. 활약을 좀 해야지 나중에 문제가 생겨도 '김태현 잘못이다' 같은 말들이 좀 나올 테니까!

도동수는 이번 경기에서 최대한 활약을 할 생각이었다. 결승이나 4강전 전에 활약을 해서 팀 내의 위치를 탄탄히 쌓고, 그다음 태현을 공격해서 무너뜨린다.

도동수는 멈칫했다. 저 밑의 길에서 대놓고 한 명의 플레이어가 걸어오고 있었던 것이다.

'뭐지? 함정인가?'

이런 상황에서 몸을 숨기지 않고 당당히 걸어오다니. 함정을 먼저 생각할 수밖에 없었다. 그러나 몇 가지 탐색 스킬을 써도 함정은 없었다. 주변에는 아무도 없었고.

'그렇다면 여기에는 한 명만 온 건가?'

1:1 상황. 가장 기본적이지만, 가장 실력 발휘를 하기 좋은 상황이기도 했다.

도동수는 상대방의 얼굴을 알아봤다.

차원철. 성격 좋고, 나름 인기 있는 플레이어지만 도동수는 그를 무시했다. 판온에서는 그가 더 강했으니까.

실제로 경기장 밖에서 한 번 만난 적이 있었는데, 그때 차원철은 도동수의 옷깃 하나 건드리지 못했다. 평타는 압도적인 스피드 차이로 공격 자체를 피하고, 범위 스킬을 쓸 때마다 도동수의 각종 스킬로 카운터를 쳤던 것이다.

'느려터진 전사 직업. 갖고 놀 수 있겠군.'

상대 파악을 끝낸 도동수는 씩 웃으며 차원철의 뒤를 잡았다. 실력 발휘를 할 시간이었다.

-그림자의 표적, 살육의 춤!

콰직!

은신 상태에서 튀어나오며 도동수는 딜을 넣기 시작했다. 갑자기 나온 도동수의 모습에 차원철의 얼굴에 순간 놀란 기색이 보였다. 예상했어도 이런 기습은 놀랄 수밖에 없었다.

"너밖에 안 왔냐? 멍청하기는!"

손맛이 느껴졌다. 상대방에게 제대로 대미지를 넣었을 때 느껴지는 손맛. 도동수는 차원철을 비웃으며 뒤로 물러섰다.

때리고 튀고, 때리고 튀고. 히트 앤 런!

느리고 단단한 직업을 상대할 때의 기본 전략이었다.

'자, 와봐라. 저번처럼 갖고 놀아줄 테니까.'

그러나 차원철은 달려들지 않았다. 차원철은 침착한 얼굴로 스킬을 사용했다.

-붉은 피의 가호, 들끓는 체력 증가, 야생 곰의 형상, 중급 방어

강화, 중급 체력 강화…….

　연속으로 켜지는 버프들! 차원철 주변에 여러 빛깔의 버프 스킬들이 터져 나오는 걸 보며 도동수는 비웃었다.

　"그거 킨다고 뭐 달라지냐? 얻어맞는 시간만 늘어나지!"

　퍼퍽! 퍼퍼퍽!

　상대방이 반격을 안 해준다면 오히려 고마웠다. 그 시간에 더 공격을 할 수 있었으니까.

　"넌 다른 놈들을 데려왔어야 했어! 그래야 승부가 되지! 이 거 뭐 너무 시시한데?"

　도동수는 접근해서 공격을 퍼부었다. 그러나 차원철은 끝까지 반격 하나 하지 않고 수비에만 집중했다. 공격을 피해내거나 흘려내는 센스는 없었다. 그러나 방패로 공격을 최대한 막아내며, 계속해서 버프와 방어 스킬을 사용했다.

　묵직한 바윗덩어리 같은 모습!

　공격을 퍼붓던 도동수는 뭔가 이상하다는 걸 깨달았다.

　-약점 간파 확인!

　그가 퍼부을 수 있는 연계 스킬들을 풀 가동시켜서 폭딜을 넣었는데, 상대방의 HP가 아직도 절반 넘게 남아 있었던 것이다. 그리고 그마저도 빠르게 올라가기 시작했다.

　"다 했냐?"

방패 뒤에서 차원철의 낮은 목소리가 들려왔다.

섬뜩!

도동수는 빠르게 뒤로 물러섰다. 방금까지 그가 있던 자리에 철퇴가 내려 찍혔다. 별 스킬 없는 평타였고, 그냥 맞아도 흘릴 수 있었는데 피한 것이다.

겁을 먹어서!

도동수는 굴욕으로 얼굴을 붉혔다. 그제야 차원철이 입을 열었다.

"난 네가 여기 올 거란 걸 알고 있었어. 도동수. 그런데 혼자 왔지. 이게 무슨 뜻인지 알겠냐?"

"……!!"

"널 이길 자신이 충분히 있다는 거지!"

차원철은 말과 함께 달려들었다. 도동수는 방금 폭딜을 넣느라 온갖 스킬들을 사용했다. MP도 바닥일 테고 스킬 쿨타임도 걸려 있는 상태일 것이다.

역시 도동수는 황급히 뒤로 물러섰다. 전진해서 몰아붙이며 차원철이 말했다.

"밖에서 이겼다고 여기서도 쉽게 이길 줄 알았어? 멍청하기는. 장비도 벗고 레벨도 맞춰졌는데!"

도동수는 속으로 욕설을 내뱉으며 공격을 피했다.

차원철의 말이 맞았다. 그가 너무 안일하게 생각했던 것이다. 그때 이겼을 때에는 장비와 레벨 차이가 있었고, 그리고 각종 소모 아이템도 쓸 수 있었다.

그런 게 다 없는 상황이라면 차이가 확 좁혀졌다.

쾅! 콰쾅! 쾅!

차원철은 옆으로 공격을 퍼부어 피하기 힘들게 만들며 점점 거리를 좁혀 들어왔다.

'쌍, 쿨타임이…… 쿨타임 얼마 남았지?'

-도동수 선수, 지금 완전히 물렸어요! 빠져나오기 힘들 거 같아요!

-맞습니다. MP가 남았다면 바로 회피 스킬을 사용해서 거리를 벌렸을 텐데 그러지 못하고 있잖습니까. 지금 저게 증거죠.

-아주 전형적인 모습이에요. 딜러 직업이 탱커 직업을 잡아야 할 때 못 잡으면 저렇게 됩니다.

원래 빠르고 폭딜 가능한 딜러 직업은 느리고 둔한 탱커 직업을 갖고 놀 수 있었다. 그렇지만 폭딜을 퍼붓다가 잡지 못한다면? 이렇게 역으로 몰리게 되는 것이다.

어찌 보면 도동수와 차원철의 대결은 태현과 스미스의 하위 호환 대결이었다. 한쪽은 낮은 방어력과 HP 대신 높은 회피력과 폭딜 스킬을 갖고 있고, 다른 한쪽은 느리고 둔한 대신 높은 HP와 방어력을 갖고 있었다.

차이가 있다면, 도동수는 이런 예상치 못한 상황에 빠졌을 때 발휘할 임기응변 능력이 부족했다. 우습게도 이 궁지에 몰린 상황에서 도동수는 태현을 떠올리고 있었다.

'그 자식 때문에 너무 성급하게 행동했어!'

투기장에서도 평소처럼 상대방을 순식간에 삭제시켜 버리는 태현. 그 모습에 도동수도 영향을 받은 것이다.

저놈이 할 수 있으면 나도 할 수 있다!

그러나 현실은 냉정했다. 점점 거리가 좁혀지고, 한두 대씩 스친 공격에 대미지가 들어오고…….

도동수의 얼굴에도 절망이 서렸다.

'잡았다!'

'잡혔다!'

동시에 똑같은 생각을 한 그 순간.

[마법 폭주로 사디크의 화염의 위력이 증가합니다!]

화르륵!

불길이 혓바닥을 낼름거리며 거세게 덮쳐 들어왔다.

한순간 시야를 가려 버릴 정도로 맹렬한 기세!

정신없이 싸우느라 밑에서 화염이 번지는 것도 눈치채지 못한 둘이었다.

-여기서 화염이! 여기까지 화염이!

-김태현 선수 설마 이걸 예상을 하고 불을 놓은 건가요! 정말 대단합니다! 대체 몇 수를 앞서가고 있는 거죠!?

관중석에서 함성이 터져 나왔다. 해설자들도 흥분한 목소리로 외쳤다. 목줄에 핏대가 설 정도!

그럴 법도 했다. 경기가 시작했을 때 도동수가 먼저 움직이고, 태현이 그 뒤에 불을 질렀을 때 모두들 고개를 갸웃거렸으니까.

─아, 저게 뭐 하는 거죠?

─불을…… 지르네요? 뭘 노리는 걸까요?

─장애물을 없애려는 생각일까요? 케인 선수의 쇠사슬 스킬을 쓰려면 확실히 장애물이 없는 게 편하기는 할 겁니다.

─그렇지만 그건 좀 무리가 있지 않습니까? 장애물을 없애려고 불을 지르다니. 불이 퍼지면 이게 어떻게 작용할지 예측할 수가 없어요. 그래서 불인 거죠!

─맞습니다. 게다가 지금 밑에 불을 붙여 봤자 가운데 진지까지 번지려면 한참 걸리지 않을까요? 싸움은 거기서 벌어질 텐데요?

─이해가 가지 않는군요. 아직 더 봐야 알겠습니다만 태현 선수가 성급하게 실수한 게 아닐까 싶습니다.

이게 일반적인 반응이었다. 그러나 해설자들은 모르고 있었다. 태현이 놓은 불이 무엇인지, 그리고 불이 이 마법 폭주의 숲과 만나면 어떤 결과가 나올지!

화르르륵!

빠르게 숲을 타고 번지며 점점 커지는 사디크의 화염!

"으아악!"

"으억?!"

도동수도, 차원철도 깜짝 놀라서 멈칫했다. 갑자기 시야를 가릴 정도로 화염이 치솟아 들어오니 놀랄 수밖에 없는 것이다. 덕분에 차원철은 도동수에게 제대로 대미지를 넣을 기회를 날려 버렸다.

'아차……!'

"하하! 멍청한 자식!"

도동수는 차원철을 비웃으며 재빨리 급소 파악 스킬을 쓰고 공격을 했다.

'이…… 그래도 아직 버틸 수 있다!'

아까 HP를 생각해 보고, 걸린 버프 스킬을 계산해 본다면 방어하지 못하고 맞더라도 이 정도는 버틸 수 있었다.

차원철은 맞으면서 후려칠 생각으로 덤벼들었다.

난타전!

그러나 차원철이 여전히 계산하지 못한 게 하나 있었다. 그건 바로 사디크의 화염이었다.

단순히 불이 아닌, 사디크의 화염! 당연히 대미지도 훨씬 더 들어왔다. 레벨이 100으로 맞춰지고 각종 장비 버프가 없어진 지금은 더더욱!

'말, 말도 안 돼……!'

차원철은 도동수의 공격까지는 계산하고 버텼지만 조금 남은 HP가 사디크의 화염 때문에 다 닳아버렸다.

[HP가 0으로 내려가 사망합니다. 경기장 밖으로 이동합니다.]

그대로 아웃되는 차원철! 도동수는 환호성을 질렀다.

"내가 이겼다!"

그러나 사디크의 화염을 계산하지 못한 건 도동수도 마찬가지였다.

"어?"

화염 속에서 치고받다가 아웃되어 버린 둘!

너무 예상치 못한 결과에 관중석은 순간 썰렁해졌다.

신나서 떠들던 해설자 둘도 입을 다물었다.

-어…… 그러니까 말이죠…….

-이런 일도 있는 거죠. 네! 판온이잖습니까!

-아, 예! 그러네요! 하하! 이런 일도 있는 거죠! 두 선수가 치열하게 싸운 덕분에……!

직접 보고 있는 플레이어들이나, 방송국에서 큰 화면으로 보고 있는 관중들은 당황해서 말을 잇지 못하고 있었지만, 인터넷 게시판에서는 뜨거운 반응이 나오고 있었다.

-ㅋㅋㅋㅋㅋㅋㅋㅋㅋㅋㅋㅋㅋㅋ.

-김태현 2킬 ㅋㅋㅋㅋㅋㅋㅋ.

-2킬(팀원 포함).

-팀원도 가차 없이 버리다니 정말 나쁜 놈 아닙니까? 과연 프로 선수가 이래도 될까요?

-위에 뭐라는 거야?

-그보다 진짜 이거 예상하고 놓은 거냐? 미친 거 아냐?

-솔직히 운도 좀 있었다. 이걸 어떻게 예측하냐?

-아냐. 예측한 거 같아. 자기가 가는 진지면 모를까, 도동수 가는 진지에 불을 놓은 거잖아. 팀원이 싸우는 곳에 불을 놓는 건데 그냥 막 지르는 놈이 어딨냐? 계산을 하고 지른 거지.

-확실히 그렇긴 해. 자기가 통제할 수도 없잖아. 만약에 일 꼬이면 팀원이 더 불리해질 수도 있는 거고.

태현이 도동수를 버리는 패로 썼다는 건 생각도 하지 못하는 사람들! 그러는 사이 가운데 진영에서도 싸움이 벌어지고 있었다.

"왜 안 나와?"

"먼저 나오면 불리해지니 기다리겠다 이거겠지."

가운데 진지는 숲 사이의 공터였다. 하필이면 나무 하나 없이 텅 빈 넓은 공터! 여기에서 태현-케인 콤비에게 잘못 걸렸다가는 뼈도 못 추릴 테니 몸을 사릴 수밖에 없었다.

"보인다. 상대도…… 둘이군."

"그러면?"

"아마 2명, 2명, 1명으로 나뉘어진 거 같은데. 지금 저 앞이 둘 다 근접 딜러니까…… 탱커가 도동수한테 갔고, 마법사하고 사제가 이세연 쪽으로 갔나?"

태현은 정확히 맞췄다. 가운데 진지에 나타난 플레이어들과 상대방의 성향만 보고 완전히 읽어낸 것이다.

"2명, 1명이 아니라 3명이 같이 움직인 걸 수도 있잖아?"

"느낌상 그럴 거 같진 않다. 굳이 3명, 2명으로 나뉘었다면 여기 2명이 오진 않았을 거야. 3명이 왔겠지."

숫자 차이로 빠르게 압박해서 끝낼 수 있는 조합은 태현과 케인이었다. 화려하기는 했지만 한번 무너지면 회복이 힘든 조합!

그에 비해 네크로맨서인 이세연과 사제인 김철수는 마음먹고 버티면 얼마든지 시간을 끌 수 있는 조합이었다. 그런 곳에 3명을 보내는 건 손해였다.

"저놈들이 우리 조합을 착각했을 수도 있지 않나?"

"우리 조합이 각각 어느 쪽으로 가는지 파악하지도 못하는데 그런 꼬일 수 있는 도박을 할 거 같지는 않다."

2명, 3명으로 움직였다가 빠르게 끝내지 못하면? 남은 진지하나가 적팀에게 그냥 점령당한다. 그러면 남은 사람들은 버프 차이를 달고 싸워야 했다.

"쟤네도 2, 2, 1이야. 내 감이 맞다면."

"그렇다면 맞겠지."

'네 감각은 짐승 수준이니까.'

"너 지금 나 욕했냐?"

"뭐, 뭐? 아냐! 신성한 경기 중에 무슨 소리?"

"아니면 말고."

케인은 가슴을 쓸어내렸다.

'저거 진짜 짐승 아냐?'

그리고 재빨리 화제를 바꿨다.

"미러전이라니. 괜찮을지 모르겠네."

"이세연 쪽은 절대 지지 않을 텐데, 문제는 도동수 쪽이지. 탱커가 도동수한테 갔다면…… 불길한데."

태현은 입맛을 다셨다. 태현 팀과 달리, 팀 블루는 분명 엄청나게 연구를 하고 왔을 것이다. 그렇다면 태현 팀을 상대할 전략 몇 개 정도는 세워놨을 터.

그런 팀이 이렇게 정직하게, 맞부딪혀 온다고?

보통 그렇다는 건 정면승부를 해서 이길 자신이 있다는 뜻이었다.

태현 쪽은 아니었다. 상대방이 지금 고개도 안 내밀고 숲속에서 쳐다만 보고 있었으니까.

이세연 쪽도 아니었다. 이세연을 정면승부 해서 이길 놈들이 있다면 태현이 한번 보고 싶었다.

그러면 남는 건 하나. 도동수!

팀 블루는 도동수를 잡을 전략을 세운 게 분명했다. 그게 뭔지는 아직 알 수 없었지만. 그거 말고는 떠오르지 않았다.

도동수를 잡고, 남은 인원 한 명이 진지를 점령하고 다른 곳으로 합류!

'아. 갑자기 불안해지네. 불 괜히 질렀나?'

꼭 사디크의 화염이 유리하게만 작용하리라는 법은 없었다. 만약 도동수가 잘 싸우다가 갑자기 뒤에서 덮치는 화염 때문에 쓰러지기라도 한다면? 적을 하나라도 잡으라고 지른 불에 오히려 도동수가 잡힌다면?

'이세연이 날 죽이려고 할 텐데……'

안 봐도 상상이 갔다.

"야, 왜 그래?"

"불 괜히 질렀나?"

"……이제 와서 그러면 안 되지!!"

케인은 낮게 으르렁거렸다. 할 거 다 해놓고 이제 와서 망설이면 그는 어쩌란 말인가!

그러나 케인의 말에 태현은 오히려 힘을 얻은 것 같았다.

"네 말이 맞아."

"……?"

"이미 저질렀는데 후회하는 건 멍청한 짓이지."

"아니, 너는 좀 후회를 해야……"

"좋아. 지금 상황에 집중하자고."

케인은 복잡한 표정으로 태현을 쳐다보았다.

'아오. 이 새×……'

케인이 속으로 태현을 욕하는 것도 모르는 채, 태현은 바쁘게 움직였다.

"뭐 하냐?"

"함정 설치. 너도 좀 도와라."

함정. 투기장 대회에서는 거의 나오지 않은 요소 중 하나였다. 프리카 투기장에서는 일단 아이템 없이 경기장으로 들어가야 했다. 그런 상황에서 즉석으로 함정을 제작할 수 있는 직업은 한정되어 있었다.

함정을 쓰는 직업은 전투 계열 직업에서도 꽤 있었지만, 함정을 본격적으로 만들 수 있는 건 역시 제작 계열 직업!

대장장이를 넣은 팀이 없는 건 아니었지만 그런 팀들은 보통 예선에서 전부 탈락했다. 판온 1 태현이 대장장이로 랭커들을 사냥하고 다녔다고 해서 다른 사람들도 그게 가능한 건 아니었던 것이다.

그러나 태현은 지금 본선에 진출한 플레이어 중 유일하게 대장장이 스킬과 기계공학 스킬을 찍은 플레이어였다.

고급 기계공학 스킬+고급 대장장이 기술 스킬. 거기에 〈여기에다가 쓸 수 있는 건 저기에다가도 쓸 수 있어〉 스킬까지. 태현이 나무와 돌멩이로 만드는 함정들은 즉석에서 만드는 것치고는 상당히 강력했다.

'음. 함정 재료를 더 갖고 들어올 방법은 없나?'

만들면서 태현은 다음 경기를 생각했다. 경기장에 갖고 들어갈 수 있는 건 주최 측이 제공하는 기본 장비들뿐이었다.

그렇다면…….

'기본 장비를 더 받아서 해체하면 되겠군!'

"야, 야, 야!!"

케인이 다급하게 옆을 가리켰다. 연기가 치솟고 있었다.

화르륵-

도동수가 있던 곳을 뒤덮은 화염이 점점 커져서 파도처럼 옆까지 덤벼들었다. 그 결과 옆에서 무시무시하게 밀려오는 화염!

"저 정도는 아닐 텐데? 뭐지? 바람이 불었나?"

정답은 마법 폭주 때문이었다.

"지금 그런 소리 할 때냐? 저거 통제할 수는 있어?!"

"성물 반지를 두고 와서 통제는 힘들고. 버틸 수는 있다."

"나는?!"

"……뭐 알아서 해봐."

"야!!"

-아, 두 선수 빠르게 이야기를 나눕니다.

-지금 김태현 선수가 원하던 상황이 드디어 나온 거거든요. 이제 움직일 때가 온 겁니다. 저렇게 의견을 교환하는 게 당연해요. 지금이 결정적인 순간입니다. 여기서 이기면 매우 유리해집니다!

-사실 이 대회에 유명한 선수들은 많지만, 그중에서도 김태현 선수와 케인 선수의 듀오는 특히 유명하지 않습니까? 판온에서 수많은 퀘스트들을 깨며 이미 보여줬었죠.

-그렇습니다, 아. 지금 움직이기 시작합니다! 의견 교환을 끝낸 모양입니다!

사실 전략과는 상관없는 잡담이었지만, 겉모습은 진지한 얼굴로 빠르게 대화하는 모습이었다. 게다가 이미 화공으로 위기에 빠진 도동수를 구한 태현이었다. 해설자나 관중의 눈에는 천재적인 전략가로 보일 수밖에 없었다.

　이번에는 대체 어떤 전략일까?

　-김태현 선수, 움직입…… 어, 지금 뒤로 물러서는 건가요? 그냥 물러서는데요?
　-도망치나요?!
　-아니, 지금 김태현 선수가 불 지르고 와서 뒤에도 화염인데요? 굳이 그쪽으로 갈 이유가 있을까요? 가면 불리하지 않나요?

　옆에서 화염이 닥쳐오고 있었지만, 태현이 온 방향에서도 이미 화염은 퍼지고 있었다. 그쪽으로 물러서면 화염과 만날 수밖에 없는 상황!

　-아마 팀 블루가 버티고 있는 상황에서는 차라리 뒤가 낫다고 판단한 것 같습니다. 버티고 있는 쪽으로 들어갔다가는 더 당할 수 있거든요!

　그리고 그렇게 생각한 건 팀 블루도 마찬가지였다.
　"기회다, 쫓자!"

"뭐? 진짜로?"

"지금이 기회야! 저 뒤 보라고. 화염 때문에 막힌 상황이야. 저쪽이 불리할 수밖에 없어!"

"그래도 상대가 김태현인데……."

분명히 유리한 상황인데, 태현의 이름값 때문에 팀 블루는 망설였다.

"지금은 과감하게 나가야 할 때야! 날 믿어!"

"……그래! 가자!"

뜨거운 결심! 팀 블루의 딜러들은 결정을 내렸다. 상대방이 불리한 상황. 괜히 물러서서 승부를 불확실하게 만들 필요가 없었다. 지금 저 둘을 잡아넣으면 승리가 확실했다. 지금이 바로 승부할 때!

"가즈아…… 컥!"

핑-

나무로 깎아 만든 창이 날아왔다. 정말 생각지도 못한 함정!

"뭐야?!"

"함정이 있어!"

대미지는 크지 않았지만 있다는 것 자체가 놀라웠다. 태현의 스킬에 대해서는 모두가 알고 있었지만, 아무도 투기장 대회에서 대장장이 기술이나 기계공학을 쓸 거라고 예상하지 못했다. 쓸 재료를 안 주는데 쓰는 놈이 이상한 것!

"조심해!"

"몇 개를 깐 거야, 이 자식들?!"

기다리면서 닥치는 대로 뿌렸기에 몇 발짝만 걸어도 함정이 나왔다. 게다가 태현의 함정 설치는 거의 대가의 경지에 오른 수준이었다. 판온 1에서부터 익혀온, 남 괴롭히는 솜씨!

어디에 함정을 설치하고, 그다음 함정은 어디에 설치해야 상대방이 짜증 나고 괴로울지 잘 아는 태현이었다.

그 결과…… 함정 밭에서 탭댄스를 추는 팀 블루의 플레이어들! 그리고 태현은 바로 그런 걸 기다리고 있었다.

-노예의 쇠사슬!

함정을 피하고, 닥쳐오는 화염을 신경 쓰느라 동작이 둔해진 팀 블루의 선수들이었다. 기습적으로 날아온 노예의 쇠사슬을 피할 수 없었다.

"안 돼……!"

비명과 함께, 한 명이 잡혀서 그대로 케인 앞으로 끌려왔다. 그다음은 정해진 것이나 마찬가지였다.

기다리는 동안 행운의 일격 스킬을 몇 번이고 사용해서 대미지를 극대화시킨 태현! 무시무시한 대미지가 그대로 꽂혀들어갔다.

"컥!"

그 순간 팀 블루의 남은 플레이어는 이번 경기가 끝났다는 걸 직감했다. 여기서 두 명이 잡히면 아무리 남은 사람들이 최선을 다해도 뒤집기 힘든 것이다.

-끝났습니다! 끝났어요! 중앙 진지의 승자는 김태현과 케인 선수입니다!

-이제 거의 끝났다고 봐야겠죠?

-네. 팀 블루의 남은 선수는 둘. 이걸로 뒤집는 건 거의 불가능합니다.

해설자들의 말은 사실이었다. 팀 블루의 남은 두 선수는 이세연과 김철수를 견제하며 버티다가, 뒤에서 치고 들어온 태현과 케인의 공격에 허무하게 무너졌다.

첫 경기를 가져간 것은 태현 팀이었다.

-한국 팀의 승리! 첫 경기를 가져간 것은 한국 팀입니다!

-처음에는 의아했지만 큰 그림을 볼 수 있었던 경기였습니다. 정말 예측 불가의 대단한 경기였습니다!

-이제 팀 블루는 좀 어려워졌습니다. 과연 어떻게 대응할까요?

승자와 패자. 보통 승자 팀에는 기분 좋은 승리감이 흐르고, 패자 팀에는 우울한 패배감이 흘러야 했다.

그런데 1경기가 끝나고 나서, 두 팀의 대기실은 모두 다 미묘한 분위기가 흘렀다. 서로 눈치만 보면서 말을 꺼내지 않는 태현 팀!

이럴 때 손해 보는 역할을 맡는 건 역시 이세연이었다.

"모두 잘했어. 정말 잘했는데…… 대체 불은 뭐야?!"

아무리 이세연이라도 감정을 완전히 다스리지는 못했다.

이세연과 김철수는 1경기에서 치열하게 싸웠다. 다른 팀원들을 믿으며. 상대측 마법사와 사제도 만만치 않았기에, 이세연은 언데드들을 불러서 앞세우며 뒤에서 다양한 저주 조합으로 상대를 견제했다.

그런데 갑자기 옆의 숲에 웬 거대한 산불이 난 것이다.

황당할 수밖에 없었다. 모두가 태현을 쳐다보았다.

'내가 했다!'라고 말하지는 않았지만 모두가 알고 있었다. 이런 걸 할 사람은 태현밖에 없었으니까!

"뭘 새삼스럽게. 고맙다는 인사는 안 해도 괜찮아. 팀이잖아. 그치?"

"뭐가 그치야?! 왜 말도 안 하고 해?!"

"말했으면 말렸을 거 아니야."

태현은 대답하며 턱 끝으로 가리켰다. 그 모습에 도동수가 인상을 일그러뜨렸다.

'xxx-xxxx-xxxx!'

"쟤 보니까 일대일로도 못 이기고 허덕이더라. 내가 불 안 질렀으면 아래 진영 밀리고 바로 너희 쪽도 밀렸을걸."

묵직하게 팩트를 쏘아대는 태현. 보통 반박을 했을 도동수였지만 한 마디도 대꾸하지 못했다. 전부 다 사실이었으니까! 그만큼 이번 경기에서 추태를 보인 것이다.

이세연은 얼굴을 손바닥으로 감싸고 한숨을 쉬었다. 머리가 지끈지끈 아파 왔다. 이기긴 했는데 점점 불씨가 커지는 기분!

"좋아, 좋아. 그러면 두 번째 경기에는 어떻게 할 생각이야?"

"똑같이 불 지르자."

태현의 말에 도동수가 고개를 홱 돌려 태현을 노려보았다.

"뭐 이 자식아?"

대놓고 면전에서 '네 뒤에 불 지르겠다'는 말을 하다니!

그러나 태현은 눈 하나 깜박이지 않고 말했다.

"네가 마음대로 하는데 왜 나는 마음대로 하면 안 되냐? 나도 마음대로 할 건데?"

당당한 선언. 네가 하면 나도 한다!

도동수는 입을 떡 벌렸다. 팀 내에서 멋대로 행동하면서 협박할 수 있는 건 그 혼자뿐이라고 생각했는데, 아니었다. 그것도 태현이 한 수 위!

"으으…… 으으으……."

이세연이 지끈거리는 이마를 붙잡고 괴로워하는 동안 케인과 김철수가 옆에서 위로했다.

"이해하세요. 저놈이 좀 또라이라 그래요."

"그, 그 정도까지는 아니지만…… 그래도 다 생각이 있으셔서 한 거 아니겠어요? 이기셨잖아요."

그러는 동안 도동수와 태현은 사납게 대화하고 있었다.

"네가 그렇게 나온다면 난 아예 안 움직일 거다!"

"그러시든가. 나중에 인터뷰 때 '도동수는 왜 안 움직였죠?'라고 물으면 내가 아주 잘 대답해 주마."

휙!

말문이 막힌 도동수는 고개를 돌리고 입을 다물었다.

"다 해결됐지? 두 번째 경기에서도 불 지른다?"

-팀 블루는 1경기의 패배가 좀 충격이 컸던 모양입니다. 표정이 밝지가 않네요.

-그에 비해 한국 팀은 신기할 정도로 긴장한 모습입니다. 압도적으로 이긴 팀 같지가 않아요. 왜 저러는 걸까요?

-프로 의식이죠. 끝날 때까지는 절대 긴장을 풀지 않는 프로 의식. 제가 선수일 때도 저런 선수들이 잘나갔습니다.

욕만 안 나왔지 증오와 저주를 눈빛으로 말하는 태현 팀이었다. 그걸 밖에서 보면 팽팽한 긴장감을 유지하고 있는 걸로 보이는 게 문제였지만.

경기가 시작하기 전 케인은 낮게 속삭였다.

"야, 그런데 정말로 두 번째도 이 방화가 통할까?"

"방화가 아니라 화공이라고 하자. 폼 안 나잖아."

"……어쨌든 그 화공이 통할까?"

"잘 모르겠다."

"야!"

"이 자식은 내가 신인 줄 아나? 내가 어떻게 다 알아?"

태현의 말에 케인은 움찔했다. 1경기에 태현이 예측한 게 다 맞았기에 무의식적으로 그렇게 생각하고 있었던 것이다.

"상대방이 똑똑하면 대책을 세워 올 거고, 나보다 더 똑똑하면 역으로 이용하겠지. 그거까지 내가 어떻게 아냐."

"그, 그렇군."

"근데 뭐 대충 2경기까지는 통하지 않을까 싶은데. 상대방이 1경기를 워낙 어이없게 져서 충격이 클 거고, 거기에다 한 끗 차이로 진 거나 마찬가지니……."

결과는 어이없게 졌지만, 과정을 보면 매우 아슬아슬했다. 실제로 차원철은 도동수를 거의 잡을 수 있었고, 중앙 진영에서도 태현과 케인을 쫓지 않았다면 두 명을 잃지 않을 수 있었다. 그렇기에 태현은 2경기까지는 팀 블루가 전략을 수정하지 않고 그대로 나올 것 같았다.

사람은 저런 식으로 지면 스스로를 잘 바꾸지 않았으니까.

"5전 3선승제니까 2판만 이기고 들어가면 상당히 유리해지지."

"그래도 2판이 어디야?"

"맞는 말이야. 2판이 어디냐. 거의 날로 먹는 거지."

태현도 이 화공이 2경기 넘어서 먹힐 거라고는 생각하지 않았다. 상대방도 바보가 아니었으니까. 두 번 당하면 어떻게든 막겠지!

그러는 동안 팀 블루도 회의를 끝내가고 있었다. 태현이 예상한 대로, 그들은 1경기 전략을 그대로 가지고 갈 생각이었다.

"한 번만 더 믿어줘. 이번에는 이길 수 있어. 아까는 몰라서 당황했지만 알고 있다면 안 흔들린다고."

차원철이 간절하게 말했다. 실제로 그럴 만했다. 정말 도동수를 이기기 직전까지 갔다가 실수로 놓쳤으니까.

이주형도 이를 갈면서 스스로 자책했다.

"내가 멍청했어! 그 케인 자식한테 도발당해서 덤벼들다니. 끝까지 버티면서 기다렸어야 했는데. 그랬다면 1경기를 날리지 않았을 거야!"

딱히 케인이 도발하지는 않았지만 이주형의 머릿속에서는 그렇게 남아 있었다.

"진정해, 주형아. 다음 경기에서 안 그러면 되지."

"고마워요. 형. 이번에는 절대 안 넘어갈 거예요. 어떤 도발을 하든 끝까지 버틸 겁니다."

차원철이 도동수를 잡는다. 다른 두 듀오는 시간을 끈다. 일명 '니가와' 전법!

아까는 불길이 치솟고 태현과 케인이 도망치는 모습에 속아 덤볐지만, 이번에는 절대 그럴 일이 없을 것이다. 이주형은 단단히 각오를 굳혔다.

2경기가 시작되고, 도동수가 머뭇거리다가 결국 움직였다. 계속 있어봤자 좋을 게 없다는 걸 깨달은 것이다.

"도동수! 파이팅! 힘내라! 도동수!"

-김태현 선수가 도동수 선수를 격려하는데요? 왜 갑자기 저러죠?

-아마 1경기에서 팀킬을 한 것 때문일 겁니다.

-아, 하하하하! 그거네요! 그거 때문이었어요. 은근히 소심한데요, 김태현 선수?

-맞아요. 그 상황에서는 그게 파인 플레이였죠. 만약 없었다면 도동수 선수만 잡혔을 겁니다. 전혀 미안해할 필요가 없는 플레이예요.

-그렇지만 당사자들끼리는 또 다른 문제니까요. 어쨌든 보기 좋네요.

-도동수 선수도 약간 감동한 거 같아요. 지금 어깨를 떨고 있는 거 같은데…….

아까처럼 태현은 불을 질렀다. 그걸 본 케인이 말했다.

"새삼 느끼는 건데 신성 스킬은 다 사기 같단 말이지."

"쓰레기도 많다."

주로 아키서스 관련해서!

물론 태현은 말하지 않았다. 말하면 슬퍼지니까.

'여차하면 데메르의 시간 되돌리기도 쓸 생각이었는데 정작 쓸 각이 안 나오네.'

1경기에서 일이 꼬이면 회복 계열 권능을 믿고 전면전으로 붙을 생각이었는데, 그냥 쉽게 끝나서 쓸 일이 없었다.

김철수와 같이 〈데메르의 시간 되돌리기〉를 번갈아 쓰면서 회복하는 건 시스템상 불가능했지만, 그걸 제외하고서라도 데메르의 권능은 충분히 강력한 권능이었다.

"끝났냐? 그러면 가자!"

케인은 기세 좋게 중앙으로 달려가려고 했다. 그러나 태현이 케인의 어깨를 붙잡았다.

"……?"

"중앙 안 갈 거야. 도동수 따라가자."

도동수는 차원철과 시선을 교환하고 있었다. 아까처럼 얕보고 덤벼들지 않았다. 그건 스스로 자멸하는 짓이었다.

네 HP가 얼마나 많든 간에, 차근차근 깎아낸다!

이 주변에 화염이 번져도 상관없었다. 어지러운 환경이라면 도동수가 더 유리할 테니까.

'자. 어디 한번 아까처럼 덤벼보시지?'

단단히 각오한 도동수의 위압감은 엄청났다. 차원철도 다시 긴장할 정도로.

차원철은 심호흡을 했다.

'겁먹을 필요 없다. 어차피 도동수가 덤벼봤자 내 방어를 뚫지는 못할 테니까.'

열 대 맞더라도 한 대 친다. 그게 차원철의 계획이었다.

'와라!'

'와라!'

둘 다 그렇게 서로를 견제하고 있는 동안…….

차원철이 눈을 크게 떴다. 그걸 본 도동수가 피식 웃었다.

'겁을 먹은 거냐? 짜식.'

"어, 어떻게 여기를!"

뒤에서 태현과 케인이 달려오고 있었다.

"저거 잡아!"

"오케이!"

CHAPTER 2

보통 진영 하나를 비워놓고 움직이는 건 위험한 전략이었다. 적이 오지 않으면 상대방은 그냥 점령한 다음 바로 다른 곳으로 지원을 가면 됐으니까.

그러나 이번 경기에서는 그런 일이 일어나지 않았다. 가운데로 간 이주형이 꼼짝도 하지 않고 버티고 있었던 것이다.

그는 타오르는 눈빛으로 텅 빈 공터를 노려보았다.

절대 넘어가지 않으리라!

"안 보이는데, 어디 숨어 있는 거지?"

"상관없어. 기다리다가 접근하면 박살 낸다. 그뿐이야!"

이주형도 실력에 대한 자부심이 있었다. 여기서 대기하고 있다가 적이 들어오면 이길 자신은 충분했다.

'자, 와라! 언제까지 버틸 거냐! 이번에는 절대 넘어가지 않을 거다! 불이 여기까지 오더라도!'

화염이 오더라도 뒤로 후퇴하면 후퇴했지 앞으로 들어가 함정을 밟아줄 생각은 없었다. 그러는 동안 태현과 케인은 신나게 차원철을 두들겨 팼다.

차원철 혼자서는 태현과 케인을 절대 당해낼 수 없었다. 그저 HP 많은 샌드백일 뿐!

"억! 커헉!"

"잡았다. 이세연 쪽으로 가자!"

왔을 때처럼 태현은 빠르게 사라졌다. 케인도 그 뒤를 바람처럼 따랐다. 혼자 남은 도동수는 상황을 받아들이지 못하고 눈을 깜박일 뿐이었다.

2:0. 5전 3선승제 경기에서 2판을 졌다는 건 매우 절박한 상황이었다. 팀 블루의 상황이 바로 그랬다.

태현과 케인이 도동수와 힘을 합쳐 바로 차원철을 제압할 줄이야. 그런 도박 수를 던질 거라고는 생각지 못했다. 게다가 더 분한 것은 그런 도박 수를 던지는 동안 중앙 진영에 있던 둘은 가만히 있었던 것!

있지도 않은 적을 경계하며 버틴 걸 생각하니 굴욕으로 얼굴이 붉어졌다. 완전히 갖고 놀아진 것이나 마찬가지.

모두 다 분한 얼굴을 한 채 앉아 있었다. 그걸 본 태현은 케인에게 말했다.

"3경기는 긴장해야겠다. 아마 화공에 대한 대책도 세우고 나올 거야. 1, 2경기와는 다르게 어려울 거다."

케인은 굳은 얼굴로 고개를 끄덕였다. 본선까지 올라온 상대였다. 이렇게 쉽게 무너질 리 없었다.

다른 팀원들도 모두 동의했다. 1, 2경기를 원하는 대로 이끈 태현이 그렇게 말하니 신뢰가 갔다. 분명 3경기에서는 이를 갈고 나온 저들의 진정한 힘이 나올 것이다!

그러나 그런 일은 없었다. 두 경기를 털리며 멘탈까지 탈탈 털려 버린 팀 블루는 세 번째 경기에서 어처구니없는 실수를 연발하며 순식간에 무너져 내린 것이다. 뚜렷한 대책도 세우지 못하고 무기력하게 질질 끌려다니다가 전멸!

결국 태현의 팀은 3전 전승으로 경기를 끝냈다.

"……긴장해야 한다며?"

"시꺼."

살짝 민망해지기는 했지만 사실 민망해할 일이 아니었다. 3:0. 나름 강자라고 평가받는 상대방을 완벽하게 압도한 것이다. 관중석에서는 우레 같은 함성이 터져 나왔다.

-김태현! 김태현! 김태현!

-김태현! 김태현! 김태현!

다섯 명이 한 팀이었지만 이름은 하나만 들렸다. 자리에 있던 모두가 알고 있었다. 오늘 있었던 경기의 MVP가 누구인지를. 본선의 첫 경기였지만 사실 관중들은 많은 투기장 경기를 본 상태였다.

본선 전의 예선 경기들! 투기장 대회를 볼 정도의 관심이 있다면 예선 경기 몇 개 정도는 보게 마련이었다. 그리고 그런 경기는 보통 치열한 예선 경기에서 고르고 골라 나온 하이라이트들!

그런 경기들을 봤으니 사람들의 눈이 높아진 건 당연했다. 거기에 본선 첫 경기라는 기대치까지. 어지간해서는 오늘 경기를 본 사람들을 만족시키기 힘들었다. 그런데 오늘 태현이 보여준 건 그런 기대를 뛰어넘는 무언가였다.

재미는 재미대로, 결과는 결과대로 만들어냈으니 사람들의 반응은 당연한 일이었다.

-팬들이 김태현 선수의 이름을 외칩니다!

-어찌 보면 당연한 일이죠! 저도 나름 투기장 경기를 많이 봤다고 생각했는데 오늘 같은 경기는 처음 봤어요! 그런 식으로 경기를 풀어갈 거라고는 생각지도 못했거든요! 보통 팀마다 주요 전략으로 쓰는 정석들이 있는데, 한국대표팀은 그런 게 전혀 안 보여요. 파격 그 자체예요!

-이런, 김태현 선수만 너무 칭찬한 거 같네요. 다른 선수들이 질투하겠는데요? 하하하!

농담처럼 말했지만, 케인은 도동수의 얼굴이 새빨개진 걸 볼 수 있었다.

'쯔쯔. 그냥 하라는 대로 하지 왜 혼자 가서 그리 망신을……'

당할 만큼 당하고 이제 포기와 달관의 경지에 오른 케인이었다. 계속 당하면서 무덤을 파는 도동수가 이해되지 않았다.

왜 저렇게 하지? 그냥 포기하면 편한데!

"그냥 포기하면 편해."

"닥쳐!"

케인의 진심 어린 조언을 도동수는 매몰차게 거절했다.

-아, 캡슐에서 나온 선수들이 서로 악수합니다!

-사투를 벌인 선수들이 악수하는 건 언제 봐도 훈훈하네요.

-그렇죠. 그렇지만 겉보기와는 달리 진 쪽은 속이 말이 아닐 겁니다. 저도 현역 때 지고 나서 악수할 때가 가장 마음이 아팠어요.

케인은 움찔했다. 저 멀리서 이주형이 다가오고 있었던 것이다.

분함, 억울함, 슬픔이 가득한 표정!

'저거 나 한 대 치는 거 아니겠지?'

케인은 무의식적으로 한 걸음 뒤로 물러서서 태현 뒤로 피했다. 판온 내라면 모를까, 현실이라면 역시 태현만큼 든든한 놈이 없었다. 누구랑 싸워도 이길 것 같은 비주얼!

탁-

이주형이 손을 뻗자, 케인이 움찔했다. 그걸 본 태현이 의아하다는 듯이 물었다.

"뭐 하냐?"

"아, 아니. 그게……."

"너 설마 한 대 맞는 줄 알고 이러는 거 아니지?"

"아니야, 인마! 날 뭘로 보고!"

"악수나 받아. 쟤 쳐다보는 거 안 보이냐? 이러고 있으면 '이겼다고 악수도 안 받아주는 케인'으로 또 한 번 이미지 잡힌다."

"헉!"

케인은 급하게 이주형의 손을 잡고 악수했다. 그러나 관중들의 눈에는 케인이 악수를 하지 않으려고 버티다가 태현의 말에 악수를 하는 것으로 보였다.

-역시…… 케인…….

-패배자한테는 악수할 필요 없다 이거죠?

-와 너무한 거 아니냐? 아무리 그래도 이겼는데. 좀 관대해도 되지 않나?

-무슨 소리! 저게 케인이다!

점점 악당 이미지로 잡혀가는 케인! 사실 레드존 길마 때 일을 생각해 본다면 지금 이미지가 케인의 본질에 좀 더 가깝긴 했다.

케인은 밖에서 일어나는 일도 모르고 이주형과 악수했다.

"……죄송했습니다."

"?"

"제가 케인 씨 실력을 모르고 막말을 했던 것 같습니다. 케인 씨는 팀에 들어갈 실력이 충분합니다."

분하고 억울하지만 최대한 공손하게 말하는 이주형! 그 모습에 케인은 감동했다.

아, 이게 스포츠구나! 최선을 다해서 싸우고 그 뒤에는 친구가 되는!

"아니, 그건 아닌 거 같……."

"지금 좋은 순간이니까 방해하지 말자!"

이세연은 끼어들려는 태현의 입을 급히 막았다.

"왜 그래? 진실은 말해줘야지. 안 그러면 쟤가 오해하잖아. 불 지른 건 그냥 지른 건데……."

"꼭 세상 모든 걸 알아야 할 필요는 없지!"

-아, 한국팀 선수들이 즐겁게 세레모니를 하네요.

이세연은 관중석에서 계속 들리는 태현의 이름을 듣고 새삼스럽게 판온 1 생각이 났다. 그때도 비슷했다. 태현에게는 확실히 재능이 있었다. 주변에 있는 사람들의 시선을 잡아끄는 재능이. 그게 긍정적인 이유로 잡아끄는지 부정적인 이유로 잡아끄는지는 다른 문제긴 하지만…….

생각해 보니 그녀 본인도 끌린 사람 중 하나였다. 판온 1에서 날뛰던 모습에 그렇게 길드에 끌어들이려고 노력을 했었는데…….

'그냥 포기하고 안 하는 게 속 편했을지도 모르겠다는 생각이 들어……'

이세연은 빤히 태현을 쳐다보았다. 이미 충분히 속을 뒤집어놨지만 앞으로도 더 뒤집을 거 같은 불길한 예감!

"뭐야. 왜 그렇게 쳐다봐?"

"별거 아냐. 그보다 좀 웃긴 게…… 너 판온 1 때 일 숨긴다면서 이렇게 하면 아무 의미 없는 거 아냐?"

태현은 이세연의 말뜻을 알아차렸다. 좀 무난무난하게 이기면 모를까, 이렇게 파격적으로 이기면 사람들 사이에서 '판온 1 김태현이랑 너무 비슷한데?' 하고 말이 나오게 마련이었다.

"아니…… 어쩔 수 없었다고!"

"그래. 상대도 만만한 팀이 아니었으니까. 이기기 위해서는 최선을 다해야 했지."

"아니, 그 뜻이 아니라 그냥 도동수 엿 먹이려면 어쩔 수 없었다는 거였지만."

이세연은 못 들은 척했다.

"아마 괜찮을 거야. 오늘 우리만 경기하는 거 아니고 하나 더 있잖아. 걔네들이 있으니 적당히 주목을 받아주겠지."

이번 대회에서는 하루에 네 팀이 경기해서 두 팀이 올라갔다. 태현과 팀 블루의 경기는 끝났으니 이제는 다른 두 팀의 경기가 있을 터.

-선수들의 인터뷰가 있겠습니다! 자, 올라와 주세요!

"인터뷰랑 경기 보고 갈 거야?"

"아니. 집 가서 아이템 만들 건데."

"아, 심심해. 심심하다고!"

"심심하면 저기 가서 허수아비나 치고 있어."

"그거 친다고 검술 스킬이 얼마나 오르는데!"

태현은 투기장 건물 구석에서 자리를 잡고 망치를 두드리고 있었다. 명품을 만드는 데 필요한 것은 재료와 노오오오오력! 사실 판온 1 때와 달리, 판온 2에서는 이렇게 제작에 몰두한 시간이 적은 편이었다.

아키서스 관련해서 퀘스트는 자꾸 터지지, 가만히 시간을 내려고 해도 적들이 찾아오지……. 태현 입장에서는 억울할 수밖에.

'난 착하게 살았는데 세상이 자꾸 날 방해한다!

어쨌든 이렇게 남는 시간에 제작에 몰두하는 건 태현의 장기 중 하나였다. 물론 케인은 아니었지만.

전형적인 전투 직업인 케인은 이렇게 앉아서 시간을 보내는 걸 매우 싫어했다.

"어르신. 저거 데리고 가서 좀 놀아주세요."

"나 낚시하는 곳에?"

"뭐라도 나오겠죠. 데리고 가세요."

옆에서 징징대는 게 듣기 싫었다. 태현은 케인을 유 회장에게 떠넘겨 버렸다.

"잠깐만! 멋대로 돌아다니면 안 된다니까!"

"너도 같이 가면 되겠네! 자. 같이 가라!"

호위로 붙여 놓은 김현아까지 떠넘기는 데 성공!

태현은 억지로 그들을 밀어냈다. 그걸 본 이다비가 감탄한 목소리로 말했다.

"대단해요! 저렇게 묶어서 다 내보내다니."

"내가 원래 방해되는 놈들 치우는 걸 잘하지. 이거나 좀 잡아봐."

"그런데 이거 뭐 만드는 거예요?"

"아티팩트. 반지가 낫겠지."

"아. 끼시려고요?"

"아니. 내가 쓸 건 아니고."

"······!"

"흠, 이 정도면 되려나? <신의 예지>, 여기가 낫겠군."

태현은 할 수 있는 방법은 다 써서 재료를 모은 상태였다. 맥크레니 상단에 쌓은 공적치 포인트를 사용하고, 파워 워리어 길드원들 시켜 재료를 모으고······.

일단 이 정도면 구색은 갖춘 편!

'순은 기반으로 가능한 보석은 다 때려 박아야겠군.'

디자인적으로는 최악이었지만 태현은 그런 걸 신경 쓰지 않았다. 중요한 건 성능! 당장 케인만 봐도 성능 때문에 저 흉한 코와 귀를 달고 다니지 않는가.

이다비가 미묘한 눈빛으로 옆에서 쳐다보는 것도 모르는 채 태현은 제작에 집중했다.

어색한 침묵!

케인, 유 회장, 김현아가 자리 잡고 있는 연못은 고요했다.

셋은 새삼스럽게 깨달았다.

'김태현이 없으니까 할 말이 없어……!'

셋은 사실 별로 친하지 않았던 것!

이렇게 모아 놓는다고 대화할 주제가 생길 리 없었다.

"……많, 많이 낚으셨습니까?"

"……그, 그렇지."

이런 어색한 대화가 전부!

결국 어색함 속에서 낚시를 하던 유 회장이 말을 꺼냈다.

이럴 때 나서주는 게 어른 아니겠는가.

"크흠…… 자네들 있잖나. 혹시 이런 대회가 있으면 좋겠다 같은 거 있나?"

"예?"

"투기장 대회가 인기를 끌고 있지 않나. 덕분에 다른 종류의 대회 아이디어도 많이 나오고 있고."

"그렇죠?"

투기장 대회의 흥행 때문에 판온 관련해서 대회를 열어보려는 곳도 생기고 있었다. 물론 지금 진행되는 투기장 대회만큼의 주목을 받는 곳은 없었지만, 그래도 꽤나 주목을 많이 받는 편이었다. 판온의 이름값 덕분이었다.

"자네들은 둘 다 뛰어난 판온 플레이어들이니까 아이디어가 있나 싶어서."

유 회장이 이렇게 말하는 데에는 이유가 있었다.

정지용 비서실장이 제출한 계획 때문!

판온 관련 자선 대회를 유성 그룹의 이름으로 여는 일련의 계획이었다. 그걸 본 유 회장은 무릎을 탁 쳤다.

바로 이거다!

유성 그룹의 이미지도 좋게 만들고, 유 회장 본인도 대회에 나갈 수 있고(사실 이게 가장 큰 목적이었다), 그리고 결과가 좋으면 이걸 핑계로 유성 그룹의 이스포츠 진출 이야기를 다시 꺼낼 수 있었다.

유 회장 본인이 실패에 역정을 내며 접으라고 했기에, 스스로 '다시 하자!'라고 말하기 조심스러웠다. 어디까지나 '흠흠 나는 게임에 관심이 없지만 요즘 트렌드가 이거라면 어쩔 수 없지 나도 협조하겠네' 태도를 고수하는 유 회장!

문제는 어떤 대회냐였다. 몇 번 이야기를 해봤지만 아직 뚜렷하게 정해진 게 없었다.

투기장 대회? 지금 열리는 대회 때문에 묻힐 게 뻔했다.

거기에 유 회장은 이미 인맥으로 전해 듣고 있었다. 이번 투기장 대회가 끝나면 판온 회사가 직접 전 세계가 참여하는 프로 리그를 주최할 것 같다고! 이 정도 반응이니 당연한 일이긴 했다. 덕분에 유 회장은 고민할 수밖에 없었다.

기껏 대회를 여는데, 관심을 못 받는 그런 건 사양이었다. 기발하고 시선을 잡아끄는 아이디어가 필요하다!

"나는 낚시 대회를 생각해 봤는데……."

"그건 아닌 것 같은데요."

"그건 아니네요."

유 회장은 시무룩해졌다. 비서실장도 듣고서는 '아니…… 그건…… 좀……' 이런 태도를 보였던 것이다. 평소에는 충성 그 자체인 사람이 보여줄 수 있는 최대한의 거절!

"김태현 그놈한테 묻는 게 낫지 않아요?"

"아냐! 그놈한테 묻고 싶지 않다! 만약에 좋은 아이디어가 나오면 그놈이 잘난 척하는 걸 생각해 봐!"

"……그렇군요!"

케인과 유 회장은 뜻이 맞았다. 보통 언제나 태현이 맞고 그들이 틀려왔던 것이다. 이번에까지 그럴 수는 없다!

"좋습니다. 한 번 아이디어를 짜내보죠!"

"좋네! 바로 그런 게 젊음이지!"

유 회장과 케인은 신이 나서 온갖 아이디어를 쏟아내기 시작했다. 그걸 본 김현아는 고개를 갸웃거렸다.

'그런데 저 아저씨는 뭐 하는 사람인데 저런 아이디어를 필요로 하는 거지?'

김현아가 그러는 동안에도 아이디어는 계속해서 나왔다.

"패션 콘테스트 어떻습니까!"

"그건 아닌 거 같네! 낚시는……."

"그렇다면 펫 배틀 대회!"

"그것도 좀…… 낚시는 어떤……."

"경주 대회 어떻습니까!"

"경주 대회?"

유 회장은 솔깃한 표정을 지었다. 실제로 태현 일행이 타고 다니는 탈것이 탐이 나기는 했던 것이다. 겉으로만 봐도 멋이 철철 흘러넘치는, 크고 강력한 오토바이!

사실 유 회장도 그걸 보고 몇 번 경매장에서 탈것을 구매하려고 했지만 마음에 드는 물건이 나오지 않았다. 태현만큼 대장장이 기술과 기계공학 스킬을 찍은 플레이어가 없는 것이다. 보통 멀쩡한 대장장이 플레이어는 기계공학을 배우지 않았다. 기계공학 플레이어 가브리엘이 그 사건을 일으킨 이후로는 그런 이미지는 더더욱 심해졌다.

'굳이 기계공학 스킬을 배우는 놈은 변태다!'

태현보다 대장장이 기술이 높은 플레이어는 거의 기계공학을 다루지 않았고, 탈 것 만드는 것 말고도 할 일이 많았으나……. 거기에 태현을 제외하고서 그나마 기계공학을 파고드는 플레이어들은 그 가브리엘 패거리였다. 태현의 영지에 있는 악마의 대장간에서 '히히 폭탄이다 폭탄 발싸!'이러고 다니는 플레이어들!

경매장에 기계공학 탈 것이 나오지 않는 건 어찌 보면 당연한 일이었다.

'그놈한테 그냥 부탁을 할 걸 그랬나……'

아쉬움에 입맛을 다셨다. 그놈의 자존심이 뭔지!

그렇지만 태현에게 '나, 나도 그거 하나 만들어주면 안 되냐?'라고 물었다가는 뒷일이 뻔히 보였다.

'아이고, 어르신. 갖고 싶으시면 말을 하셨어야쥬! 하하하! 낚시만 하신다면서!'

굴욕 그 자체!

순간 유 회장의 머릿속에 번개 같은 아이디어가 스치고 지나갔다.

"경주 대회 괜찮군. 1등에게 포상으로 자네가 타고 있는 오토바이 같은 걸 주는 거야."

"어…… 상금은 돈으로 줘야 하지 않을까요?"

케인은 당황해서 외쳤다. 물론 타고 있는 오토바이가 경매장에 풀면 바로 현금화가 가능한 희귀한 아이템이긴 했다.

그래도 그렇지 대회 보상을 저런 아이템으로 준다니.

판온 폐인들이야 '와! 좋다!' 이러겠지만 일반인들이 보기에는 '엌ㅋㅋㅋㅋ 대회 상금으로 게임 아이템을 ㅋㅋㅋㅋㅋ'이라고 비웃기 딱 좋았다.

유 회장은 별거 아니라는 듯이 말했다.

"그러면 상금도 주고 부상으로 오토바이도 주면 되겠군."

자선대회 상금은 유 회장의 재산에 비교한다면 푼돈에 불과했다. 중요한 건 합법적으로 오토바이를 뜯어내는 것!

"그러면야 되겠지만…… 오토바이는 누가 만들어요?"

"만들 수 있는 사람이 김태현밖에 없으니 김태현이 만들어야겠지."

"그걸 누가 걔한테 말하죠?"

"자네가 말한 의견이니 자네가 말하면 되겠군."

재계에서 오랫동안 구른 유 회장에 비교한다면 케인은 풋내나는 애송이일 뿐이었다.

투기장 근처의 호수에서 자선대회가 점점 틀을 잡아가고 있었다.

"우승한 선수에게 상금을 주고, 동일 액수의 상금을 기부하고……."

"오토바이는 아니죠?"

"당연히 아니지."

"휴. 한 대만 만들라고 해도 되겠네요."

옆에 있던 김현아는 끼어들고 싶어서 손이 근질거렸다. 그렇지만 이제 와서 끼어들기에는 민망했다. 케인과 저 정체불명의 아저씨는 일단 태현 파티였으니까!

'좀! 물어봐라! 왜 저런 계획을 세우는지 궁금하지도 않아?!'

그래서 김현아는 케인에게 속으로 외쳤다.

저 아저씨가 이상하지도 않단 말인가? 무슨 자기가 책임자처럼 대회 계획을 물어보고 있는데!

"그런데 어르신. 이런 계획은 왜 짜시는 겁니까? 혹시……."

유 회장은 멈칫했다. 너무 나갔다 싶은 것이다.

'이런, 내가 너무 대놓고 행동했나?'

사실 지금도 알 사람들은 다 알고 있었다. 유 회장이 판온을 하고 있다는 것을. 그렇지만 이렇게 일반인들에게 공개하고 싶지는 않았던 것!

"……회사에서 일하시는데 이런 계획을 짜보라고 위에서 말이 나온 건가요?"

"……어, 그, 그렇지."

알아서 오해해 주는 케인!

케인은 유 회장의 겉모습을 보고 '부장님쯤 되나?' 싶었다. 요즘 판온 투기장 대회가 워낙 압도적으로 화제를 끌어모으니 회사에서도 관심을 가진 게 아닌가 싶었던 것이다.

"어휴, 힘드시겠어요. 위의 사람들은 알지도 못하면서 화제만 되면 막 억지로 시키잖아요. 참 심하지 않아요?"

유 회장은 찔리는 표정을 숨겼다. 별생각 없이 말해오는 케인의 말에 마음이 아팠던 것이다. 케인이 취직한 적 없는 백수라는 걸 모르는 유 회장이었다.

"아니…… 윗사람도 다 생각이 있어서 시키는 거 아니겠나? 크흠. 크흠."

유 회장은 민망한 듯이 헛기침을 하며 윗사람을 두둔하려고 했다. 물론 그 윗사람은 본인!

"아니죠! 윗사람이 무슨 생각이 있겠어요. 판온을 해보지도 않았을걸요. 그냥 요즘 화제가 되고, 이스포츠 중에서도 압도적이니까 '그래? 그러면 한 번 해봐!' 이러는 거겠죠!"

취직 못 한 원한을 여기에 쏟아붓는 케인!

그런 케인의 모습에 울컥한 유 회장이었다.

"다른 사람들은?"

접속한 이세연은 태현이 대장장이 작업 세트 앞에 혼자 앉아 있는 걸 보고 고개를 갸웃거렸다.

"낚시하러 나갔는데."

"그래? 그냥 같이 있는 게 나을 텐데. 뭐 만드는 거야?"

"반지."

"네가 쓸려고?"

"아니."

"응? 누구 주려고 만드는 거야?"

"아마. 잘 만들어지면?"

이세연은 호기심 가득한 표정으로 태현을 쳐다보았다. 저 게임밖에 모르는 놈이 누구한테 반지를 준다고?

'아니, 잠깐만. 내 착각이겠지. 케인이나 이다비 같은, 일행한테 주려는 거겠지.'

이세연은 깔끔하게 결론을 내렸다. 태현의 행동을 미리 예상했다가 뒤통수 맞았던 게 한두 번이 아니었던 것!

"누군지 물어봐도 돼?"

"말해도 네가 알지 모르겠는데. 아! 아니다. 알겠군. 걔도 본선 진출했으니. 에반젤린이라고 뱀파이어 플레이어 있어."

태현의 계획은 간단했다. 불운을 막는 효과를 가진 아이템을 만들어서 에반젤린과 교섭에 나서는 것이다.

그녀가 갖고 있는 반지는 물론이고 뱀파이어 관련 병력도 빌릴 수 있으면 빌린다! 에반젤린이 불운 때문에 얼마나 쩔쩔매고 있는지 알고 있으니 충분히 먹힐 만한 방법이었다.

그러나 이세연에게는 다르게 들릴 수밖에 없었다. 눈이 크게 떠졌다.

"그, 그, 그렇구나……!"

"너 왜 그런 표정을 짓냐?"

"아무것도 아니거든? 나 잠깐 나갔다 올게!"

'대박……!'

이세연은 놀란 마음을 다스리며 밖으로 나갔다. 밖으로 나가자 마침 반대편에서 재료를 갖고 걸어오는 이다비가 보였다.

"아, 안녕하세요!"

이다비가 해맑게 인사하자 이세연은 다급히 물었다.

"그쪽도 알고 있었어요?!"

"네? 뭘요?"

"쟤가 에반젤린이란 플레이어한테 주려고 반지 만드는 거요!"

"네?!"

이다비는 이세연보다 더 놀랐다. 누군지 궁금하기는 했는데 정말 생각지도 못한 인물이 나온 것이다.

"그, 그, 그 사람한테 왜 주는 건데요?"

"그건 못 물어봤는데……."

생각해 보니 이유를 물어보지 않았었다. 그러나 이미 두 사람은 상상의 나래를 펼치고 있었다. 그러는 사이 낚시 갔던 케인과 유 회장, 김현아가 돌아왔다.

"안녕하세요."

"언니! 저 왔어요!"

그들은 이다비와 이세연이 화들짝 놀란 걸 보고 의아해했다. 왜 저러지?

"무슨 일이에요, 언니?"

"그게 그러니까……."

김현아는 '내가 그딴 걸 왜 알아야 하냐'는 표정을 지었지만, 다른 사람들은 모두 격렬한 반응을 보였다.

케인은 기겁해서 외쳤다.

"그 자식이 프로포즈를 한다고?!"

"그, 그렇게까지는 아무도 말 안 했는데요!"

"잠깐, 게임에서 프로포즈를 하나?"

"판온 1에서도 몇 번 있었던 일이긴 해요. 둘 다 게임 폐인이면……."

"김태현 그놈이면 충분히 그러겠는데."

다들 웅성거렸다. 모두가 생각하기에 태현은 충분히 그럴 수 있다! 사실 각자 혼자서 생각해 본다면 뭔가 이상하다는 걸 느낄 수 있었겠지만, 모두가 모여 웅성웅성 떠드니 아무도 멈추지 않았다.

유 회장만 의아해했다.

"그놈이 언제 그렇게 연애를 한 거지? 그럴 시간이 없지 않았나?"

"분명 귓속말로 한 겁니다! 이 치사한 자식 같으니! 자기 혼자 게임도 하고 연애도 하고!"

케인은 울분에 차서 외쳤다. 자기는 계속 게임만 하느라 솔로인데 김태현 그놈은 게임도 하고 연애도 하고 할 거 다 하고 있었다니! 이 차이는 어디에서 나온 것이란 말인가!

"아니…… 게임 내에서도 거의 안 만나고 사는 곳도 해외인데……?"

유 회장의 합리적인 지적은 먹히지 않았다.

"좋아! 가서 물어보자!"

"누가요?"

모두가 케인을 빤히 쳐다보았다.

"……알겠어! 내가 물어본다!"

"아, 물어볼 때 오토바이도 물어보는 거 잊지 말도록!"

"오토바이는 무슨 소리예요?"

그러나 방 안으로 다시 들어갔을 때 태현은 자리에 없었다. 잠시 로그아웃을 한 상태!

규칙적인 폐인 생활을 하는 태현에게 있어서 게임 도중에 나가는 건 원래 있을 수 없는 일이었다. 정말 필요한 일이 아니면 나가지 않는 태현!

그러나 이번에는 안 나갈 수가 없었다. 태현이 다니는 대학교의 교수님이 불렀던 것이다.

-오랜만에 얼굴 좀 보자.

간단하지만 거부할 수 없는 문자 내용! 지금이야 휴학하고 게임에 전념하고 있었지만, 대학을 다닐 때 태현은 일단 우등생이었다. 보통 과 수석은 아무나 하는 게 아니었으니까!

게다가 태현을 상대하는 사람들은 다들 잊기 쉬웠지만 태현도 일단 한국대학교 학생이었다. 최고들이 모이는 곳에서 최고를 차지했던 것이다. 당연히 전공 교수님과도 꽤나 친하게 지냈었다.

'뭐지? 날 쳐다보는 것 같은 기분인데.'

교수님 사무실로 걸어가는 도중 태현은 이상하게 시선을 느꼈다. 마치 예전에 과 동기에게 주먹을 날리고 나서 주목을 받을 때와 비슷한 기분!

'기분 탓인가?'

똑똑- 문을 두드린 다음 태현은 안으로 들어갔다.

"왔나?"

-김태현 선수, 여기서 상대를 완전히 압도합니다! 마지막 경기를 한국 팀으로 기울게 만드네요!

들어가자마자 들리는 익숙한 소리! 경기 재방송이 화면에 켜져 있었던 것이다.

스륵-

태현은 그대로 뒷걸음질 쳐서 나가려고 했다. 그러나 그전에 재빨리 교수님이 나서서 문을 닫았다.

"어딜 도망가려고. 경기는 잘 봤다. 이 녀석. 휴학하고 뭐 하나 했더니!"

"교수님이 이걸 어떻게 보신 겁니까? 판온 하세요?"

"내가 게임 같은 걸 할 거 같냐? 응? 이 나이에?"

김 교수는 의자에 털썩 앉으며 어이없다는 듯이 말했다.

"교수님보다 더 나이 많으신 분도 판온 재밌게 하던데요."

"말도 안 되는 소리를. 그런 사람 있으면 데리고 와봐라. 아. 그리고 저건 우리 과 애들이 갖고 와서 알려주더라. 저거 너 아니냐고. 난 처음에 너 아닌 줄 알았다."

"제가 게임 좋아하는 거 아시지 않으셨어요?"

"아니. 너무 잘생겨서 네가 아닌 줄 알았다고."

태현의 얼굴이 구겨졌다.

"그래! 바로 그게 네 얼굴이지! 사람 하나 잡아먹을 것 같은……."

"저 이만 가보겠습니다!"

"에헤이, 앉아. 앉아. 아직 이야기는 하지도 않았어."

태현은 못마땅한 얼굴로 교수와 마주 보며 자리에 앉았다.

그러자 문득 생각나는 게 있었다.

"잠깐, 우리 과 애들이 알려줬다고요?"

"그래. 유명하던데? 어떻게 알아봤는지 좀 신기하더라."

"제 외모 이야기는 그만하죠."

태현은 손을 뻗어 이야기를 막았다. 안 그러면 한동안 또 외모 이야기를 할 테니까.

"그보다 왜 부르신 겁니까?"

"네 소식 들은 김에 오랜만에 네 얼굴이나 보고 그러려고 불렀지. 그리고 졸업은 언제 할지 물어보려고."

"어…… 음……."

"할 생각이 전혀 없구나. 그렇지?"

"아뇨! 졸업은 해야죠! 언젠가!"

"안 할 생각이군."

하긴 할 생각이었다. 대회에서 우승하고 랭커들도 다 때려 잡고, 하여튼 판온 2를 다 씹고 뜯고 맛보고 즐긴 다음에.

김 교수는 한숨을 쉬며 고개를 저었다.

"내가 너한테 문학의 재능이 있다고 말했는데……."

"그거 다른 사람들이 들으면 오해할 소리거든요?"

김 교수가 태현에게 문학의 재능이 있다고 말하기는 했다.

약간 다른 의미여서 그렇지!

'집에 돈이 많다고? 이 녀석. 문학의 재능을 타고 났구나! 너 같은 녀석이 문학을 해야 하는 거다!'

"지금 대회다 뭐다 정신없이 바쁜 건 알겠는데 여유 나면 복학할 생각은 해라. 네 능력 정도면 충분히 둘 다 병행해서 할 수 있을 텐데."

"네. 알겠습니다."

"아, 그리고 동환이가 술 먹고 날뛰더라."

"걔가 누구죠?"

"……네 친구."

"전 친구들 이름은 다 기억하고 다니는데. 워낙 친구가 없어서."

"네 동기. 그 있잖냐, 너하고 멱살 잡고 다툰……."

태현이 쓰레기 같은 캐릭터로 연속 활약을 보여주자 멱살 잡고 싸움 걸었던 친구!

"아, 걔…… 이름이 그거였군요. 잊고 있었네요."

동네 똥개도 저것보다는 더 관심을 갖고 대할 것이다. 완전히 잊고 있었다는 모습에 김 교수는 한숨을 쉬었다.

"근데 걔가 술 먹고 날뛰는 건 왜 저한테 말해주세요?"

"그야 네가 대회에서 활약하는 영상 보고 술 마신 거니까……."

"난 또 뭐라고."

"걔도 이번에 친구들하고 같이 대회 준비했다고 하더라."

"오, 그래요? 본선에 진출했나요?"

"그랬으면 술을 안 마셨겠지."

안 그래도 먼저 덤볐다가 두들겨 맞고 망신을 당했는데, 그런 태현은 본선에 나가서 맹활약을 하다니. 술을 마실 수밖에 없는 상황이었다.

"걔는 예전에 하는 거 봤는데 그냥 게임에 재능이 없는 것 같……."

"그 소리는 걔 있을 때 하지 마라."

"걔 있을 때 할 일이 있나요, 뭐. 어차피 앞으로 볼 일도 없을 텐데."

김 교수는 태현을 빤히 쳐다보았다. 그 시선을 눈치챈 태현이 급히 말했다.

"아니, 복학을 안 한다는 게 아니라 그냥 강의는 많고 걔도 졸업할 테니 볼 일이 없다는 거죠."

"그래. 제발 그랬으면 좋겠다. 그리고 태현아. 나중에 대회 끝나면 나한테 연락해라."

'별로 하고 싶지 않은데…….'

태현은 속으로 생각했지만 입 밖으로 내뱉지 않았다.

더 귀찮아질 테니까!

CHAPTER 3

접속했을 때 태현은 뭔가 이상하다는 걸 느꼈다.

주변의 분위기가 뭔가 달랐던 것이다.

'뭐지?'

"뭐야? 뭔 일 있었나?"

"무, 무슨 일? 아, 아무 일도 없었는데?"

일행이 모두 태현을 힐끔힐끔 쳐다보고 있었다. 심지어 김철수까지! 한결같은 건 도동수밖에 없었다. 도동수는 태현이와도 고개를 돌리고 있었다.

"자식. 너밖에 없다."

"뭐라는 거야?!"

친하게 대해주니 오히려 더 기분 나빴다. 도동수는 날카롭게 손을 쳐냈다. 그날 경기가 끝나고 도동수는 잠을 이루지 못했다. 당연히 사람들 반응 때문이었다. 압도적인 호응!

무슨 기자들이 김태현 팬클럽이라도 된 줄 알았다.

'압도적인 경기력…… 김태현의 큰 그림', '기존 전략을 거부하다. 판온의 이슈메이커' 같은 제목들을 보며 도동수는 목덜미를 잡았다. 하필이면 개막 첫 경기 날에 있었던 다른 팀들의 경기가 형편없는 진흙탕 경기였던 것도 컸다. 서로 심심하고 평범한 전략들만 쓰다가 5경기까지 간 졸전!

관중들이 야유를 보낼 정도였다.

도동수는 복잡한 표정으로 고개를 숙였다.

김태현을 뛰어넘고 싶다, 그렇지만 김태현과 협조하고 싶지 않다! 이 두 가지를 동시에 하려고 하니 잘 풀릴 수가 없는 것이다. 그러는 동안 이세연, 김철수, 이다비, 심지어 유 회장까지 케인에게 시선으로 압박을 보냈다.

'물어봐!'

"……커, 커헉."

"넌 뭐 중병 걸린 소리를 내냐. 저주라도 걸렸냐? 오지 마라. 옮을까 겁나네."

태현은 케인을 향해 저리 가라는 듯이 손을 휘저었다.

"그게…… 궁금한 게 있는데……."

"?"

"……어제 어디 갔다 온 거냐?"

꽝!

주변에 있던 사람들이 케인을 노려보았다. 그거 하나 제대로 못 물어보냐!

'무, 무섭다고! 저 자식 성질 건드리면 피는 나만 보잖아!'

"교수님 보고 왔는데."

"뭐? 왜?"

"복학 언제 할 거냐 같은 소리 했지. 아. 우리 과에 대회 나간 놈 있는데 내가 본선 나간 거 보고 술에 취해서 난리 피웠다는 소리도 했지."

정말 아무 의미 없는 말들! 이세연은 한숨을 쉬며 포기했다. 기다려 봤자 케인이 물어볼 것 같지 않았다.

"좋아. 이제 회의 시작하자."

쓸데없는 소리는 그만. 지금 중요한 건 대회였다.

태현이 누구한테 반지를 주든 프로포즈를 하든 결혼식을 올리든 그건 지금 중요한 게…… 맞긴 했지만 어쨌든 더 이상 그걸로 골치를 앓기는 싫었다.

"우리 다음 상대가 정해진 거 알지?"

아직 남은 경기들이 있었지만 태현 팀의 상대는 정해진 상태였다. 상대는 중국대표팀!

태현 팀처럼 상대도 예선을 뚫고 올라온 팀을 하나 이기고 8강에 도착한 상태였다. 초대팀들의 대결!

상대 팀의 경기 영상도 이미 풀린 상태였다.

덜컥-

이야기를 하기도 전에 나가 버리는 도동수!

"쟤 패면 안 되냐? 한 대만."

"안 돼."

이세연은 태현의 간절한 말을 무시했다. 케인이 중얼거렸다.

"분명 한 대가 그냥 한 대가 아니겠지……."

"지금 또 싸움 만들어가면서 이야기할 시간 없으니까 남은 사람들끼리 이야기하자. 중국대표팀은 강한 팀이야. 초대팀이지만 호흡도 잘 맞고 무엇보다 카운터 전략에 능해. 실제로 보면 본선에 올라온 상대 팀의 손발을 완전히 묶어서 이겼어."

"우리랑 상성이 최악인데?"

"최악이지. 특히 도동수 쪽이 찔릴 가능성이 커."

자기들의 고유 전략으로 맞부딪히는 팀이 있고, 상대방에 맞춰 유연하게 전략을 짜오는 팀이 있었다. 중국대표팀은 전형적인 후자였다. 인기는 없고 팬들에게 재미없다고 욕은 먹지만 착실하게 승리를 얻어내는 전략!

"이런 팀을 이기려면 두 가지 방법이 있어. 우리 전략을 갈고 닦아서 밀고 나가던가."

"우리 전략이란 게 있어? 2, 2, 1밖에 없잖아."

"……아니면 상대방이 예측을 하지 못하게 우리 전략을 바꾸던가."

"흠……."

태현은 생각에 잠겼다. 사실 첫 번째 경기의 대승에 묻혀서 놓치기 쉬웠지만, 한국대표팀은 여전히 불안정한 상태였다. 거의 없는 것이나 마찬가지인 팀워크. 약점들은 그대로!

"먼저 공격하는 건?"

"무슨 소리야?"

이세연은 이해가 가지 않아 고개를 갸웃거렸다. 투기장 안에서 먼저 공격한다는 게 새삼스럽게 무슨 소리란 말인가.

"다섯 명이 팀이고, 도중에 멤버가 빠져도 보충 불가능하니까 상대 팀 한 명만 빠지게 해도 되잖아."

그제야 자리에 있던 사람들은 태현이 무슨 소리를 하는지 알아차렸다. 먼저 공격하자는 게 투기장 안 이야기가 아니라, 투기장 밖 이야기였구나!

"그, 그건 좀 아니지 않습니까?"

팀의 유일한 양심이자 상식인 김철수가 손을 들고 주저하며 말했다.

"아니, 이건 딱히 우리만 하는 짓이 아닌데. 실제로 케인은 오다가 공격을 받았고."

"맞아! 그랬었지!"

케인은 기억을 떠올리고는 분개해서 외쳤다.

"물론 내가 케인한테 '널 좋아한다는 여자가 있으면 그건 함정이 분명해'라고 잘 말해뒀으니 앞으로 그런 함정에 속지는 않을 테지만……."

"굳이 그걸 꼭 말해야 하냐? 응?"

"……이런 식으로 방해하는 게 없지는 않다는 거지. 물론 이제까지 성공한 놈들은 못 봤지만 그거야 어설퍼서고."

다른 사람들은 태현의 말을 듣고 어이가 없었다. 그런 식으로 함정을 파는 플레이어들이 어설프다고 하다니.

그러나 태현의 대단한 점은, 저런 말을 해도 절대 자만으로 들리지 않는다는 점이었다. 태현의 수준에서는 정말 어설퍼 보일 것 같은 것!

김철수와 달리 이세연은 진지하게 고민하는 얼굴이었다. 잊기 쉬웠지만 그녀도 판온 1에서 1위를 찍었던 플레이어였다. 꼭 정정당당한 수법만 좋아하는 건 아니었다.

지금 이대로 가면 그들에게 너무 불리한 상황. 확실히 비책이 필요하긴 했다. 그렇지만 역시 너무 과감한 전략!

이세연은 걱정되는 목소리로 물었다.

"너무 리스크가 크지 않아?"

"전부 다 갈 필요 없이 나하고 케인 정도면 충분해. 나머지는 팀 외부에서 사람 부르고."

"나는 왜?!"

가만히 있다가 같이 덤으로 묶인 케인!

"난 지금 한 번 죽어도 페널티 없이 바로 접속할 수 있으니까 그렇게까지 위험하진 않아. 도망치는 것도 쉽고."

"팬분들이 화를 낼 수도 있어. 이기는 게 전부가 아니라는 걸 명심해. 괜히 잘못했다가는 이기고서도 이미지 안 좋아질 수도 있어."

"안 들키면 그만이지. 그리고 난 이미지 신경 안 쓰는데."

"난 신경 쓰는데."

케인은 무시하고 태현은 단호하고 진지하게 말했다.

"잘 들어봐. 물론 리스크가 크기는 하지만 이건 해볼 만한 전략이야. 도동수 데리고 안 맞는 손발 억지로 맞추는 것보다 훨씬 더 나은 방법이라니까. 이것보다 나은 전략 있어?"

평소에는 안 그런 태현이 진지하게 대회를 생각하는 모습을 보이자 이세연은 순간 흔들렸다.

'잠깐, 이상한데?'

"너 지금 그냥 깽판 치고 싶어서 이러는 거지?"

"무, 무슨. 사람을 뭘로 보고?"

"……."

"너한테 피해 안 가게 한다니까? 나하고 케인만 가서 잘 숙삭 하고 올게."

"나도…… 그냥…… 빼주면……."

이세연은 고개를 저었다.

"아냐."

"에이. 알겠어. 안 하면 되잖아."

태현이 저렇게 쉽게 포기할 리 없었다. 말로는 안 한다고 하지만 할 게 뻔히 보이는 저 얼굴! 이세연은 뭐라 하려다 말았다. 지금 하려는 건 그 소리가 아니었으니까.

"안 된다는 게 아니라, 할 거면 같이 하자. 같이 하는 게 더 승률이 높겠지."

"8강에 진출한 거 축하해."

"어. 그래."

장쓰안의 거만한 태도에 쑤닝의 얼굴이 일그러졌다.

사실 둘의 사이는 그렇게 친한 게 아니었다. 정확히 따지면 라이벌에 가까운 관계! 그런데 쑤닝 길드가 뽑은 길드원들은 예선에서 탈락하고, 장쓰안의 팀은 본선에 바로 초대받아 손쉽게 16강을 뚫었으니……. 마음이 복잡할 수밖에.

"내가 온 건 김태현에 대해 이야기해 주려고 온 거야."

"이미 충분히 조사했어. 별로 필요 없을 거 같은데."

꿈틀-

쑤닝의 얼굴이 한 번 더 구겨졌다.

'참자, 참아.'

쑤닝은 생각했다. 저놈과 태현 놈 중 더 얄미운 놈이 누구인가? 그건 바로 태현이었다. 즉 장쓰안 정도는 참아줄 수 있는 것!

쑤닝은 스스로가 정말 성장한 것 같았다.

"네가 조사를…… 했다지만…… 그래도…… 놓친 게 있을 수 있잖아……? 안 그래? 응?"

빠득빠득- 이 가는 소리가 들려왔지만 장쓰안은 무시했다.

"내가 놓친 건 없어. 그리고 만약 놓쳤어도 그걸 네가 알아 왔을 리는 없고. 쑤닝, 더 할 말 없으면 가줬으면 좋겠는데. 나는 너와 달리 대회 준비도 해야 하고 할 게 많아서."

거만한 태도와 달리, 장쓰안의 조사는 의외로 치밀했다.

태현 팀의 본선 경기, 연습 경기, 거기에 태현 팀 플레이어들의 평소 전투 스타일을 각각 조사한 것이다.

그 결과 내린 결론이 바로…….

'이 팀은 따로 노는 팀이다!'

첫 번째 경기의 충격이 너무 커서 다들 놓치고 있었지만, 장쓰안의 눈에는 다른 게 보였다. 팀워크가 전혀 보이지 않았던 것이다. 그냥 각자 행동하는 다섯 명!

만약 미리 계획을 해둔 것이었다면, 태현이 불을 질렀을 때 도동수가 그렇게 당황할 리 없었다. 저게 연기라면 도동수는 연기 대상급!

사실 장쓰안도 놀라긴 했다. 본선에 초대받은 팀이 저 정도로 팀워크가 안 맞다니. 그게 말이나 되는 소린가. 사이 안 좋은 사람들을 억지로 모아 놓은 게 아니라면 설명하기 힘든 현상!

그러나 몇 번을 돌려 봐도 결과는 분명했고, 장쓰안은 결론을 내렸다. 저 팀은 콩가루 팀이다!

"계속 도동수가 먼저 움직이는데, 이게 멋대로 행동하는 거면 도동수를 노리는 게 좋겠는데요."

"이세연이나 김태현은 워낙 숨겨진 게 많아서 상대하기 좀 껄끄러워. 그에 비해 도동수는 스킬 세트도 좀 알려져 있는 편이고 만만하지."

"도동수를 잡은 다음 유리한 상황으로 장기전 가면 이길 수 있을 거 같습니다."

장쓰안과 팀원들은 벌써 결론을 내렸다.

"방심하지 마라. 팀 블루도 우리와 비슷한 전략을 하려고 했던 거 같다. 불같은 변수가 생겨서 그런 거지만."

"맵이 안 좋았습니다. 그렇지만 이번에는 숲이 안 걸렸잖습니까."

"그렇지. 설마 김태현도 똑같은 수를 두 번 쓰지는 못할 거다. 몇 번 더 연습해 보고 마무리 짓자."

방심하고 싶지는 않았지만, 장쓰안은 아무리 생각해도 그들의 전략에서 허점을 발견할 수 없었다. 상대가 저렇게 콩가루인데 그들이 질 수 있다니. 대체 어떻게 해야 그런 일이 일어날 수 있을지 상상도 가지 않았다.

'이긴다. 그리고 날아오른다! 내가 판온의 새 얼굴이 되는 거다!'

'이 자식 또 상상 속에서 행복회로 돌리고 있네.'

쑤닝은 질린다는 듯이 장쓰안을 쳐다보았다.

장쓰안은 왕자병이었다. 자기 잘난 맛으로 사는 놈!

'성격이 나쁜 놈은 아닌데, 아니, 성격이 나쁘긴 하군. 어쨌든 못 써먹을 놈은 아닌데 저러고 있으니⋯⋯.'

쑤닝은 걱정이 태산이었다. 케인을 노린 공작도 실패. 태현 팀은 승승장구. 게다가 지금 태현 팀을 8강에서 맞이해야 할 장쓰안은 '나는 완벽하다. 패배는 있을 수 없다' 이러고 있으니⋯⋯.

태현 같은 놈한테 가장 잘 당하는 게 저렇게 확신에 빠져 있는 놈이었다. 쑤닝 본인도 그랬으니까!

문제는 장쓰안이 쑤닝 말을 잘 안 듣는다는 것이었다. 설득할 방법이 없었다.

"에휴. 그래. 알아서 잘해라. 그리고 조심하고. 김태현은 변수 만드는 능력도 좋다고. 알겠냐?"

"아, 몇 번을 말하나. 다 알고 있다고. 빨리 가서 네 영지나 관리해. 요즘 그렇게 박살이 났다며?"

빠득!

쑤닝은 욕 한 바가지 해주려다가 참고 밖으로 나갔다.

혼자 남은 장쓰안은 혀를 차며 고개를 저었다.

"어쩌다가 저렇게 되어가지고…… 예전에는 좀 더 괜찮아 보였는데 말이야. 하긴, 원래 사람의 능력에는 한계가 있는 법이지."

쑤닝이 들었다면 PK 신청을 할 소리였다.

타타탁-

"길마님!"

장쓰안의 길드원 중 한 명이 다급히 달려왔다.

"소식 들으셨습니까?"

"무슨 소식을 말하는 거냐?"

"〈뜨거운 울음의 검〉이 발견되었답니다!"

"뭐?!"

장쓰안이 관심을 갖고 있는 장비 중 하나였다. 화력을 몇 배로 올려줄 수 있는 무기!

물론 프리카 투기장에서는 장비가 의미가 없지만, 투기장은 판온의 아주 조그만 부분일 뿐이었다. 밖으로 나가면 레벨과 장비가 필수. 그러나 장쓰안은 아직까지 〈뜨거운 울음의 검〉 관련 퀘스트를 깨지 못했다. 정보가 너무 부족했던 것이다.

어디 있는지, 아니면 하다못해 제작법은 있는지……. 경매장을 찾고 정보를 파는 플레이어들에게도 의뢰를 해봤지만 딱히 별다른 건 나오지 않았다.

반쯤 포기한 상태였는데 이렇게 정보가 들어오다니.

"어디? 어디냐?"

"여기서 별로 안 멉니다. 남쪽 카프 산맥 근처 던전에서 발견됐답니다."

카프 산맥. 아직 밝혀지지 않은 프리카 대륙에서도 나름 유명한 곳이었다. 저번에 한 번 커다란 대형 퀘스트도 있었던 것이다. 태현이 주도한 사디크 교단 본거지 토벌 퀘스트!

'프리카 대륙에 플레이어들이 많아져서 숨겨져 있던 던전이 발견된 거구나!'

장쓰안은 그렇게 결론을 내렸다. 쑤닝이 옆에 있었다면 '야 왜 그렇게 찾고 있던 게 지금 갑자기 나타나냐'라고 의심을 했을 테지만, 장쓰안은 아니었다.

"지금 던전은?"

"게시판을 보는데 아직 많이는 안 몰렸고, 한 대여섯 파티 정도 모여서 도전하는 것 같은데…… 아직 깬 파티는 없는 거 같습니다."

"가자!"

"예? 지금요?"

"다음 경기까지 날짜 넉넉히 남았다. 충분히 깨고 돌아올 수 있어. 내가 못 할 거 같냐?"

"아니요, 길마님이라면 충분하실 거 같습니다."

"그렇지. 나라면 충분히 할 수 있지!"

장쓰안은 호탕하게 웃었다.

"잘 먹혔으면 좋겠는데."

"할 수 있는 방법은 다 했어요."

이다비는 고개를 끄덕이며 말했다. 중국대표팀이 타깃을 도동수 한 명으로 좁혔듯이 그들도 타깃을 장쓰안 한 명으로 좁혔다. 가장 가능성 높아 보이는 상대!

먼저 장쓰안이 계속 〈뜨거운 울음의 검〉이란 장비를 찾고 있는 걸 확인. 그리고 거기에 맞춰서 함정을 준비했다.

-비다이: 던전 하나 찾았는데 안에 〈뜨거운 울음의 검〉 있다는데 이거 뭔지 아는 사람? 좋은 건가?

-최민수: 처음 들어보는데.

-세만어리워워파: 별로 안 좋아 보인다. 공략해 봤자 본전도 안 될 듯.

-현태김: 난 간다. 괜찮아 보임. 프리카 대륙은 던전 안 밝혀진 게 많아서 해볼 만함.

게시판에 별거 아닌 것처럼 이야기하는 모습만 보여줘도, 〈뜨거운 울음의 검〉을 찾는 사람이라면 미끼를 덥석 물 것이다. 문제는 상대방이 언제 이거에 반응하느냐!

경기가 끝난 다음에 보거나, 미리 보더라도 경기가 끝난 다음에 움직인다면 계획도 실패였다.

"근데 이 던전은 뭐 하는 던전이야?"

"그냥 흔한 던전 중 하나예요. 저희 길드원이 발견한 던전인데 아직 깨지는 않았대요."

태현 일행은 던전 입구에서 숨어 있었다. 그들만 있는 게 아니라 파워 워리어 길드원들로 구성된 파티 몇몇이 더 있었다. 공략하러 온 파티들처럼 보이기 위해서 위장한 상태!

이걸 본다면 '아, 〈뜨거운 울음의 검〉을 뺏길 수도 있겠다!'라는 생각이 들 수밖에 없었다.

"안 깼다니, 왜?"

"그야 던전 수준도 낮아 보이니 굳이 돌 필요 없겠다 싶었던 거 아닐까요? 입구 쪽에서 나오는 몬스터가 곰 계열 몬스터인데 레벨이 기껏해야 60 정도래요."

"좀 낮긴 하군. 입구가 그 정도면 더 들어가도 크게 안 올라갈 거 같은데."

몬스터 레벨이 좀 낮긴 했지만 별로 상관없었다. 일단 상대방을 던전 안으로 끌어들이기만 하면 잡는 건 태현이 할 테니까.

"오고 있답니다!"

"……됐다! 너희들은 숨어!"

다른 플레이어들은 숨게 하고서, 태현은 파워 워리어 파티 중 하나에 끼어들었다. 겉으로 보면 절대 눈치 못 챌 상황!

"우리가 먼저 왔거든?!"

"던전 깨는 데 먼저가 어디 있어. 능력 있는 놈이 먼저 깨는 거지. 우리는 먼저 들어갈 테니까 알아서 하라고."

"이 자식들이 진짜…… 뒤 조심해라!"

"뭐? 지금 여기서 붙을까?"

"야, 야, 진정해. 우리끼리 깨기 힘들다니까. 좀 힘을 합쳐보자."

"내가? 미쳤냐? 절대 그럴 일 없으니까 꿈 깨라."

자리에 도착한 장쓰안은 눈썹을 찌푸렸다. 입구 분위기는 개판이었다.

'딱 보니 분쟁이 생겼군.'

겉모습을 보니 파티의 레벨은 낮아 보였다.

'저 장비는 레벨 제한이 80인 갑옷인데…… 레벨 100도 안되나? 좀 심한데. 프리카 투기장 때문에 개나 소나 다 오는군.'

원래라면 좀 고렙 플레이어들만 왔을 곳. 프리카 투기장 대회를 구경하러 왔다가 소문을 듣고 던전을 깨러 온 게 분명했다. 먼저 왔으니까 먼저 깨겠다고 주장하는 파티, 그런 거 알 거 없고 그냥 들어가겠다는 파티, 다들 힘을 합쳐서 같이 깨자는 파티까지…….

저렙존에서 흔히 볼 수 있는 모습은 다 나오고 있었다.

장쓰안은 고개를 저었다. 더 보고 있을 이유가 없었다.

"한심해 죽겠군. 자! 들어가자."

"잠, 잠깐. 우리가 먼저 왔는데……."

"뭐라고?"

"힉!"

장쓰안이 노려보자 상대 파티장이 움찔해서 물러섰다. 화려한 장비에, 가만히 서 있어도 풍기는 랭커의 품격!

상대방이 물러서자 장쓰안이 당연하다는 듯이 앞머리를 쓸어 넘겼다.

"죽기 싫으면 비켜라. 지나갈 테니까."

장쓰안의 길드원들은 살짝 민망한 표정이었다.

꼭 저렇게 폼을 잡을 필요가 있나? 그들의 길마는 다 좋았지만 저럴 때에는 좀 느끼한 게 사실이었다.

"잠, 잠깐만 기다려 주십쇼!"

다른 파티의 플레이어가 다가와서 말을 걸었다.

"제가 안내해 드리겠습니다!"

"네가?"

"예! 저희 파티는 그래도 이 던전을 몇 번 도전해 본 파티입니다! 괜히 길을 헤매시는 것보단 저희 도움을 받으시는 게…… 헤헤……."

플레이어가 손을 비비며 말하자 장쓰안은 생각하는 표정을 지었다. 확실히 지금은 시간을 아끼는 게 좋았다. 며칠 후면 다음 경기가 있는 것이다. 가능하면 하루. 길어도 3일 안에 공략을 끝내고 싶었다.

'이런 놈들이 깨겠다고 날뛰는 거 보면 그렇게 어려운 던전 같지는 않은데.'

"좋아. 뭘 원하지?"

"여기서 나오는 잡템만 해도 충분합니다!"

장쓰안은 피식 웃었다. 이렇게 자기 분수를 잘 아는 플레이어는 좋았다.

"그래. 안내를 허락하지."

"감사합니다!"

태현은 씩 웃었다. 이렇게 잘 속아 넘어가 주는 플레이어는 언제나 좋았다. 멀리서 태현이 장쓰안을 속여 넘기는 모습을 보며, 이세연은 고개를 흔들었다.

'저러니까 적이 계속 생기지⋯⋯.'

이번 일이 끝나면 태현의 이름만 들어도 '김태현 죽인다!'라고 발작을 하는 놈이 한 명 더 생길 것 같았다.

쾅! 콰쾅!

-강력한 힘의 일격!

범위 스킬을 쓰자 거대한 대검에서 오러가 넓은 범위를 쓸어버렸다.

-쿠에엑! 쿠에에엑!

붉은털 곰들은 비명을 지르며 쓰러져 나갔다.

"이런 걸 못 잡고 쩔쩔맨 거야?"

"하하, 저희한테는 좀 힘들어서⋯⋯."

장쓰안을 따라온 길드원들은 한심하다는 눈빛으로 태현과

파워 워리어 길드원들을 쳐다보았다. 저 정도 몬스터에게도 쩔 쩔맬 수준이면 프리카 대륙에서 놀면 안 되는 것 아닌가.

막히지 않고 척척 나가던 장쓰안은 길드원들에게 물었다.

"이렇게 쉽다니. 좀 이해가 안 가는군. 〈뜨거운 울음의 검〉 이 있는 던전이 이 정도로 쉬울 수가 있나?"

"연계 퀘스트의 첫 던전일 수도 있습니다."

"하긴, 그것도 그렇군. 귀찮게 되겠는데……."

던전 내에 ×× 무기가 있다고 해서 들어갔더니 〈×× 무기를 만드는 퀘스트가 시작되었습니다〉가 뜨는 건 흔한 일이었다. 그 정도는 절망하거나 좌절할 일도 아닌 수준!

태현이 천진난만한 얼굴로 물었다.

"뜨거운 울음의 검이 뭡니까?"

'저, 저…….'

보고 있던 파워 워리어 길드원들이 긴장할 정도였다.

"네가 관심 가질 게 아니다."

"하하. 그렇군요!"

"네가 관심 가지기에는 엄청나게 대단한 장비거든."

"?"

"이게 어떤 장비냐면……."

관심 가질 게 아니라고 말해놓고 혼자 알아서 말을 시작하는 장쓰안! 순간 태현도 당황했다.

'이 자식 뭐야?'

무슨 캐묻기도 전에 자기가 알아서 정보를 다 공개하다니.

그러나 대회 본선 진출에, 찾고 있던 장비까지 나온 장쓰안은 기분이 매우 좋아져 있었다. 덕분에 잘난 척도 풀가동!

"……이 장비를 끼는 순간 화력이 몇 배는 나온다 이거지. 물론 너희들에게는 너무 먼 이야기여서 와 닿지 않겠지만."

"그러네요! 하하하!"

그 기묘한 모습에 파워 워리어 길드원들은 자기들끼리 속삭였다.

-김태현이 뭘 한 거냐? 화술 스킬 쓴 거야?
-아니, 화술 스킬이 플레이어한테 먹히지는 않잖아. 그냥 저놈이 입 싼 거 같은데.

그들은 장쓰안을 의혹 가득한 눈빛으로 쳐다보았다. 태현이야 원래 파워 워리어 내에서 전설이었지만 장쓰안도 나름 고평가받고 있었다. 랭커+투기장 대회 본선 초대 플레이어 아닌가. 그런 플레이어가 고평가를 받는 건 당연했다.

그런데 실제로 보니 약간…… 아니, 좀 많이……. 이상한 놈!

-저거 우리 길드에 들어오면 잘 어울릴 거 같은데. 들어오라고 해볼까?
-PK 당하고 싶으면 그래도 되겠지.

"길이 나눠지는군. 몬스터 수준은 낮은 주제에 귀찮은 던전이야. 맵 마커 찍고 있지?"

"네. 찍고 있습니다."

"좋아. 왼쪽부터 돌아볼까."

통로를 지나 여러 갈래의 길이 나오자 장쓰안과 길드원들은 능숙하게 대응했다. 초보자들 던전 중에는 일자형 던전도 있었지만, 레벨이 조금만 높아져도 던전 내 지형은 복잡해지게 마련이었다. 당연히 이런 던전들을 깨면서 레벨을 올린 플레이어들은 다양한 공략 방법을 갖고 있었다.

원래대로라면 차례대로 확인해 봤을 테지만, 장쓰안과 길드원들은 그럴 수 없었다. 옆에 태현이 있었기 때문이었다.

"아닙니다! 거기는 틀린 길입니다!"

"그래?"

"저희 파티가 저쪽으로 가서 막혔던 걸 확인했거든요!"

처음 와보는 던전이어도, 〈신의 예지〉 스킬을 사용하면 어디가 좋은 길이고 어디가 나쁜 길인지 파악할 수 있었다. 태현은 당연히 좋은 길로 가지 못하도록 방해했다. 최대한 이 던전에서 시간을 오래 끌어야 한다!

"그러면 저기는 넘어가고 다음 입구부터 확인하지."

장쓰안은 그것도 모르고 순진하게 태현의 제안을 덥석 받아들였다.

"잠깐, 저희 요리 좀 하겠습니다."

"뭐? 뭔 요리?"

"싸우기 전에 요리를 먹어야 버프가 걸리지 않습니까."

"아니…… 그건 당연히 알고 있다. 어차피 너희들은 싸우지도 않잖아?"

장쓰안은 어이가 없어서 태현 파티를 쳐다보았다. 지금 대부분의 사냥은 장쓰안과 그의 길드원들이 하고 있었다.

태현 파티가 하는 거라고는 '저희도 돕겠습니다!', '저희가 갑니다!', '앗, 도와드리려고 했는데! 싸움이 끝나다니! 잡템을 챙기겠습니다!'라고 말하는 게 전부.

정말 그림으로 그린 듯한 저렙 파티! 그런데 이제 와서 뭘 싸우는 걸 도와주겠다고 요리를 먹는다는 것인가.

그러나 태현은 뜨거웠다.

"아닙니다! 저희도 싸우고 있습니다! 어떻게 그런 오해를!"

"아니 오해가 아니라……."

"저희도 최선을 다해서 싸우고 있는데! 흑흑! 장쓰안 님이 그렇게 말하니 너무 슬픕니다!"

장쓰안을 나쁜 놈으로 몰아가는 태현! 원래라면 저런 호소에 흔들리지는 않았겠지만, 태현의 연기는 완벽했다.

길드원들도 옆에서 속삭였다.

-길마님. 저놈들 안내 좀 더 받아야 하는데 그냥 좀 달래주시죠.
-맞아요. 시간 아껴야 하잖아요.

"알, 알겠다. 어차피 우리도 잠깐 쉬었다 갈 테니 요리 하도록."

"감사합니다!"

장쓰안과 길드원들은 떨떠름한 표정으로 잠깐 휴식에 들어갔다. 그들은 요리사나 대장장이를 데리고 오지 않았다. 수리는 간단한 수리 주문서로 끝내고, 굳이 버프는 걸지 않았다. 이 정도 던전이라면 버프를 걸 필요 없었으니까.

화르륵-

그러고 있는 사이 맛있는 냄새가 그들의 코를 자극했다. 태현 일행이 불을 피우고 조리 장비를 깐 다음 요리를 시작한 것이다.

"?!"

장쓰안의 길드원들은 당황했다. 요리를 한다고 해서 그냥 간단하게 할 수 있는 요리를 할 줄 알았는데, 저렇게 본격적으로 하다니.

"요리사 플레이어였나?"

"요리사 직업은 아닌데 요리 스킬은 많이 찍어놨습니다!"

"아, 그래……."

장쓰안의 눈빛은 더 한심하다는 듯이 바뀌었다. 자기 직업 스킬을 찍어도 모자랄 시간에 무슨 요리 스킬이란 말인가.

'저러니까 이 정도 던전도 혼자 못 깨고 저러고 있지.'

길드원들도 마찬가지였다.

그러나 그 생각은 얼마 지나지 않아 바뀌었다.

"……."

냠냠 쩝쩝! 후르륵 촵촵!

통로를 채우는 군침 도는 소리!

바로 태현과 파워 워리어 길드원들이 내는 소리였다.

"정말 맛있습니다, 파티장님! 파티장님이 최곱니다!"

"곰 고기를 이렇게 맛있게 요리하시다니! 역시 파티장님!"

"제가 파티장님 요리 때문에 파티 들어온 거 아시죠?"

태현의 요리 스킬은 중급. 거기에 각종 추가 스킬들과 행운 스탯 보정까지 있었다. 고급 요리 스킬을 찍은 요리사들과 맞붙어도 밀리지 않을 수준!

연기하라는 지시를 받았지만 파워 워리어 길드원들은 진심으로 하고 있었다. 그냥 먹으면 질긴 곰 고기인데, 씹을 때마다 향긋한 향기와 부드러운 기름이 촥촥 나오는 것이다. 그야말로 일품 스테이크 요리!

'먹어보고 싶다!'

'맛있을 거 같아!'

'갑자기 배가 고파졌다……!'

장쓰안의 길드원들도 나름 판온에서 즐길 건 다 즐기고 다녔지만, 이런 곳에서 먹는 요리는 또 별미였다. 배낭에 포션이나 각종 회복 아이템은 넣고 다녀도 저런 고기 요리를 넣고 다니는 플레이어는 드문 것!

요리사를 데리고 다니지 않는 한 저런 요리를 즉석에서 먹을 수는 없는 것이다.

"아, 정말 맛있습니다, 파티장님! 아차. 저분들도 조금 드려야 하지 않을까요? 이렇게 저희를 도와주셨는데!"

'잘한다!'

파워 워리어 길드원 한 명의 말에 장쓰안의 길드원이 무심코 주먹을 불끈 쥐었다. 먹어보고 싶다고 말하기에는 눈치가 보여서 말하기 힘들었는데 저렇게 말을 꺼내주다니. 기특한 녀석이었다.

그러나 태현은 그냥 넘어가지 않았다.

"무슨 소리! 실례되는 소리 하지 말라고! 저분들이 이런 요리를 맛있게 먹을 리 없잖아!"

"그, 그렇군요……!"

'아, 아냐!'

'먹고 싶어! 먹고 싶다고!'

요리사를 쉽게 구할 수 있는 도시라면 달랐겠지만, 지금은 던전 안이었다. 게다가 그들은 태현과 파워 워리어 길드원들이 맛있게 먹는 걸 옆에서 계속 지켜보고 있었던 것이다. 식욕이 안 생길 수가 없는 상황!

"아, 아니. 우리도 먹을 수 있……."

"아닙니다! 저희가 죄송합니다! 이놈이 쓸데없는 소리를 해가지고……."

"아냐! 괜찮다니까!"

"저희를 배려해 주실 필요 없습니다! 여러분들이 먹기에는 너무 하찮은 음식입니다!"

"괜찮다고 했잖아 이 자식아!"

결국 폭발한 장쓰안의 길드원! 주변의 시선이 쏟아지자 길드원은 민망한 표정으로 고개를 돌렸다.

"그, 그러니까 그냥 먹어줄 수 있다고. 우리가 그렇게 입맛이 까다롭지 않아."

"맞아! 우리는 되게 대충 먹는다고!"

한 명이 입을 열자 다른 길드원들도 동참했다.

'먹게 해줘!'

"정 그러시다면야……."

태현은 미안한 얼굴로 음식을 건넸다. 주는 게 아니라, 어디까지나 그들 스스로 먼저 먹게 해달라고 만드는 테크닉!

이걸로 상대방은 완전히 의심을 버릴 것이다.

촵촵촵-

한동안 고기 뜯는 소리가 울려 퍼졌다.

"맛있는데? 도시에서 사 먹는 것보다 더 맛있는 거 같아."

"요리 스킬이 얼마나 되는 거야?"

"후후. 무려 중급입니다."

태현은 뿌듯한 얼굴로 대답했다. 속일 필요는 없었다. 진정한 거짓말은 원래 진실 사이에 살짝 섞어 넣는 것!

"중급?!"

"아니 뭔 요리사도 아닌 게 요리 스킬을 중급까지……."

"야. 실례잖아."

요리 맛 때문인지 장쓰안의 길드원들은 태현을 대하는 태도가 바뀌어 있었다. 얼마나 효율적으로 경험치를 얻고 던전을 깨느냐와 별개로, 맛있는 걸 싫어하는 사람은 없다!

"우리도 요리사 데리고 다니자고 해볼까? 이러니까 좋네."

"길마님 난리 나신다. 무슨 시간 아까운 소리 하냐고."

길드원들이 떠들면서 식사를 하는 동안 장쓰안은 힐끗거리며 태현을 쳐다보았다. 길드원들이 먹는 동안 그냥 가만히 있었던 것이다. 그놈의 자존심 때문!

'이 자식들, 먹어보라고 말도 안 해주나?'

길드원들이 '한 번 먹어보시죠 길마님' 하면서 권하면, 못 이기는 척 먹어볼 생각이었다. 그런데 길드원들은 '길마님은 이런 거 싫어하시니까' 하고 안 권하고, 다른 파티원들은 '아 싫어하시면 안 권해야죠' 하고 안 권하고…… 결국 이 꼴!

쩝쩝대는 소리가 장쓰안의 귀를 간지럽히고 배를 고프게 만들었다.

'던전 끝나고 요리사나 찾아가야지……'

"근데 요리 먹으니까 스탯이 좀 올라갔다?"

"원래 요리 먹으면 그렇잖아."

"아니, 좀 평소보다 많이 올라간 거 같은데. 먹느라 제대로 확인을 못 했네."

길드원들의 말에 태현은 움찔했다. 나름 대충 만든다고 해도 행운 스탯은 결과물을 가만히 내버려 두지 않았던 것. 대충 하려고 해도 희박한 확률을 뚫고 최선의 결과를 만들어내는 마법의 손!

탁-

일행은 통로 하나의 확인을 끝내고 돌아왔다.

"여기 확인 끝났고, 다음 가자."

"여기는 함정 좀 있는데요?"

"함정? 그래?"

이제까지 함정도 없는 쉬운 던전이었는데 갑자기 함정이 나타나다니. 길드원들은 기대하는 표정을 지었다.

이 통로가 맞나 보다!

"해제해라."

"네."

착착 손발이 맞는 그들을 보며 태현은 생각했다. 저렇게 직업 균형 맞춰서 파티를 짜니 참 진도가 빠르다고!

'나도 저렇게 데리고 다니면 참 편할 텐데…….'

뒤에서 입맛을 다시는 태현이었다.

장쓰안과 길드원들은 함정을 해제하고 다시 빠르게 나아갔다. 함정이 있는 통로도 몬스터 수준은 그렇게 높지 않아서, 스킬 몇 방에 꽉꽉 쓸려 나가는 수준이었다.

"길마님, 여기……."

"뭐냐?"

가장 앞에서 움직이던 도적 플레이어가 뭔가를 발견하고 장쓰안을 불렀다.

"다른 던전의 입구 같은데요?"

"그런 게 있다고?"

장쓰안은 솔깃한 표정이었다. 확실히 이 던전의 난이도는 너무 낮은 편이었다. <뜨거운 울음의 검>과 관련된 던전이라고 보기에는 너무 낮은 수준!

그러나 이게 또 다른 던전의 입구 던전이라면, 낮은 난이도가 설명이 됐다.

"여기 벽을 조금만 부수면 새로운 입구가 나올 거 같습니다. 부술까요?"

"다른 놈들도 아는 거 같냐?"

"아마 모를 겁니다. 제 스킬 때문에 발견한 거거든요. 저 뒤에 놈들 수준이면 여기 입구는 발견 못 하죠."

"그러면 밖의 놈들도 이 입구는 모르겠군."

장쓰안은 고개를 끄덕였다. 태현 일행은 뒤에서 잡템을 줍느라 조금 천천히 오고 있었다.

그걸 본 길드원 중 한 명이 낮게 말했다.

"……버리고 갈까요?"

던전에 최초로 입장하면 여러모로 보너스가 있었다. 지금 던전은 다른 파티들이 먼저 들락날락했고, 몬스터 수준도 낮아서 굳이 보너스나 경험치를 챙길 필요를 느끼지 못했다.

그러나 새 던전이라면? 지금보다 훨씬 더 좋은 보상이 나올 수 있었다. 그런 보상을 저기 태현 파티와 나누는 건 너무 아까운 일이었다.

길드원들 사이에서 미묘한 눈빛이 오갔다.

"잘 말해볼까요?"

"퍽이나 듣겠다. 따라오겠다고 할걸. 너 같으면 그냥 가겠냐?"

"게다가 괜히 눈치채면 귀찮아진다고. 만약 저놈들이 여기 던전 입구 있다고 소문이라도 내면?"

"맞는 말이다. 지금 사람 없는 건 이 던전이 별로 안 좋은 던전이어서 없는 거지."

"그러면……."

"처리하자."

길드원들은 고개를 끄덕였다. 그들이 PK 전문 길드는 아니었지만, 필요하면 PK를 했다. 애초에 판온의 주요소 중 하나가 PK 아닌가.

남과 사냥터 경쟁이 붙었다면? PK!

남과 퀘스트 경쟁이 붙었다면? PK!

대부분의 문제를 해결할 수 있는 게 PK였다.

"그러면 여기 오면 바로 공격을……."

말이 끝나자마자 통로 저편에서 뒤늦게 태현 파티가 나타났다. 잡템을 챙기고 해맑게 오는 그들!

"아! 사냥 끝내셨군요! 고기 좀 쌓였으니 다시 요리 좀 해드리겠습니다!"

"……저것만 먹고 공격하죠?"

길드원 중 한 명이 그렇게 말하자, 다른 모두가 고개를 끄덕였다.

CHAPTER 4

　장쓰안 일행과 합류한 태현은 뭔가 이상한 기색을 느꼈다.

　'뭐지? 이 자식들 왜 남 PK 하려고 몰래 준비할 때 짓는 표정을 하고 있지?'

　척하면 척. 장쓰안과 길드원들이 필요하면 PK를 하는 플레이어들이라면, 태현은 PK 할 이유를 만들어서 하는 플레이어였다. 상대방을 괴롭히는 마음가짐부터 차이가 나는 것!

　수많은 플레이어들과 치고받고 다퉜으니 이제는 상대방 숨쉬는 것만 봐도 이상한 걸 눈치챌 수 있었다. 그러나 태현은 내색하지 않고 자연스럽게 외쳤다.

　"자! 요리 준비하자!"

　-쟤네 뭔가 이상한데? 우리 없는 사이에 뭐 준비한 거 같다.

　-네? 들킨 건가요?

-아니, 들킨 거 같지는 않은데. 그보다는 다른 이유 같아.

태현은 생각에 잠겼다. 아까까지는 그래도 친근하게 굴던 장쓰안과 길드원들이 갑자기 PK를 계획하는 이유가 뭘까?

'……뭔가 발견했군. 여기 던전에 뭐 다른 게 있나?'

태현은 〈신의 예지〉 스킬을 사용했다. 그러자 길드원들이 서 있는 쪽으로 길이 보였다. 약간 어색하게 서 있는 길드원들! 뭔가 가리려는 것 같았다.

'가리고 있는 거 보니까 뭔가 있나 본데…… 입구? 새로운 던전 입구라도 찾았나?'

태현은 의아해했다. 왜냐하면 이 통로는 〈신의 예지〉 스킬에 따르면 안 좋은 통로였던 것이다.

좋은 통로는 이미 지나친 상태! 그런데 여기 새로운 입구가 있다니.

'……갑자기 불길해지는데…… 그냥 빨리 여기서 처리해야겠다.'

어차피 상대방도 그들을 공격하려고 계획을 하고 있는 것 같으니, 더 이상 기다릴 필요가 없었다. 준비되는 순간 친다!

태현은 케인과 이세연에게 귓속말을 보내고, 자기는 요리를 준비했다. 준비할 건 〈둘이 먹다 둘 다 죽어도 모를 곰고기 스테이크 요리〉!

만드는 건 간단했다. 정성과 성의를 다해서 고기를 굽고 소스와 향신료를 바른 다음……. 신 잡아먹는 괴물의 점액질을 추가로 살짝 바르고……. 거기에 갖고 있는 독성 재료까지 닥치는 대로 슥삭슥삭! 먹는 순간 마비와 함께 독 대미지까지 들어갈 게 분명했다.

치이익-

불 위에 고기를 돌리며 굽자 아까처럼 맛있는 냄새가 가득 퍼졌다. 곧 태현 일행을 공격할 길드원들은 살짝 미안한 표정을 지었다. 이렇게 얻어먹을 거 다 얻어먹고 PK를 해야 한다니.

그러나 그들은 알지 못했다. 태현을 상대로 전혀 미안해할 필요 없다는 것을!

-모두 준비해라. 슬슬 다 되어가니까.

-네.

파워 워리어 길드원들은 침을 삼켰다. 태현이야 여기서 정면으로 붙어도 이길 실력이 됐지만, 그들은 아니었다. 요리가 제대로 안 통하거나, 까딱해서 맞기라도 하면 한 방에 훅 갈 수 있는 것이다.

'저 인간은 긴장도 안 하나?'

'무슨 숨 쉬는 것보다 더 자연스럽네.'

그러는 동안 태현은 요리를 완성했다.

"완성됐나?!"

"나 줘! 나 줘!"

아까까지는 그래도 좀 점잖은 척을 하던 길드원들은 이제 숨기려고도 하지 않았다. 서로 자기가 먼저 먹으려고 다툴 정도! 그러나 태현은 고개를 저었다.

"장쓰안 님!"

"?"

"한 입 드셔보시죠. 아까 장쓰안 님을 빼고 우리끼리만 먹어서 죄송했거든요."

"됐, 됐다."

"아이참. 그러지 마시고. 한 입만 드셔보세요. 그래야 저희도 마음껏 먹을 수 있을 거 같습니다."

"음…… 꼭 그렇게 말한다면……."

장쓰안은 굳은 얼굴로 고개를 끄덕였다. 그걸 본 길드원들은 아차 싶었다.

'야, 그냥 권할 거 그랬다.'

'저거 자기 빼놓고 먹었다고 서운해하는 얼굴인데.'

"맞아요, 길마님! 저희끼리만 먹으면 안 되죠!"

"한 입이라도 드셔주세요!"

길드원들은 재빨리 태도를 바꿨다. 이제라도 권해서 장쓰안이 삐지지 않도록 해야 한다! 다들 그렇게 말하자 장쓰안은 못 이기는 척 스테이크 요리를 받아들었다.

"요리 이름이 재밌군."

"하하. 감사합니다."

설마 둘 다 먹다 둘 다 죽는다는 게 비유가 아니라 진짜일 거라고는 생각지도 못하는 장쓰안이었다.

"그러면 한 입⋯⋯."

덥썩!

잘 익은 고기를 한 입 넣은 장쓰안은 신나게 씹었다. 잘 요리된 고기의 감칠맛이 느껴지고, 향신료의 맛이 느껴지고, 거기에 갑자기⋯⋯. 활활 타는 듯한 맛이 느껴졌다.

장쓰안이 멈칫하자 태현은 재빨리 다른 길드원들에게도 말했다.

"요리 식기 전에 다른 분들도 드세요."

"그럴까?"

기다렸다는 듯이 길드원들이 후다닥 요리를 집어 들었다.

"잠, 잠깐⋯⋯."

"쩝쩝. 길마님. 왜 그러세요?"

장쓰안이 말리기도 전에 입에 고기를 쑤셔 넣는 길드원들!

"이, 이거 죽는⋯⋯."

"맛이 죽인다고요?"

"아니, 그게 아니라⋯⋯."

[아칼타 독에 중독됩니다.]

[제르리 독에 중독됩니다.]

⋯⋯.

[신 잡아먹는 괴물의 체액을 먹었습니다. 마비됩니다.]

순식간에 온갖 상태 이상 디버프가 걸렸다. 장쓰안은 말할 여유도 없이 바로 해독하려고 했다. 그러나 태현이 그걸 기다려 줄 정도로 친절한 사람이 아니었다.

소형 번개 폭탄!

뇌광석을 이용해서 만든 대미지보다는 스턴 효과 때문에 쓰는 폭탄이었다.

콰콰쾅!

주변에 있던 장쓰안과 길드원들은 폭발에 휩쓸렸다.

-행운의 일격, 행운의 일격, 행운의 일격······.

그리고 동시에 태현은 검을 뽑아 들고 대미지를 미친 듯이 증폭시켰다. 장쓰안은 온갖 디버프 때문에 정신을 차리지 못하고 비틀거리고 있었다.

"잘 가라, 장쓰안!"

푹찍!

"컥!"

폭발적인 대미지와 함께 장쓰안의 HP가 절반 넘게 깎였다. 장쓰안은 그걸 보고 경악했다.

대체 어떻게?

그러나 태현의 공격은 아직 많이 남아 있었고, 장쓰안과 길드원들은 스턴 상태에서 빠져나오지도 못하고 있었다.

다시 한번 푹찍!

[HP가 0으로 내려가 사망합니다.]
[푸른 생명의 목걸이의 힘이 발동됩니다. 부활합니다.]

화르륵!

회색으로 변했던 장쓰안의 몸이 푸른 불꽃으로 휩싸였다.

그걸 본 태현은 혀를 찼다. 좀 쉽게 가나 싶었더니 장쓰안도 역시 랭커답게 숨겨진 패가 있었던 것이다.

"네가 무슨 주인공도 아니고 왜 부활을 하고 그러냐?"

"이 하찮은 놈이 감히 나를!"

태현은 장쓰안의 말에 대답하지 않았다. 대신 움직여서 다른 길드원을 공격했다. 다들 고렙 플레이어다 보니 요리, 폭탄 콤보에도 죽지 않고 잘 버티고 있었다.

이대로 내버려 두면 회복할 게 분명!

회복하면 장쓰안과 힘을 합칠 게 분명하니 먼저 쓰러뜨려야 했다.

퍽! 퍼퍼퍽!

"커허헉!"

"이, 이 하찮은 놈이!"

태현이 재빨리 돌아서서 다른 길드원들을 공격하자 장쓰안이 분노해서 달려들었다.

-그림자 도약!

그러나 태현은 상대하지 않고 빠져나갔다. 요리조리 피하면서 폭탄을 던지고 사디크의 화염 화살을 날리는 태현. 시간을 끌려는 의도가 명백하게 보였다.

"크악!"

그사이 다른 길드원 한 명이 또 로그아웃당했다. 그걸 보자 장쓰안은 찬물을 끼얹은 것처럼 정신이 번쩍 들었다.

'이대로 가면 당한다!'

독 요리를 먹고, 폭탄에 당하고, 갑자기 기습을 당해 한 번 죽어서 당황하고 있었지만……. 지금 상황은 그렇게 만만한 상황이 아니었다.

'어디서부터 함정이었던 거지? 설마 내가 처리하려는 걸 눈치채고 함정을 판 건가? 그런 거치고는 함정이 너무 치밀했다. 게다가 저놈 레벨도 말하던 것과 다르고.'

장쓰안은 결론을 내렸다. 이건 처음부터 함정이었다고! 그렇지 않다면 상대의 수준이 설명되지 않았다.

"이놈. 넌 뭐 하는 놈이냐?"

"내가 말해줄 거 같나?"

"흥. 역시 하찮은 놈이라 자기 이름도 못 밝히는군."

"그런 도발에 내가 넘어갈 거 같다면 사람을 제대로 봤군. 나는 〈레스토랑〉 길드에서 왔다."

"뭐? 쑤닝 이놈! 감히 나한테……."

태현의 거짓말은 정말 숨 쉬듯이 자연스러웠다. 장쓰안도 순간 넘어갈 정도로. 게다가 레스토랑 길드는 쑤닝 길드와 친하고, 쑤닝은 장쓰안을 싫어할 이유가 있지 않은가?

그러나 장쓰안은 멈칫했다. 상대방이 그냥 이렇게 말해주다니 뭔가 이상했던 것이다. 게다가 레스토랑 길드가 독에 능숙하기는 해도 이런 랭커가 있다는 말은 들어본 적 없었다. 쑤닝 길드에도 마찬가지였다.

그 순간 갑자기 쑤닝이 와서 했던 말들이 떠올랐다.

'김태현은 경기 능력만 좋은 게 아니라 변수 만드는 능력도 좋다고. 알겠냐?'

장쓰안은 경악해서 태현을 손가락으로 가리키며 외쳤다.

"너, 너, 너 김태현이구나!"

태현도 놀랐다.

"쑤닝이랑 같이 논다길래 비슷하게 멍청한 놈인 줄 알았는데. 의외로 똑똑하잖아?"

"……이 벌레 같은 자식이!"

다른 도발보다 훨씬 더 효과적인 도발!

장쓰안이 쌍검을 휘두르고 스킬을 사용하려고 하자 태현은 재빨리 다른 길드원을 방패로 사용했다.

퍽!

"억!"

"미, 미안하게 됐다."

장쓰안은 공격을 멈췄다. 그 사이 마비와 스턴 상태에서 벗어난 길드원 세 명이 재빨리 장쓰안 쪽으로 움직였다.

움직일 수는 있었지만 각종 디버프 때문에 상태가 최악이라 태현과 맞부딪히면 바로 즉사할 게 분명했다.

-어떻게 하죠?
-포위망을 뚫어볼까요? 김태현 놈만 아니면 나머지는 실제로 레벨이 낮아 보입니다.
-아니. 새로 발견한 던전 입구로 가라! 거기로 들어가라!

겉모습과 태도 때문에 장쓰안을 이상한 놈 취급했지만, 사실 장쓰안은 생각보다 더 머리가 잘 돌아가는 플레이어였다. 괜히 초대 팀이 아니었고, 괜히 랭커가 아니었던 것이다.

보통 사람이었다면 포위망을 뚫고 들어왔던 입구로 향했을 것이다. 그러나 장쓰안은 반대로 생각했다.

'이 정도의 함정이라면 입구 쪽에도 대기하고 있는 놈이 있을 수 있다! 가다가는 당한다!'

그렇다면 남은 곳은 하나. 상대방도 모를 이 새로운 던전의 입구밖에 없었다. 장쓰안은 망설이지 않고 벽을 부수고 숨겨진 던전의 입구로 몸을 던졌다.

[던전: 토끼의 비밀 왕국에 입장하셨습니다. 당분간 로그아웃이 제한됩니다. 로그아웃 시 던전에서 강제로 퇴장당하며, 페널티가 부여됩니다.]

장쓰안은 지금 상황도 잊고 혼란에 빠졌다. 이게 무슨 던전이랑 안 어울리는 이름이란 말인가.

그러나 지금은 혼란에 빠질 때가 아니었다. 던전 입구로 들어오다가 또 한 명이 태현한테 당해서 줄어 있었다.

장쓰안은 따라 들어온 남은 길드원들에게 외쳤다.

"움직여라! 일단 회복부터 해!"

언제 태현이 따라 들어올지 몰랐다. 지금은 일단 회복부터 먼저 해야 했다. 장쓰안은 그러면서 동시에 바로 준비에 들어갔다. 던전 입구로 들어올 태현을 공격할 준비!

있는 스크롤은 다 꺼내고 쓸 수 있는 스킬은 모두 다 사용 준비, 거기에 버프까지 전부 걸었다.

-화려한 검객의 발걸음, 움직이는 두 눈, 서리 바람의 칼날, 영혼을 베는 검······.

랭커의 저력을 보여주는 장쓰안. 누구든 간에 던전 입구로 들어온다면 곧바로 폭딜을 맞을 것이 분명했다.

그러나 태현은 바로 쫓아오지 않았다.

"쯧. 일이 꼬이네."

태현은 바로 들어가지 않았다. 궁지에 몰린 쥐는 고양이를 물 수 있었다. 상대가 랭커라면 더더욱 그랬다.

아까도 잡았다고 생각했을 때 장쓰안이 부활했다. 다른 숨겨진 수를 갖고 있어도 이상하지 않았다.

"안 쫓아가십니까?"

"지금 쫓아가면 손해가 더 크지. 쟤네들이 바보도 아니고 작정을 하고 있을 텐데."

태현은 케인과 다른 일행들이 오기를 기다렸다. 어차피 지금 다른 길드원들은 다 쓰러뜨린 상황.

남은 건 장쓰안과 두 명밖에 없었다. 지금 유리한 건 태현 쪽이었다. 그렇지만 여유를 부릴 수는 없었다. 저 안쪽 던전이 무슨 던전인지는 몰랐기 때문이었다.

'저 던전 안쪽에 다른 출구가 있으면 일이 진짜 귀찮아진다. 최대한 빠르게 들어가서 승부를 봐야 해.'

이세연까지 있는데 정면 승부에서 질 거란 생각은 들지 않았다.

태현이 쫓아오지 않자, 장쓰안은 한숨 돌릴 수 있었다.

"다 회복했나?"

"예."

다들 비상용으로 갖고 다니던 포션들이 있었다. 아무리 여러 독에 중독이 되도 시간만 주면 해독이 가능했다.

"좋아. 움직인다! 밖에 연락해서 도움도 요청해라. 비열한 놈들. 이길 자신이 없다고 이런 수작을 부리다니."

장쓰안의 말에 길드원들은 고개를 끄덕였다. 경기장 밖에서 PK 해서 대회 참석 자체를 못 하게 만든다!

농담처럼 돌아다니는 말을 진짜로 하려는 놈들이 있을 거라고는 생각지도 못했다.

"불렀습니다."

"버티면 된다. 버티면 우리에게 유리해질 수밖에 없다. 놈들도 압박이 될 테니까."

장쓰안도 대회에 나가야 하지만, 태현도 대회에 나가야 했다. 밖에서 다른 플레이어들이 도우러 오면 태현도 상대하기 껄끄러울 수밖에 없을 것이다.

"그런데 여기는 대체 뭐 하는 던전입니까?"

길드원 중 한 명이 꺼낸 말. 장쓰안도 이 던전이 뭐 하는 던전인지 궁금했다. 토끼가 들어간 걸 보니 그렇게 레벨이 높은 던전 같지는 않고⋯⋯.

'<뜨거운 울음의 검>은 처음부터 조작된 건가, 아니면 그건 진짜였나?'

이렇게 됐는데도 장쓰안은 아직 실낱같은 희망을 놓치지 못하고 있었다. 그놈의 욕심이 뭔지!

"모르겠다. 어쨌든 가다 보면 알겠지. 우리는 버티기만 하면 돼. 출구를 찾으면 더 좋고. 던전 난이도가 낮으면 차라리 더 편하긴 하겠군."

장쓰안의 말에 길드원들이 고개를 끄덕였다.

타타탁-

저 멀리 풀밭에서 검은색 토끼 하나가 쪼르르 달려왔다.

귀엽고 약해 보이는 토끼. 특이한 게 있다면 머리에 뿔 하나를 달고 있다는 점이었다.

"토끼잖아?"

"토끼 왕국이니까 토끼가 나오겠지. 거 정말 오랜만에 보네."

대부분의 플레이어들은 초보자 시절에나 토끼를 상대했다. 물론 태현처럼 토끼 관련 칭호를 얻을 때까지 토끼만 잡아대는 변태도 있었지만, 대부분의 플레이어들은 레벨이 오르면 토끼를 상대하지 않았다. 길드원들은 새삼스럽게 추억이 떠오르는 걸 느꼈다.

"방심하지 마라."

"방심 안 합니다."

"에이, 뭘 이런 걸 가지고……."

길드원이 무기를 들고 토끼에게 다가섰다. 그 순간 토끼가 사라졌다.

[치명타에 당했습니다! 지옥의 검은 뿔토끼의 뿔에 찔렸습니다.
[검은 뿔토끼의 독에 중독됩니다. 움직일 수 없습니다. 시야가 어두워집니다. 마법 내성, 화염 내성, 냉기 내성, 번개 내성이 내려갑니다.]

"컥!"

무슨 보스 몬스터한테 얻어맞은 것처럼 줄줄이 뜨는 메시지창! 길드원은 뒤로 나뒹굴었다.

"괜찮냐?!"

"조, 조심해! 이거 장난 아니다. 레벨이 대체 몇이야? 150은 넘기는 거 같은데?"

"뭐? 그딴 토끼 몬스터가 어디 있어!"

길드원들이 혼란스러워하는 동안에 장쓰안은 토끼를 예리하게 관찰했다. 판온에는 불가능이 없었다. 레벨이 깡패인 만큼, 저렇게 귀엽고 약해 보이는 토끼도 레벨만 높으면 어마어마하게 강할 수 있었던 것이다.

"비켜라, 내가 상대하마!"

장쓰안은 말과 함께 쌍검을 휘둘러 공격에 들어갔다. 아까 태현을 상대하기 위해 준비했던 버프 스킬들이 남아 있었다.

화려하게 빛나는 장쓰안의 전신! 무엇이라도 다 베어버릴 기세로 쌍검에서 오러와 이펙트가 뿜어져 나갔다.

카카캉!

그러나 놀랍게도 토끼는 뿔로 공격을 막아냈다. 장쓰안은 경악했지만 멈추지 않았다.

캉! 카캉!

바로 다음 공격에 들어가는 장쓰안. 역시 랭커다운 숙련된 동작이었다. 뿔토끼는 무시무시한 공격력을 갖고 있었지만, HP와 방어력은 그렇게 높지 않았다. 몇 번의 연속 공격을 퍼붓자 결국 뿔로 막아내는 것도 실패하고 비틀거렸다.

-켕! 케에엥!

구슬픈 비명을 지르며 약한 척을 하는 뿔토끼! 그러나 길드
원들은 그걸 보고도 봐줄 생각이 전혀 들지 않았다. 오히려 소
름이 돋았다.

"길마님! 잡아버려요! 저거 저거!"

"뭐 저런 게 다 있냐!"

아까까지는 죽일 듯이 덤비던 놈이 저렇게 약한 척을 하니
기가 막혔다.

콱!

마무리 일격. 깔끔한 동작으로 장쓰안은 뿔토끼를 쓰러뜨
렸다.

"길마님. 잡았습니까?"

"잡았으니 걱정 안 해도 된다."

"와, 뭐 저런 놈이 있냐."

길드원들은 한숨 돌렸다는 듯이 떠들었지만 장쓰안은 골똘
히 생각에 잠겼다.

"이 토끼들…… 이용할 수 있지 않겠나?"

"예?"

"김태현 놈들은 우리를 쫓아서 들어오기는 올 거다. 우리가
입구 주변에 안 보이면 어디 갔나 찾으러 오겠지. 그때 이 토끼
들이 나타나면?"

"만만하게 보고 치우려고 하겠군요!"

"그래. 이 착해 보이는 겉모습을 보면 누구나 조금은 방심하

게 되겠지. 방심하지 않더라도 이 정도 위력일 거라고는 예상 못 할 거고."

"역시 길마님이십니다!"

"하하. 내가 좀 대단하지. 하하하. 근거리 순간이동 스크롤, 순간이동 게이트 스크롤 다 꺼내라. 놈들이 오면 바로 공격해야겠다."

상황도 잊고 장쓰안은 금세 스스로에게 취했다. 이런 열악한 상황에서 비책을 생각해낸 스스로가 대단하게 느껴졌던 것이다. 수적으로 불리할 때 몬스터들을 불러와서 상대방을 혼란에 빠뜨린다. 확실히 좋은 방법이긴 했다. 실제로 태현도 애용한 방법이기도 하고.

문제는 태현이 칭호 〈토끼 학살자〉를 갖고 있다는 점!

토끼가 선제공격을 하지 않습니다. 토끼 몬스터를 상대할 때 공격력 +10%, 방어력 +10%, 위압 +10%.

"빠르게 들어간다. 시간 너무 소모했어."

상황 설명을 끝내고, 이세연이 죽은 길드원들 시체로 언데드들을 불러 일으키자, 태현은 바로 던전 입구로 향했다.

"토끼 왕국? 뭐 하는 던전이야?"

"이름 좀 이상하지 않아?"

"지금 그게 중요하냐? 집중해."

뒤에서 의아해하는 일행의 입을 다물게 하고 태현은 신경을 집중했다. 장쓰안이 생각보다 머리를 굴릴 줄 알았던 것이다. 자칫하다가는 그들이 당할 수 있었다.

"……뭐지?"

신의 예지 스킬을 사용하려던 태현은 찜찜함을 느꼈다. 던전 통로에 그냥 대놓고 지나간 흔적이 남아 있는 것이다.

'나 여기로 지나갔어!'라고 광고라도 하는 것 같은 모습!

이세연도 그걸 보고 어이없어하는 얼굴로 확인에 들어갔다.

-망령의 기억 확인.

"여기로 지나간 거 맞는데?"

"뭐지? 이렇게 대놓고 자국 남기고 갈 이유가 있나?"

태현과 이세연은 서로 마주 보았다. 이유는 하나밖에 떠오르지 않았다.

"함정인가?"

"그 짧은 시간에 우리를 다 상대할 함정을 팠다고? 아무리 그래도 그건 좀……."

"참고로 게네나 너나 케인이 있는 거 모르긴 해. 그래도 좀 이상하긴 하군. 던전에서 뭘 발견한 거 같은데……."

계속 찜찜한 기분이 가시질 않았다. 보통 이렇게 함정을 파는 건 태현의 역할이었던 것! 반대가 되니 영 어색했다.

쾅!

굉음과 함께 태현 일행이 지나온 길 뒤쪽에서 장쓰안의 길드원이 나타났다. 근처에서 근거리 순간이동 스크롤을 사용해 태현 일행 뒤에 나타난 것이다.

케인은 바로 상대를 공격하려 들었다.

'뭐 하는 거야, 저놈?'

이해가 가지 않는 짓이었다. 저렇게 대놓고 뒤로 순간이동을 하면 죽여 달라는 것이나 마찬가지였다.

차라리 다른 곳으로 도망치는 데 쓰는 게 나았을 것!

그러나 장쓰안의 길드원은 혼자 있지 않았다. 뒤에는 작고 귀여운 토끼들도 같이 순간이동한 것이다.

"하하하하! 어디 한번 당해봐라!"

길드원은 그렇게 외치며 앞으로 달려 나갔다. 뒤에 있던 토끼들도 눈이 붉어져서 길드원을 쫓아갔다.

적이 달려오자 케인은 긴장했다.

'놈이 어떤 스킬을 쓸까? 어디부터 공격해 들어올까? 먼저 처음에는 놈의 발을 묶고 바로 반격에······.'

길드원만 신경 쓸 뿐, 뒤에서 쫓아오고 있는 토끼들은 전혀 신경 쓰지 않고 있는 케인이었다.

"케인, 토끼 주의해라! 진짜는 토끼다!"

"뭐?"

태현의 말에 케인은 당황했다. 지금 상대가 저렇게 달려오는데 적을 무시하고 토끼를 상대하라고?

그러나 태현의 말은 사실이었다.

팟!

달려오던 상대는 스킬을 썼는지 그 자리에서 사라졌다.

남은 건 흉흉한 기세로 쫓아오는 토끼들!

-강철 같은 신앙심!

케인은 일단 스킬을 사용했다. 태현이 말해줘서 망정이었지, 안 그랬다면 그냥 맞이했을 것이다.

콰콰콰쾅!

방어 위로도 느껴지는 묵직한 충격에 케인은 경악했다. 이게 무슨 위력이란 말인가.

"이런 토끼가 어디 있어?!"

아까 장쓰안의 길드원들이 보여줬던 반응과 똑같은 반응을 보여주는 케인이었다.

"크…… 크윽!"

밀려나긴 했지만 대비한 덕분에 자세가 흐트러지지는 않았다. 케인은 곧바로 반격에 들어갔다.

휙! 휙!

"덤벼! 이 자식들아!"

토끼를 상대로 최선을 다해 덤비는 모습은 약간 우스꽝스러웠다. 그러나 자리에 있는 아무도 웃지 않았다. 그만큼 수준 높은 상대!

케인과 토끼들의 사투를 본 태현은 얼굴을 굳혔다. 저 토끼들의 습격이 예상 밖이기는 했지만 저걸로 태현 일행을 무너뜨리기에는 부족했다. 그렇다면 분명…….

"추가로 올 거라고 생각했지."

신의 예지 스킬을 켜고 있던 태현은 허공을 향해 바로 망치를 휘둘렀다.

화악!

그 순간 허공에 순간이동 게이트가 생기더니 장쓰안이 튀어나왔다. 나오자마자 들어오는 공격에 장쓰안이 이를 악물며 쌍검으로 막아냈다.

콰직!

쌍검 중 하나가 금이 가며 그대로 박살이 났다. 장쓰안이 눈을 크게 부릅떴다.

"저런. 비싼 장비가 아니었으면 좋겠는데."

무기 파괴를 노리고 망치를 휘둘렀으면서 태현은 뻔뻔하게 모르는 척 굴었다. 장쓰안의 얼굴이 분노로 붉어졌다.

"이 버러지가 진짜……!"

"너 화날 때마다 계속 부르는 말이 짧아진다?"

"그렇게 건방 떠는 것도 지금뿐이다, 하찮은 놈! 곧 후회하게 될 테니까!"

장쓰안의 말과 함께 허공에 열린 임시 순간이동 게이트에서 토끼들이 튀어나오기 시작했다. 던전의 다른 곳과 연결된 게이트!

장쓰안은 재빨리 태현 일행 쪽으로 덤벼들려고 했다. 토끼들을 유도하려는 동작이었다.

"어딜 가시나?"

물론 태현이 그걸 내버려 둘 리 없었다. 장쓰안을 가로막는 태현.

'몬스터들을 데리고 혼란을 만들어보려는 거 같은데……'

이미 장쓰안의 속셈을 읽어낸 태현이었다. 본인이 수십 번도 넘게 쓴 방법! 몬스터를 몰아서 상대 파티에 끌고 간다. 간단하지만 효과적인 방법이었다. 당연히 상대하는 방법도 알고 있었다. 몬스터를 무시하고, 데리고 온 장쓰안을 막는다! 그러면 알아서 무너지게 되어 있었다. 몬스터도 어그로를 끈 상대방을 더 먼저 공격하게 되어 있었으니까.

대부분의 사람들은 이런 걸 당하면 혼란에 빠져서 몬스터를 먼저 잡곤 했다. 그러나 태현은 아니었다.

카카캉-

"큭!"

태현의 공격을 스킬로 막아낸 장쓰안은 신음했다. 방어막 스킬이 공격 하나에 깨지다니. 정말 딜 하나만큼은 무시무시했다. 앞으로 더 들어갔다가는 태현한테 공격을 받을 상황. 움직일 수 없었다.

그러나 장쓰안은 웃었다.

'멍청한 녀석. 이 상황도 예측하고 있었다!'

장쓰안의 눈빛이 빛나는 것을 보고 태현은 뭔가 위험을 느껐다. 그러나 장쓰안이 한 발 더 빨랐다.

-적의로부터의 해방, 필멸의 표적!

태현 일행이 오기 전, 장쓰안은 고민에 잠겼다. 쑤닝과 달리 장쓰안은 태현의 능력을 무시하지 않았다.

'일단 녀석이 날 막으면 몬스터가 뒤에서 올 테니 내가 위험에 빠질 수 있다. 녀석의 실력이라면 나를 막을 수 있을지도 몰라. 게다가 녀석의 회피력도 너무 뛰어나니……'

이 두 가지 문제를 해결해야 했다. 다행히 장쓰안에게는 방법이 있었다.

순간적으로 몬스터들이 가진 적대심을 없애주는 스킬, 〈적의로부터의 해방〉. 그리고 순간적으로 상대의 회피력을 엄청나게 내리고, 상대를 향하는 대부분의 공격이 명중하게 만드는 타깃팅 스킬 〈필멸의 표적〉. 이 두 가지 스킬이라면 충분히 상대를 궁지에 몰 수 있을 것이다.

장쓰안의 자신감을 믿고, 길드원들은 움직였다. 그 비싼 근거리 순간이동 스크롤과 순간이동 게이트 스크롤을 사용해 함정을 설치한 것이다. 근처로 다가올 경우 바로 토끼 몬스터들을 몰아와 순간이동으로 드랍!

게다가 장쓰안에게는 한 가지 더 행운이 따라줬다. 던전을 돌아다니던 도중 한층 더 강하고 흉폭한 토끼 몬스터 종을 발견한 것이다.

장쓰안이 순간 위기에 빠질 정도로 강한 몬스터들.

'이 던전 정말 장난 아니군.'

몬스터들의 레벨도 레벨이지만 전투 방식이 위험했다.

공격에 올인한 것 같은 몬스터들! 아무리 랭커라도 몇 대 잘못 맞다가는 상태 이상이 겹쳐서 훅 갈 수 있었다.

'이런 던전이 대체 어디서 튀어나온 거지? 뭐가 있길래?'

장쓰안은 일단 의문은 나중에 풀기로 했다. 지금 중요한 건 쫓아오는 추적자들을 상대하는 것. 함정이 잘만 풀리면 오히려 대회에 참석하지 못하는 건 태현일 수도 있었다.

'크하하하. 어서 와라! 이걸 봤을 때 네 녀석의 얼굴이 궁금하다.'

'이런!'

태현은 어떻게 된 건지 깨달았다. 장쓰안이 토끼의 적개심을 사라지게 만든 다음 태현을 타깃으로 돌린 것이다.

게다가 지금 뜨는 회피력 저하 메시지창들. 자칫하면 뒤의 몬스터들의 공격을 차례대로 맞을 수 있었다.

'위험하다!'

태현의 약점은 낮은 레벨로 인한 상대적으로 낮은 HP. 스킬과 컨트롤로 잘 관리해 주지 않으면 한 방에 훅 갈 수 있었다. 이를 악물고 반격의 원을 준비했다.

'가장 앞에 있는 공격을 옆으로 돌리고 그다음 공격은 흘려 보내면……'

그러나 공격은 오지 않았다.

장쓰안도, 태현도, 뒤에 있던 장쓰안 길드원도, 뿔토끼한테 얻어맞으면서 비명을 지르고 있던 케인도 고개를 돌렸다.

뿔토끼들이 태현을 보더니 슬슬 시선을 피하며 멈춰선 것이다. 아까까지 사람을 꿰어 죽이려고 날뛰던 놈들이라고는 생각되지 않을 정도의 돌변! 순간 어색한 침묵이 퍼졌다.

"……뭐야? 왜 공격을 안 해?"

나름 경험 많은 장쓰안도 당황해서 멈칫했다. 그사이 〈적의로부터의 해방〉 스킬 시간이 끝났다.

카르륵!

뿔토끼들의 눈이 다시 살기로 차올랐다. 그리고 그 대상은 물론 장쓰안이었다.

"크아악! 이 망할 놈들이!"

"아. 그거였군!"

태현은 그제야 어떻게 된 건지 깨달았다. 칭호 〈토끼 학살자〉 때문에 토끼 몬스터들이 선공을 하지 않는 것이었다.

정작 토끼 잡을 일이 없어서 잊고 있었던 효과!

"김태현! 김태현!! 설마 이 모든 걸 예상하고 있었던 거냐!! 나는 네 손바닥 위에서 놀고 있었던 거란 말이냐!!"

뿔토끼들한테 두들겨 맞으며 장쓰안은 못 믿겠다는 듯이 외쳤다. 이미 습격은 실패했다는 걸 느끼고 있었다. 더 이상 방법이 없는 상황.

그렇지만 이건 알고 죽고 싶었다. 김태현은 이것까지 예상하고 있었단 말인가?

살짝 어이가 없었지만 태현은 고개를 끄덕였다. 상대가 오해를 해주겠다면 받아주는 게 예의!

"물론 그렇다. 넌 내 손바닥 위에서 놀고 있었던 거다."

"말도 안 되는…… 크아악!"

더 이상 상대할 생각이 없었던 태현은 재빨리 다가가서 검을 휘둘렀다. 이미 많이 얻어맞아서 HP가 너덜너덜해진 장쓰안은 그대로 로그아웃당했다.

이걸로 사망 페널티 때문에 대회 당일까지 접속은 불가능! 5명의 인원 중 한 명이 줄어든 것이다. 태현 팀의 승리는 확정이라고 봐도 좋았다.

"길마님!"

"안 돼!"

길드원들은 장쓰안이 쓰러지는 걸 보고 경악했다. 정말 대회를 앞두고 장쓰안을 PK하다니!

"이런 미친놈들! 대회가 곧 열리는데!"

"너희 제정신이냐! 이래도 되는 거냐!"

보고서도 믿지 못할 장면. 길드원들은 침을 튀겨가며 태현에게 손가락질했다. 그러나 태현은 아랑곳하지 않았다.

"이것도 실력이지. 안 그래?"

"……."

"……라고 케인이 말했다."

뿔토끼를 잡던 케인이 화들짝 놀라서 고개를 돌렸다.

'내 이름이 여기서 왜 나와?!'

그러나 길드원들은 이미 케인을 노려보고 있었다.

"이 피도 눈물도 없는 놈!"

"네게는 스포츠맨십도 없냐!"

"그리고 케인이 지금 나한테 말하는데, 너희들도 같이 죽이라고 하네. 자. 너희 길마랑 사이좋게 같이 가렴."

"잠, 잠, 잠깐…… 컥!"

푹찍!

길마가 당한 충격에, 길드원들은 저항하지도 못했다. 전부 쓰러뜨리고 태현은 휘파람을 불었다.

"좋은 거 나오면 좋겠는데."

[아이템을 얻……]

그사이 이세연은 케인을 도와 남은 뿔토끼를 정리했다. 태현 쪽 뿔토끼는 덤비지를 않고, 오히려 태현이 다가서면 슬슬 물러서니 굳이 공격할 필요가 없었다.

"어떻게든…… 성공은 했네."

태현 일행은 서로를 쳐다보았다. 일단 이길 방법이 이것밖에 안 떠올라서 지르기는 했는데, 막상 하고 나니 뒷감당이 조금 두려워진 것이다. 물론 태현 빼고!

"사람들이 욕하지 않을까? 정정당당하지 않다고."

"아, 뭐 그런 걸 신경 쓰고 그래. 너도 독 먹을 뻔했잖아. 그걸로 퉁치자."

"내가 먹을 뻔한 독은 얘네들이 보낸 게 아니지 않냐?"

"그럼 지금부터 얘네들이 보낸 거로 하자. 나중에 방송에서 그렇게 말해. 어차피 친하니까 대충 묶을 수 있을 거야."

얼굴에 철판 몇 개는 간 것 같은 태현의 말에 케인은 할 말을 잃었다. 그러나 이세연도 동의했다.

"그런 식으로 해야 할 거 같아."

"?!"

"안 그러면 이미지가 너무 나빠지잖아. 우리가 암습 당한 것도 사실이고. 의심 가는 범인이 여기 길마하고 친한 것도 사실이고."

"케인이 죽이라고 한 것도 사실이고."

"내가 언제!"

"동의하면 한 거지, 괜찮아. 폼 나고 좋을 거야. 완전히 악당 이미지로 가는 거지."

태현은 케인의 어깨를 두드리며 달랬다. 케인은 울고 싶은 표정이었다. 점점 원하는 것과 달리, 확실한 악당 캐릭터가 되어가고 있었다. 물론 판온 2 시작할 때만 해도 악당 플레이어긴 했고, 케인 본인도 이런 캐릭터를 좋아하긴 했는데……

'이건 좀 아냐!'

태현이 한 악행을 다 덮터기쓰는 악당은 뭔가 아니었던 것이다.

"그보다 여기는 뭔 던전이지?"

"그러게. 몬스터도 그렇고 좀 특이한 던전이야."

장쓰안을 쫓느라 정작 새로 발견한 던전에 대해서는 모르고 있었다.

"이다비, 여기 던전에 대해서 알고 있었어?"

"아뇨. 밖의 던전도 제대로 탐사를 안 했는데……."

"하긴. 흠…… 지금 공략을 해볼까?"

"안 돼."

"안 돼, 이 자식아!"

"그건 좀…… 아닌 것 같은데……."

팀원들이 차례대로 반대 의사를 내보였다.

"아니, 왜?"

"몰라서 묻냐! 곧 대회 준비해야지! 바람에 떨어지는 낙엽도 조심해야 하는데! 게다가 지금 저놈들이 친구들 불렀을 수도 있다고. 빠르게 빠져나가야 해."

"음……."

태현은 생각에 잠겼다. 확실히 케인의 지적이 맞긴 했다. 장쓰안이 아까 도망치면서 도움을 요청했을 가능성이 높았던 것이다. 장쓰안이 로그아웃 당한 지금, 상대방이 아직도 싸우려고 들지는 알 수 없었지만 조심해서 나쁠 건 없었다.

"그러면 이렇게 하자. 30분만 시간을 줘."

"30분??"

모두가 놀랐다. 30분이라니.

던전 한 구역을 클리어하는 데도 부족한 시간이었다.

"어차피 지금 밖에는 파워 워리어 길드원들이 깔려 있잖아. 누가 오든 간에 우리가 먼저 볼 수 있어. 30분 정도는 써도 될 텐데?"

"그렇긴 한데…… 그걸로 뭐 하려고?"

"던전 끝까지 좀 보고 오게."

원래 혼자서는 불가능한 일이었다. 몬스터와 싸우지 않고 피해서 간다고 해도 위험한 일! 몬스터들을 쓰러뜨리지 않고 계속 던전 안으로 가다 보면 던전에서도 반응이 일어나는 경우가 있었다. 지나친 몬스터들이 쫓아온다거나, 갑자기 몬스터들이 더 드랍이 된다거나……. 안전하게 가려면 몬스터를 치우고 나아가는 게 정석이었다.

그러나 태현은 그러지 않았다.

[던전의 몬스터와 싸우지 않고 그냥 지나갑니다. 행운이 오릅니다.]

"……이것도 오를 줄은 몰랐는데."

태현은 떨떠름한 표정으로 발걸음을 재촉했다. 던전의 통로를 지날 때마다 나오는 토끼 몬스터들. 토끼 몬스터들은 태현을 볼 때마다 무슨 저승사자를 본 것처럼 슬슬 피했다.

이렇게 쉽게 지나가다 보니 무슨 산책이라도 나온 기분!

통로가 나눠지자 태현은 신의 예지 스킬을 사용했다. 복잡한 던전의 지형을 빠르게 뚫고 나아가기 위해서는 필수적인 스킬. 태현이 30분 만에 돌고 오겠다고 말한 것도 이 스킬을 믿고 있어서였다.

그런데…….

'돌아가라고?'

신의 예지가 말해주는 가장 좋은 길은 뒤로 돌아가는 길이었던 것이다.

'으음…….'

스킬이 이렇게 나오자 태현도 솔직히 망설여졌다.

호기심 반, 걱정 반.

무시하고 들어갔다가 정말 크게 다치는 것 아닐까?

'부활 스킬도 쿨타임 돌아왔고, 어떻게든 몸을 뺄 수는 있을 거 같긴 한데…… 되나? 아. 괜한 짓 하는 거 아닌가 싶은데…….'

대체 무슨 던전이길래 이제까지 잘 작동하던 신의 예지가 반대로 작동한단 말인가?

'한마디로 더 들어가지 말고 나가란 뜻인데…… 에이. 확인은 해보고 가자.'

궁금해서 어쩔 수가 없었다. 어떤 던전인지 확인만 해보고 가자!

태현은 신의 예지를 반대로 사용했다. 가장 위험한 길로 가자! 확확 나아가는 태현. 그 길에 있던 토끼들은 계속해서 비켜줬다.

태현은 멈춰 섰다. 앞에 거대한 석문이 있었던 것이다.

꿀꺽-

태현은 침을 한 번 삼키고, 천천히 석문을 밀었다. 돌 밀리는 소리와 함께 문이 열렸다. 과연 안에 뭐가 있을까?

[토끼의 신, 카르바노그의 안식처에 들어왔습니다. 명성이 오릅니다.]

[던전의 토끼를 죽이지 않고 들어온 것으로 인해 카르바노그가 당신을 높게 평가합니다.]

'토끼 학살자 칭호를 가졌는데 높게 평가를 해도 되나?'

태현은 기분이 묘했지만 상대방이 자기를 알아서 높게 평가해 준다니 내버려 뒀다. 일단 좋은 거니까!

'근데 토끼의 신은 뭐지? 뭔가 되게 약해 보이는 신인데……'

[안식처에 깃든 저주가 밖으로 풀려 나갑니다.]

[안식처의 독기로 인해 HP가 지속적으로 감소합니다.]

"……!"

태현은 메시지창을 보고 깜짝 놀라 싸울 준비를 했다. HP가 지속적으로 감소하는 상태에서의 보스 몬스터와의 싸움이라니. 안 그래도 난이도 높은 던전의 보스 몬스터라 긴장하고 있었는데 더 난이도가 올라간 상황!

그러나 싸움은 일어나지 않았다.

'카르바노그가 날 높게 평가해서 보스 몬스터가 안 나오나?'

중앙 뒤쪽에 있는 거대한 토끼 석상이 좀 수상쩍긴 했다. 보통 저런 게 쪼개지거나, 저런 게 움직이거나, 저런 게 살아나면서 <짜잔! 보스 몬스터 ×××가 나왔습니다!> 이렇게 마련인데……. 아무것도 나오지 않았다.

'어쨌든 안 나오면 나야 좋긴 하지.'

태현은 빠르게 둘러보았다. 시간이 별로 넉넉한 편이 아니었으니 중요한 것만 챙겨서 나올 생각이었다.

[아이템을 얻었습니다.]

구석에 있는 상자부터 시작해서 보이는 건 일단 다 챙겨 넣었다. 여기서 장쓰안과 그 난리를 쳤으니, 장쓰안의 친구들이 여기 오지 않더라도 다른 플레이어들이 이 던전에 찾아올 것이다. 그러면 이런 보스 몬스터 방에 있는 보상은 다 털리게 될 테니, 미리 다 털어놓을 생각이었다.

[안식처의 독기로 인해 HP가 지속적으로 감소합니다.]

'아, 시간만 있으면 체력 노가다를 하겠는데…….'

이렇게 HP를 안전하고 지속적으로 깎을 수 있는 기회가 흔히 찾아오는 게 아니었다. 특히 태현이라면 더더욱.

다른 사람들이면 빨리 나가야 하겠다고 생각을 하겠지만, 태현은 이걸로 스탯 노가다를 할 생각부터 했다.

'대회 끝나고 나중에 기회가 있겠지.'

작업은 끝났다. 태현은 손을 툭툭 털고 토끼 석상을 쳐다보았다. 거대하고 수상쩍은 토끼 석상은 여전히 미동 없이 태현을 쳐다보고 있었다.

"잘 먹고 갑니다."

태현은 감사의 인사를 했다. 별생각 없는 인사였다. 이렇게 날로 먹고 나가니 인사라도 해야 할 것 같은 기분!

[카르바노그가 당신의 겸손함에 감동합니다. 자신의 권능을 당신에게 선물합니다.]

이게 무슨 횡재란 말인가.

태현은 감동했다. 토끼의 신이라고 살짝 무시했는데, 이런 선물을 주다니!

'역시 신은 다르긴 다르군!'

[스킬 <토끼 변신>을 얻었습니다. 신성이 오릅니다.]

태현의 얼굴이 뭐라도 씹은 것처럼 일그러졌다.

"정말 30분 안에 왔네?!"

"밖은?"

"아무도 안 왔어. 이대로 빠져나가자. 입구에서 내가 투명 마법 한 번 걸어줄 테니까 그대로 움직이자고."

이세연은 철저했다. 주변에 적이 없는 걸 확인했는데도 혹시 몰라서 한 번 더 대비했다.

"넌 왜 표정이 그래?"

"아무것도 아니야……."

태현은 힘이 빠진 목소리였다. 던전을 빠르게 돌고 온 사람의 모습치고는 뭔가 많이 이상한 모습!

이세연은 고개를 갸웃거렸다.

'던전 난이도가 너무 높아서 가다가 돌아왔나?'

태현은 한숨을 쉬며 다시 스킬을 확인했다.

<토끼 변신>

토끼로 변신합니다. 귀엽습니다.

그러나 다시 봐도 스킬 설명은 변하지 않았다. 그냥 토끼로 변신하는 스킬! 태현이 본 권능 스킬 중에서 가장 어이없고 쓸모를 찾기 힘든 스킬이었다.

태현이 남들이 안 쓰는 안 좋은 스킬들의 활용 방법을 찾아 새로운 방식을 만드는 것으로 유명하긴 했지만, 이건 정말…….

'어디다가 쓰냐?'

'귀엽습니다'라는 설명이 더 얄밉게 느껴졌다.

태현은 다시 한번 한숨을 쉬고 스킬 창을 닫았다. 사실 신성 스탯이 오르고 아이템을 챙긴 것만으로도 만족해야 하는 상황이었다. 게다가 가장 큰 목적인 장쓰안도 잡았으니…….

태현은 아이템창을 확인했다.

카르바노그의 징표:
카르바노그의 힘이 담긴 징표입니다. 성스러운 이 징표가 있는 땅에는 토끼가 감히 접근하지 않습니다.

'아니, 이 던전 뭐야?!'

아무리 인내심 강한 태현이라도 2연타로 꽝을 뽑으니 슬슬 억울했다. 그나마 장쓰안과 길드원들을 잡으면서 좋은 장비들을 뜯어냈으니 망정이지…….

'저 징표를 어디에다 쓴다? 토끼 접근 못 하게 하는 건 다른 방법으로도 충분한데.'

게다가 토끼를 막아야 할 상황이 그렇게 많지 않았다.

농사할 때 정도?

그러나 태현의 직업은 농부가 아니었고, 농사 스킬을 키우는 것도 아니었으며, 심지어 영지도 농업 위주가 아니었다. 농부 플레이어들은 땅의 질이 좋고 물 흐르는 곳에 자리를 잡지, 굳이 저런 몬스터 나왔던 흉흉한 골짜기까지 찾아가서 농사를 짓지는 않았던 것이다.

'농사나 지으라는 계시인가…… 영지에 농사짓겠다는 플레이어 있으면 이거 깔아서 도와주기나 해야겠다.'

태현은 그렇게 생각하고 아이템 확인을 마무리 지었다.

다른 아이템들은 무난하게 좋았다. 장쓰안과 길드원들이 드랍한 무기와 갑옷들, 그리고 던전 마지막 방에서 나온 펜던트 정도. 펜던트는 괜찮았지만, 태현은 이미 오스틴 왕국에서 뜯어낸…… 아니, 받은 〈왕자의 목걸이〉가 있었다.

워낙 좋은 목걸이였기에 펜던트는 쓰지 않을 것 같았다.

카르바노그의 펜던트:
내구력 35/35, 물리 방어력 25, 마법 방어력 25.
스킬 '토끼 조종', '토끼의 행운' 사용 가능.
카르바노그의 힘이 담긴 펜던트다. 착용하면 토끼와 친해질 수 있다.

'게다가 스킬은 명백히 딸리고…….'

카르바노그를 보니 태현은 살짝 반성하게 되었다.

아, 아키서스는 그래도 나름 괜찮은 신이구나!

하도 사방팔방에 적을 만들어놔서 처음 보는 악마가 이를 가는 것만 제외한다면 아키서스도 나름 괜찮은 신이었다.

"그러고 보니 아까 기다리는데 옆에 시커먼 게 밖으로 확 빠져나가던데, 너 뭐 건드렸냐?"

케인의 말에 태현은 고개를 갸웃거렸다.

'아, 아까 안식처의 저주가 밖으로 나갔다는 게 저건가?'

"저주가 뭐 나갔다는 걸 본 거 같은데."

"뭐!? 그러면 위험한 거 아니야?!"

"에이. 괜찮아. 괜찮아. 여기 그렇게 위험한 던전 아니야."

카르바노그를 보니, 카르바노그의 저주라고 해봤자 별거 아닐 것 같은 느낌이 들었다. 그래 봤자 토끼 관련 저주겠지!

그러나 태현은 아직 모르고 있었다. 토끼가 얼마나 사람을 괴롭힐 수 있는지.

장쓰안이 습격당해서 대회 당일 접속할 수 없다는 소식이 인터넷에 퍼지자, 사이트는 뜨겁게 달아올랐다.

-이건 아니다. 대회를 기대하는 팬들을 배신하는 짓이다!

-정정당당하게 싸워야지 이게 뭐 하는 짓이냐?

-케인 좀 심하지 않냐? 어떻게 사람이 저렇게 피도 눈물도 없을 수가 있지?

장쓰안이 눈물을 흘리며 쓴 글을 본 사람들은 태현 팀을 비난했다. 특히 케인을.

그러나 태현 팀을 비난하는 사람들만 있는 건 아니었다.

-세만어리워워파: 저것도 실력 아니냐? 애초에 게임 내에서 허용이 되는 범위니까 자기가 알아서 관리를 했어야지. 다른 사람들은 바보라서 자기 캐릭터 관리를 잘 했나? 왜 대회 앞두고 저런 던전에 들어갔는데?

이런 의견도 꽤 많았던 것이다. 게다가 예전에 투기장에서 우승하기 위해 독을 풀었던 레스토랑 길드와 장쓰안이 친하다는 소문까지 퍼지자, 사람들은 '자기가 할 때는 가만히 있더니 자기가 당하니까 이러냐' 하고 비난하기 시작했다.

여론이 안 좋게 돌아가자 태현 팀을 비난하던 사람들은 판온 회사에 직접 문의를 넣었다. 대회를 위해 사망 페널티를 좀 일찍 끝내게 해서 접속 가능하게 해줄 수는 없냐고!

많은 사람이 답변을 기다렸다. 그리고 답이 나왔다.

[이번 일은 게임 내에서 일어난 일이고 충분히 예측 가능한 범주였다. 대회 때문에 특혜를 주지는 않을 것이다.]

-맞아! 대회에 안전하게 참석하려면 투기장 안에 계속 있었다면 되는 거라고!

-꼬우면 너희들도 PK를 해라!

-PK를 하려는 노오력이 부족했다!

태현 팀을 지지하는 팬들은 신이 나서 떠들어댔다. 중국 팀 팬들은 이를 갈며 말했다.

-어디 밤길 조심해라.
-너희도 PK 당해봐야 정신 차리지! 아직 대회 끝나려면 멀었다!

이렇게 팬들이 치열하게 감정싸움을 하는 동안, 한편에서는 실용적으로 접근하는 사람들이 있었다.

-야, 근데 장쓰안이 죽은 던전 괜찮아 보이던데. 거기 공략해 볼 사람 있냐?
-어. 나도 괜찮아 보이더라. 한번 모아볼까?

몬스터 수준을 보고 괜찮다고 생각한 고렙 플레이어들이 모이기 시작한 것이다. 그들은 과감하게 던전 공략에 나섰다.
"컥! 뭔 토끼가⋯⋯!"
"막아! 저것만 막으면 돼!"
미친 공격력에 경악했지만, 이미 한 번 동영상으로 봐서 알고 있었기에 그들은 어찌어찌 대처할 수 있었다. 결국 카르바노그의 안식처까지 들어간 그들!

[분노한 카르바노그가 당신에게 징벌을 내립니다. 카르바노그

의 석상이 깨어납니다!]

　[도망치십시오!]

　태현이 들어갔을 때와 달리 험악하게 맞이해 주는 카르바노그! 토끼를 잡고 들어오면 이렇게 반응해 주는 보스 몬스터였다.

　"대미지가 안 들어가!"

　"미친, 레벨이 대체 몇이야?!"

　"저거 토끼 맞아?! 드래곤 아냐?!"

　나름 유명한 던전을 클리어 한 고렙 플레이어들이 우르르 무너져 나갔다. 한 번의 도전만으로 그들은 깨달았다. 이건 아직 플레이어들의 수준으로 깰 수 있는 던전이 아니라고!

　"후퇴! 후퇴!"

　충격이 크기는 했지만 플레이어들은 그렇게까지 놀라지 않았다. 깨지 못하는 던전이 여기가 처음은 아니었으니까. 다만 그 상대가 토끼라는 게 굴욕적이었을 뿐!

　던전을 공략하는 파티들은 금세 카르바노그에 대한 관심을 껐다. 지금 당장 깰 수 없는 던전이라면 굳이 시간과 노력을 투자할 필요가 없는 것이다. 던전이 없는 것도 아닌데!

　그리고 사람들이 카르바노그 던전에 대한 것을 잊어버리고 다시 대회에 집중할 때쯤, 게시판에 글들이 올라오기 시작했다.

[농부들 모여라! 농부 직업 게시판]

-김농부: 농부로 농사짓는 초보인데요, 원래 이렇게 토끼가 많나요? 좀 이상하게 많은 거 같은데…….

-불타는경운기: 토끼가 원래 초보 농부한테는 좀 성가신 몬스터예요. 상대하는 건 쉽지만 안 보는 사이 와서 농작물 망치니까, 울타리 깔고 토끼가 싫어하는 재료 주변에 뿌리세요. 요리사 NPC한테 가서 얻어도 되고, 직접 만들어도 돼요. 요리 스킬 별로 안 필요해요.

-김농부: 그, 그 방법 다 써봤는데 안 먹히는 거 같은데…….

-불타는경운기: 제대로 한 거 맞아요?

-두덕리대공작: 그 방법 써서 안 통할 리가 없는데?

고렙 농부 플레이어들은 처음에는 초보자들의 말을 믿지 않았다. 초보자일 때는 맞는 방법도 제대로 못 하게 마련. 그러나 한두 명이 아니라, 수십 명이 넘게 경험담이 올라오기 시작했다. 이건 뭔가 이상하다!

졸지에 고렙 농부들의 밭에도 토끼들이 나타나기 시작했다. 강력한 울타리와 다양한 몬스터 방지 스킬로 무장한 고렙 농부의 밭은 주변의 늑대나 곰 같은 몬스터도 접근하기 힘들었다. 그런데 토끼가 뚫고 들어오다니. 이건 보통 일이 아니었다.

-불타는경운기: 제가 지금 시도한 방법들이 다 실패했습니다. 이거 좀 위험한 거 같아요. 다른 분들은 어떠세요?

-두덕리대공작: 저도 지금 골치 아파 죽겠습니다. 이거 기껏 공들여 놓은 상급 체력 회복 약초가 싹 털려서…….

-불타는경운기: 일단 다른 직업 플레이어들한테도 상황을 퍼뜨려야 겠습니다. 이거 뭔가 퀘스트 같은데……

농부 플레이어들은 진지하고 심각하게 상황을 받아들였다. 뭘 키워도 자라서 거두기 전에 토끼들이 와서 쓸어버리는 것이다. 직업 플레이자체가 힘들어지는 최악의 상황!

그러나 다른 플레이어들의 반응은 시큰둥했다.

-아니, 뭘 이런 걸 가지고 그래. 농부들 너무 유난 떠는 거 아니냐?
-토끼 많이 나오면 다 잡으면 되잖아. 그거 못 잡는다고 이러는 거 아니지? 잡기 귀찮아서 이러는 거야?
-나도 농사 좀 해봤는데 그거 농작물 조금 잃는 건 기본이잖아. 그거 가지고 이렇게 난리 칠 필요 있나?

대회도 한창 뜨거워지고 있는 상황. 농부 플레이어들의 '토끼가 우리 농사를 다 망치고 있어요!'란 말은 사람들의 관심을 끌지 못했다. 그러는 사이 중앙 대륙의 토끼들은 점점 세력이 불어나고 있었다.

여유만만. 지금 딱 태현 팀의 태도가 그랬다.

저 멀리서 보이는 상대 팀은 4명! 이건 뭐 어떻게 해도 질 수가 없었다.

긴장이라고는 조금도 찾아볼 수 없는 모습에 이세연이 헛기침을 하며 주의를 할 정도!

"어흠. 어흠. 그래도 사람들 보는데 주의해야지."

그럼에도 불구하고 이세연의 얼굴에는 옅은 미소가 서려 있었다. 모두가 싱글벙글!

태현도, 케인도, 이세연도, 김철수도, 심지어 도동수까지 얼굴에 미소를 달고 있었다. 날로 먹는 승리에 대한 예감 덕분이었다.

"그런데 너는 왜 웃고 있냐?"

태현은 의아해했다. 이다비가 너무 해맑게 웃고 있었던 것이다.

"저번에 저 어르신하고 이야기를 했거든요."

태현이 유 회장을 어르신이라고 부르고 다닌 것 때문에 이다비도 유 회장을 어르신이라고 불렀다.

"무슨 이야기?"

"어르신이 묻는 거예요. '판온에도 계절이 있냐'고. 그래서 있다고 했더니 '그러면 계절에 따라 농작물 자라는 것도 변하냐'고 물으셔서 그것도 그렇다고 했죠. 그랬더니 뭐라고 하셨게요?"

"뭐라고 했는데?"

"그러면 '농작물 다 자란 거를 잔뜩 사놓으면 나중에 잘 안 자랄 때 비싸게 팔 수 있는 거 아니냐'고 하시는 거예요."

"그거 현실성 없잖아?"

이다비와 유 회장이 무슨 얘기를 하는지 태현도 금세 알아차렸다. 유구한 전통을 가진, 사재기! 어떤 아이템 하나를 닥치는 대로 사서 물량을 부족하게 만든 다음, 그 가격을 마음대로 올려 이득을 얻는 기술!

그렇지만 판온에서 사재기는 매우 쓰기 힘든 기술이었다. 거의 현실성이 없다고 봐도 좋았다. 먼저 판온 유저가 많다 보니 경매장에 올라오는 아이템 숫자가 어마어마했다. 사재기를 하려면 전부는 아니더라도 이 숫자 중 일부 정도는 구매해야 하는 것이다. 거기서부터가 장벽이었다.

게다가 아이템 종류도 중요했다. 누군가 잔뜩 사더라도 다른 사람들이 손쉽게 만들어서 팔 수 있다면 가격 장난을 칠 수 없었다. 그래서 이런 점 때문에 농작물 사재기는 거의 불가능했던 것이다.

농부 플레이어 숫자를 생각해 보면, 마음만 먹으면 순식간에 다시 농사를 짓는 게 가능!

'그나마 사재기를 하려면 경매장에 풀리는 숫자가 적고, 사람들이 많이 원하는 그런 아이템을 골라야 조금 가능성이 있지. 그렇게 골라도 힘든데.'

판온 1 때부터 사재기를 시도했다가 망한 사람들이 꽤 있었다. 세상일이 그렇게 만만하지 않았던 것!

아이템을 잘못 골라서 '어? 하급 붉은색 약초가 너무 비싼데?' '그러면 다른 거 쓰자. 다른 것도 효과는 비슷한데.' 같은 식으로 사람들이 나오는 바람에 망한 플레이어. 기껏 아이템은 잘 골랐지만, '어? 이거 주문서 시세가 좀 이상한데? 누가 잔뜩 사 모았어! 이거 사재기야!' '그러면 사지 말자! 버티자!' 같은 식으로 여론이 형성되어 쫄딱 망한 플레이어.

사재기의 그림자에는 수많은 플레이어들의 피와 눈물이 섞여 있었다.

"태현 님은 사재기해 보셨어요?"

"판온 1 때…… 아차."

"저는 별로 신경 안 쓰는데요."

"하하. 무슨 소리를 하는지 모르겠는걸?"

케인과 달리, 이다비는 거의 확신하고 있었다. 태현이 누구인지를.

이세연과 뭔가 과거에 있었던 같은 대화를 나누고, PVP도 능숙하고, 과거의 적들이 계속 의심하면서 쫓아오고……. 솔직히 눈치 못 채는 케인이 멍청한 것 아닌가 하고 생각하고 있는 그녀였다.

이다비는 살짝 불만 섞인 표정을 지었다. 이세연과 대화하는 걸 보니, 이세연은 판온 1 때 일을 알고 있는 것 같았다.

그런데 그녀한테는 숨기다니.

"어쨌든요!"

"그래. 어쨌든. 나는 한 적 없고 내가 아는 사람 이야기인데. 광산 하나 찾아서 거기 나오는 희귀한 금속으로 사재기한 적 있지. 근데도 엄청 아슬아슬했다고. 조금만 더 늦었으면 내가……

아니, 그 사람이 위험했을 거야."

다른 길드가 점령하고 있는 광산으로 들어가서 폭탄을 날려 버리고 전부 쓸어버린 후 광산을 뺏은 태현이었다.

물론 남은 길드원들이 분노해서 다시 찾아왔지만, 들어오는 족족 몇 번이고 전멸시켜 주니 태도가 달라졌다.

-이 ××× ×× 할자식! 당장 나오지 않으면 영원히 쫓아다니면서 PK해주마!

-이놈! 당장 나오면 한 번만 죽이는 걸로 용서해 주마!

-저기, 그냥 나오기만 하면…… 저희가 안 건드릴 테니까…… 그 광산에서 나오시기만 하면…… 그쪽도 슬슬 나와야 하지 않나요? 광산에서 영원히 살 수는 없잖아요.

-제발 나와 주세요! 뭘 원하십니까! 골드?! 협상 좀 합시다! 제발!

상대 길드의 도움 덕분에 태현은 성공적으로 사재기를 끝냈고, 자금으로 쓸 골드를 벌 수 있었다. 훈훈한 추억이었다.

태현이 추억 돋는 얼굴로 코밑을 손가락으로 쓱 닦고 있자 이다비는 어이가 없다는 듯이 쳐다보았다.

아무리 봐도 저런 표정으로 할 이야기는 아니었던 것!

"흠흠. 어쨌든 그래서 사재기는 엄청나게 위험하다고. 저 어르신처럼 초보자는 더더욱 할 게 아니지. 판온 하신 지 얼마나 됐다고 그런 사재기를 해?"

"그래서 저도 말렸거든요. 위험한 거 다 말씀드리고 했는데…… 괜찮다고, 자기는 잃어도 괜찮으니 해보고 싶다고 하시는 거예요."

"돈 썩어난다고 아주……."

"네?"

"아니야. 아무것도."

돈 많고 시간 많고 의욕 넘치는 사람만큼 무서운 게 없었다. 김태산은 나름 게임을 오래 해서 그래도 어느 정도는 절제를 할 줄 알았다. 물론 그게 돈을 아낀다는 건 아니고, 쓸 만한 아이템과 쓸모없는 아이템을 구분해서 사는 수준 정도?

그리고 불가능한 계획에 돈을 낭비하지 않았다. 김태산이라면 절대 하지 않았을 게 사재기였다.

그러나 유 회장은 달랐다. 무서운 게 없는 초보자! 레벨만 높았지 게임 경험은 한참 부족한 상태였다.

그래서 이다비가 말려도 듣지 않았다.

나는 해보고 싶다!

결국 이다비는 포기했다. 자기 돈으로 자기가 쓰겠다는데 뭘 어쩌겠는가.

"그래서 어떻게 됐는데?"

"하도 하고 싶어 하셔서 파워 워리어 길드원들 붙여 드렸어요. 사재기는 혼자 하기 힘드니까."

"정말 잘 어울린다."

파워 워리어 길드원들과 사재기. 이렇게 잘 어울리는 궁합도 드물 것이다.

여럿이 나눠서 구매한다면 들키지 않고 자연스럽게 해낼 수 있는 확률이 확 올라갔다. 유 회장은 게임에서는 초보자였지만 현실에서는 아니었다.

-농작물을 사되 고급 농작물만 사자. 만드는 데 시간이 걸리거나 레벨이 필요한 농작물들이 있을 거 아니냐. 그런 재료들이라면 플레이어들도 더 많이 찾을 거고, 만들기는 더 어렵겠지.
-그러면 필요한 골드가 몇 배로 뛰는데요?
-상관없다. 사라.
-······예.

파워 워리어 길드원들은 순간 가슴이 두근거리는 것을 느꼈다. 설마 이게 사랑?

-일단 어느 정도 산 다음에는 일정 물량은 팔겠습니다. 골드 확보도 해야 하니까요.

많이 사서→가격이 올라가면→일부를 팔아서 손해를 메꾸고 다음 구매를 준비한다. 위험천만한 사재기를 좀 무난하게 넘기기 위한 테크닉 중 하나.

그러나 유 회장은 단호했다.

-필요 없다. 그냥 사라.

그래서 파워 워리어 길드원들은 골드를 받아 고급 농작물들을 샀다. 그리고 다시 받아서 더 많이 샀다. 밀, 보리, 쌀 등 각종 농작물들 중 품질 좋은 농작물들이 순식간에 창고에 쌓이기 시작했다.

"저도 진행되는 거 들으면서 안 될 거라고 생각했는데, 요즘 분위기가 이상해요."

"무슨 분위기?"

"갑자기 중앙 대륙에 토끼가 그렇게 난리를 치고 있거든요."

"그래? 어떤 놈이 또 사고를 친 거지?"

순간 태현은 말하면서 뭔가 이상했지만 넘어갔다.

기분 탓이겠지?

"그러게 말이에요. 계절이 갑자기 겨울이 된 것만으로는 약할 줄 알았는데, 토끼 재앙까지 겹치니까……."

이다비는 토끼 사태를 무시하는 다른 플레이어들과 달리, 상황을 명확하게 보고 있었다. 이건 위기이지만 동시에 기회다! 계절이 겨울이 된 것만으로는 약하다고 생각하고 있었다.

농부 플레이어 중에서는 저런 계절을 극복하는 스킬들과 장비를 갖고 있는 플레이어들도 있을 테니까.

그렇지만 이렇게 겹치고 겹치면……. 정말 사재기가 가능할지도 모르는 것이다.

"그러면 진짜 대박이 나올 수 있다는 거잖아……?"

"네!"

이다비는 주먹을 불끈 쥐었다. 눈앞에 아른거리는 대박의 꿈! 물론 대부분의 골드는 투자를 한 유 회장이 가져가겠지만, 이번 작전에 가장 큰 공헌을 한 파워 워리어 길드원들도 보상을 두둑하게 받을 것이다.

태현은 대단하다고 생각하다가 잠깐 멈칫했다.

"그런데 그걸 나한테 말 안 하고 둘이서만 한 거야?"

"네? 네……."

"약간 서운한데. 그런 거 있으면 나한테도 물어봐 주지."

"태현 님은 안 그래도 대회 때문에 바쁘신데 더 귀찮으실까 봐 말 안 한 거예요. 그리고 태현 님도……."

"응?"

'반지 만들어서 에반젤린한테 주려고 하잖아요'라고 말하려던 이다비는 멈칫했다. 지금 이 말이 뜬금없이 왜 나온단 말인가. 이 말은 거의 무슨…….

'질투하는 거 같잖아!'

이다비는 고개를 흔들었다. 질투라니. 그녀와는 어울리지 않는 말이었다.

'정신 차려. 정신! 지금 그럴 때가 아니잖아!'

"왜 그래?"

"아, 아무것도 아니에요……."

"이런 재미있는 건 같이 해야지. 파트너잖아."

"……그렇죠! 파트너죠!"

이다비의 목소리가 갑자기 확 올라갔다. 태현은 의아해했다. 갑자기 왜 이러지? 그러나 이다비는 아랑곳하지 않고 기뻐하는 얼굴로 태현의 어깨를 두들겼다.

"파트너! 파트너!"

"……내가 뭐 잘못 말했냐?"

"아니요. 잘 말했다는 뜻이거든요? 그리고 반……."

"반?"

기세를 타고 반지를 물어보려던 이다비는 멈칫했다. 활발하고 친근한 태도로 물어보려고 했는데, 정작 여기서 입이 떨어지지 않다니. 이다비는 그녀가 이렇게 소심한 모습이 있다는 게 놀라울 정도였다. 스스로도 처음 경험하는 모습!

"……드시 이기세요! 대회!"

"그거야 당연하지. 지는 게 더 힘들겠다."

태현은 반대쪽 선수들을 가리켰다. 4명밖에 없는 팀이 태현 팀을, 정확히는 케인을 노려보고 있었다. 케인은 도피라도 하려는 것처럼 시선을 피하며 중얼거렸다.

"내가 한 거 아니라고……!"

그리고 캐스터와 해설자의 능숙한 진행과 함께, 8강 경기가 시작되었다. 중국대표팀은 주먹을 불끈 쥐었다.

"비록 비겁한 수작에 휘말렸지만 우리는 아직 지지 않았다. 최선을 다하자!"

"저 비겁한 놈들에게 본때를 보여주자!"

자만하고 방심한 태현 팀에 비해, 중국 팀의 분위기는 그야말로 뜨거웠다. 모든 것을 불태울 분위기!

그 모습에서 느껴지는 박진감에, 옆에서 보던 팬들은 살짝 기대를 할 정도였다. 설마 중국대표팀이 이 불리한 상황을 뒤집고 기적을 만들 수 있을까?

만약 그렇게 한다면 이 대회의 주인공은 그들이었다. 악당을 정정당당하게 쓰러뜨리는 주인공 그 자체!

그리고 대회는 순식간에 끝났다. 결과는 3:0. 압승이었다.

"기합으로 5:4를 뒤집을 수 있을 거라면 왜 그 고생을 해서 장쓰안을 죽였겠어?"

"야, 야! 제발 목소리 좀 줄여!"

케인은 안절부절못해서 태현을 말렸다. 중국대표팀이 쳐다보는 눈빛이 이제는 거의 레이저 수준이었던 것이다. 이겨놓고 이러는 것도 웃겼지만, 저지른 게 있어서 케인은 찔릴 수밖에 없었다. 이 상황에서 태연하게 시선을 돌리고 딴청을 피우는 태현이나 이세연 같은 사람이 대단한 것!

케인이나 김철수 같은 일반인(?)들은 미안한 마음을 떨치지 못했다. 게다가 기분 탓인지는 모르겠지만 케인을 노려보는 눈빛은 특히 더 살벌했으니…….

-2연승! 대단합니다, 한국팀! 대회 시작 전에는 이런저런 말들이 많았지만 이제는 확실하게 말할 수 있습니다. 이 대회의 우승 후보 중 하나라고!
-게다가 지금 유일하게 무패인 팀이에요. 두 경기 다 3:0, 3:0으로 올라온 거죠.
-물론 중국대표팀과의 경기 전에는 일이 조금 있기는 했었지만…….

해설자들은 말끝을 흐리며 살짝 어색하게 웃었다.
가재는 게 편. 거기에다가 방송국 관중석에 앉아 있는 팬들은 대부분 한국팀의 팬이었다. 이 승리에 기뻐하는 사람밖에 없었다.

-가장 먼저 4강에 선착한 한국대표팀. 다음 경기 상대가 궁금해지네요.
-그렇습니다. 사실 이제 남은 팀들은 누구 하나 약한 팀이 없습니다. 다 쟁쟁한 강팀들을 깨고서 올라온 팀들이거든요.
-그럼에도 불구하고 저는 한국팀이 질 거라는 생각이 들지 않습니다. 그만큼 강팀이에요!

해설자들의 말을 듣던 태현이 말했다.

"5:4로 이긴 경기에서 저런 소리 하면 좀 민망하지 않나?"

"그게 해설자의 능력이야."

한국팀의 압도적인 경기가 끝나고, 다음 팀의 경기가 시작되었다. 그리고 4강에 진출할 다음 팀이 결정되었다. 캐나다대표팀이었다.

SI 엔터 대표, 이동팔은 콧노래를 흥얼거리며 인터넷 기사들을 내려 보고 있었다.

[한국대표팀, 압도적인 경기력으로 승리.]

[4개 팀에게 물었다. 가장 상대하기 까다로운 선수는? '김태현'.]

[새로 만들어질 판온 팀 MQ의 감독, 가장 탐나는 플레이어를 밝히다.]

[유성기획 '판온 자선대회 의향 있어'.]

[중국대표팀 '이건 페어 플레이가 아니다' 항의…….]

[김태현의 플레이에는 무언가 특별한 게 있다.]

[한국대표팀은 어떻게 강팀이 되었나?]

"내가 사람을 보는 능력이 있다니까. 역시. 그럼. 그럼."

이동팔은 스스로에게 취한 얼굴로 고개를 끄덕였다. 요즘

매번 기사의 이스포츠란을 채우는 태현의 이름이 그를 기분 좋게 만들었다. 서둘러서 태현을 방송에 내보내지 않고, 대회를 기다렸던 선택이 완벽하게 맞아떨어진 것이다.

억지로 푸시하거나, 억지로 나가서 이름을 알릴 필요가 없다. 능력이 된다면 이렇게 올라오게 되어 있는 것이다.

판온 대회에서의 성적? 대다수의 팬들이 태현만큼 압도적인 선수가 없다고 인정하고 있었다.

한국대표팀의 팬이 아닌, 팀 블루 같은 한국대표팀에게 진 팀의 팬들도 그건 인정하고 있을 정도였다.

방송에서의 모습? 다른 선수들이 실제 방송에 나왔다는 중압감에 얼어붙어 있는 동안, 태현은 이세연과 함께 대화를 주도해나갔다. 게다가 기대하지 않았던 외모까지 히트!

이동팔은 처음에 태현이 아닌 줄 알았었다. 간단한 메이크업을 해도 엄청나게 효과가 좋은 사람이 있고, 엄청나게 메이크업을 해도 효과가 거의 없는 사람이 있었다.

태현은 완벽하게 전자! 어쨌든 현재까지 태현은 거의 완벽에 가까운 모습을 보여주고 있었다.

이제 쐬기를 박을 때였다. 쇠도 뜨거울 때 두드리듯이, 이렇게 자연스럽게 화제의 중심일 때 방송에 나가 얼굴을 익숙하게 만드는 것이다.

벌써 아는 PD들에게서 은근슬쩍 연락이 오고 있었다. 다른 프로게이머들이 방송에 나가려면 소속사 쪽에서 직접 제안을 해야 한다는 걸 생각해 보면 정말 대단한 일! 그만큼 태현이 화제의 중심이라는 걸 모두가 알고 있는 것이다.

'뭐가 좋을까. 뭐가 좋을까…….'

이동팔은 신중하게 고민했다. 제안이 여러 개 왔을 때일수록 고민해야 했다.

'생존의 법칙…… 이건 지금 하기에는 너무 이르지?'

생존의 법칙은 인기 있는 공중파 프로그램 중 하나였다. 연예인들이 무인도에 가서 스스로의 능력만으로 살아가는 프로그램!

SBC가 아닌 KBC에서 진행하는 프로그램이라 MBS 국장 눈치도 좀 덜 보이고, 신인 연예인이 뜨기 좋은 프로그램이라 탐나기는 했다. 그러나 이동팔은 이건 미뤄두기로 했다.

'대회가 한참인데 이렇게 힘 빠지는 건 위험하지. 이 사람도 당장 하자고 보낸 건 아닌 모양이군. 대회 끝나고 만나서 이야기를 해보자니.'

어차피 급한 게 아니었으니까.

'다음 건…… 켠김에 끝까지. 이것도 괜찮군.'

'켠김에 끝까지'는 SBC 쪽 프로그램이었다. 게임을 끝까지 깨기 전까지는 절대 나가지 못하는 컨셉의 프로그램!

어려운 게임에 도전하는 출연자와 그 출연자가 좌절하는 모습이 인기의 이유였다. MBS와 게임 관련 프로 싸움에서 밀린 SBC였지만, 켠김에 끝까지는 그 경쟁 속에서 살아남은 알짜배기 프로그램! 아직도 꾸준한 인기를 유지하고 있었다.

'김태현이면 괜찮을 거 같아. 게임이란 컨셉도 잘 맞고. 세연이도 같이 나왔으면 좋겠다고 했으니 둘이 같이 나가도 괜찮

을 거 같은데.'

마지막으로 고민하고 있는 건 MBS 쪽의 '위클리 라이브'였다. 게임 방송의 전통 강자인 MBS의 주력 프로그램 중 하나. 화제의 인물들을 데리고 와서 여러 질문을 던지고 인터뷰를 하는 프로그램. 평소에는 볼 수 없었던 게이머들이 실제로 나오는 것 때문에 많은 시청자들이 이 프로그램을 애청했다. 그렇다고 게이머들만 나오는 건 아니었다. MBS 특성상 게이머들이 많이 나오는 것이었지, 화제만 되면 누구든 나올 수 있었다.

이동팔은 고민 끝에 결정을 내렸다.

'먼저 위클리 라이브에 나간 다음 컨김에 끝까지에 나가자. MBS 쪽에서 소개해주기도 했고 대회도 MBS 쪽에서 진행 중인데 체면은 세워줘야겠지.'

생존의 법칙은 나중에 생각하기로 하고, 이동팔은 지금 당장 나갈 수 있는 두 프로그램을 먼저 골랐다.

"후후. 내가 직접 연락을 해줘야겠군. 감동 받아서 눈물을 흘리려나?"

매니저한테 연락을 보내는 게 아닌, 대표인 그가 이렇게 직접 연락을 하다니. 분명 감동하면서 받을 것이다!

-고객님의 전화기가 꺼져 있어 삐 소리 이후…….

이동팔은 당황하지 않았다. 침착하게 이세연에게 연락했다.

"김태현이 연락이 안 되는데 무슨 일인지 아니?"

-아까 대회 끝나고 판온하러 먼저 갔는데요?

CHAPTER 5

"좋아. 이쯤 할까."

밖에서 무슨 일이 일어나는지도 모르는 채, 태현은 작업을 완성시키고 있었다. 케인이나 김철수는 경기 승리를 축하하자며 회식을 하자고 했지만 태현은 단호했다.

'회식은 게임 안에서 하면 되잖아.'

물론 케인은 태현의 의견을 받아들이지 못했다.

'현실은 게임 밖에 있다!', '너 안 오면 우리끼리 뭔 이야기를 하냐', '나 다른 사람들이랑 좀 친해지게 자리에만 있어줘!'라고 발버둥 쳤지만, 태현은 아랑곳하지 않고 돌아왔다.

아티팩트를 완성시키기 위해서!

'첫 번째 시도인데 너무 시간을 오래 쓰는 것도 좀 그렇지.

다음 경기 전까지 완성시키려고 했으니…….'

태현은 반지를 두드리던 망치를 멈췄다.

[아키서스의 아티팩트 제작 스킬을 성공적으로 완료했습니다. <아키서스의 힘이 담겨 있는 신성한 중급 가호 반지>가 완성되었습니다.]

[대장장이 기술 스킬이 오릅니다. 신성 스탯이 오릅니다.]

[신성한 힘을 다루는 대장장이의 소문이 대륙으로 퍼져 나갑니다.]

아키서스의 힘이 담겨 있는 신성한 중급 가호 반지:

내구력 60/60, 회피력 30.

아키서스의 힘이 담겨 있는 아티팩트입니다. 상당히 강력한 아키서스의 힘이 반지에 담겨 있습니다. 아키서스 교단의 신도들이 이 반지를 본다면 경의를 표할 것입니다.

스킬 <확률 조작>, <행운 부여> 사용 가능.

착용 시 불운 페널티에 영향받지 않음.

태현의 눈빛이 빛났다. 아이템 자체의 성능은 상당히 애매한 성능이었다. 써봤자 의미가 없는 수준! 들인 시간과 재료를 생각한다면 거의 꽝에 가까웠다.

그러나 태현이 노리던 옵션이 붙어 나왔다.

'불운 페널티 감소나, 행운 버프 정도도 각오하고 있었는데.'

그보다 훨씬 더 괜찮은 옵션.

이거라면 에반젤린이 눈에 불을 켤 수밖에 없을 것이다.

이걸로 에반젤린이 가져간 반지를 뜯어내고 추가로 부려먹기까지 가능!

"크하하하! 에반젤린! 어디 한번 두고 보자!"

태현의 외침을 들은 이다비와 유 회장, 파워 워리어 길드원들은 깜짝 놀란 얼굴로 서로 바라보았다.

"만들던 게 완성된 모양인데요?"

"그 에반젤린이란 사람한테 진짜로 주려는 거 맞는 거 같은데……."

파워 워리어 길드원들은 이다비 눈치를 보며 말끝을 흐렸다.

그걸 깨달은 이다비가 물었다.

"왜 내 눈치를 봐?"

"그, 그야……."

"뭐? 뭔데? 응?"

"아무것도 아닙니다!"

파워 워리어 길드원들은 재빨리 말하더니 돌아서서 도망쳤다. 평소에는 그렇게 친절하고 관대하던 이다비에게서 정체를 알 수 없는 공포가 느껴졌던 것이다.

파워 워리어 길드원들이 가장 잘하는 것 중 하나가 도망!

길드원들이 도망치자 이다비는 불만스러운 표정을 지었다.

"왜 길드원들을 쫓아버리나? 사재기 관련으로 이야기 더 해야 하는데."

"안 쫓았어요."

이다비의 목소리에는 숨기려고 해도 숨길 수 없는 날카로움이 느껴졌다. 그걸 느낀 유 회장이 고개를 저으며 말했다.

"내가 보기에는 절대로 그런 게 아닌데……."

유 회장이 보기에, 저건 아무리 생각해도 로맨틱한 고백용 반지가 아니었다. 세상 어떤 놈이 고백을 하는데 저렇게 사악한 표정을 짓고 있단 말인가! 문제는 이다비처럼 저런 생각에 꽂힌 사람은 냉정하게 판단이 안 된다는 것이었다.

'언제나 아쉬운 사람이 손해를 보는 게 세상이지. 저런 놈이 뭐가 좋다고…….'

속으로 한탄하던 유 회장은 입을 열었다.

"에잉. 됐다. 이런 건 언제나 늙은이의 몫이지. 내가 직접 물어봐 주마."

"네?"

덜컥-

"넌 뭘 그렇게 만들고 있는 거냐?"

"아. 어르신 오셨습니까? 이다비도 왔네?"

태현은 둘을 발견하고 손을 흔들었다. 그런데 뭔가 이상했다. 이다비가 살짝 어색해 보였던 것이다.

"뭐 문제 있어? 사재기에 문제 생겼어?"

"아, 아니요. 그런 건 아니고요……."

이야기가 샐 것 같자 유 회장이 재빨리 끊었다.

"그래서 뭘 만들고 있는 거냐? 대회를 앞두고 그런 걸 만들어도 되냐? 연습은?"

"어르신이 자꾸 그러시니까 다른 사람들이 어르신이 감독 아닌가 하고 착각하잖습니까. 연습은 어차피 도동수 때문에 의미 없고요, 다른 곳 가면 이세연이 구박하니 여기 있는 겁니다. 제작 스킬도 올리고……."

"그래서 이 반지를 만든 거구나. 괜찮으면 나한테 팔 생각 있느냐?"

"어르신한테는 안 맞을걸요. 낚시용 반지라면 차라리 다른 걸 끼는 게 나을 거고."

"대신 이건 유니크한 아이템이지 않느냐."

"유니크고 뭐고 안 맞으면 의미 없죠. 그리고 이거 쓸 곳 있어서요."

"어디에 쓰려고?"

"에반젤린이라고 플레이어 하나 있어요. 걔한테 쓰려고요."

"골드 받고 파는 거냐?"

"아뇨."

순간 이다비는 긴장했다. 설마……!

"걔가 갖고 있는 반지 뜯어내고 앞으로 잡다한 일들도 좀 시키려고요. 걔는 이 반지가 꽤 필요할 거라서……."

유 회장은 어이가 없다는 듯이 태현을 쳐다보았다.

이럴 줄 알았지!

그러는 사이 이다비는 조용히 돌아서서 밖으로 나갔다.

그걸 본 태현은 고개를 갸웃거리며 물었다.

"요즘 이다비가 좀 이상한 거 같지 않아요?"

"네가 좀 생각해 봐라, 이놈아."

유 회장의 지적에 스스로 생각해 보기로 했다. 1분 정도 생각한 태현은 정말 모르겠다는 얼굴로 말했다.

"흠. 잘 모르겠는데……."

유 회장은 한심하다는 듯이 태현을 쳐다보았다. 적 플레이어가 끼고 있는 반지는 뭐가 조금 바뀌어도 바로 알아차리는 놈이, 이런 부분에서는 둔감하기 짝이 없었다.

원래 유 회장은 이런 부분에서 참견하는 성격이 아니었다. 그가 어떤 사람인데 젊은이들 문제에 끼어들겠는가!

게다가 유 회장에게 태현은 이미 충분히 얄미운 놈이었다.

그렇지만…….

'이번 사재기로 신세를 졌으니…… 한 번만 더 도와준다!'

사실 이다비에게 신세를 진 건 이번이 처음이 아니었다. 판온을 처음 시작해서 어리바리했던 유 회장에게 경매장이나 관련 아이템 설명을 해준 게 이다비!

유 회장은 태현을 위해서가 아니라 이다비를 위해서 끼어드는 것이었다. 이다비가 해줬던 것들에 비교하면, 태현이 했던 짓들은…… 유 회장을 속이고, 몰래 광산에 속여서 넣고…….

빠직-

생각하니까 울컥하는 일들뿐!

"어르신? 뭐 생각하십니까?"

"네놈이 날 속였던 일들을 생각하고 있었지."

"하하. 오해도 참. 다 어르신 좋으라고 한 일인데요."

"사람을 속여서 지하 광산으로 보내 버린 놈이 할 소리냐!"

"덕분에 어르신은 기초 컨트롤을 완벽하게 마스터하시고 스킬들을 얻었잖습니까. 초반에 강하게 키워야 나중에 편한 법입니다."

"이, 이, 이놈이……!"

말 한마디를 지지 않는 태현! 유 회장이 분통을 터뜨리려는 사이, 밖에서 기쁨의 환호성이 들려왔다.

아까 밖으로 나간 이다비가 외치는 소리였다.

유 회장은 얼굴을 손으로 가렸다. 감정 수습하려고 밖으로 나갔으면 소리도 줄여야지, 저렇게 하면 다 들리지 않는가!

부끄러움은 결국 유 회장 혼자의 몫이었다. 그러나 태현은 저럼에도 불구하고 상황을 알아차리지 못했다.

"그래서 뭡니까? 어르신. 이다비가 왜 저러는지 알면 알려주시죠."

"내가 왜 그래야 하는데?"

유 회장은 완전히 토라져서 고개를 돌렸다. 이다비를 도와주고 싶었지만 태현이 저렇게 나온다면 이야기가 달라지는 것!

"안 알려주시면 어르신 지금 하는 사재기 방해합니다."

유 회장은 입을 떡 벌렸다. 생각해 보니 태현을 과소평가하고 있었다. 이놈은 이럴 때 사과를 하는 게 아니라 오히려 협박을 하는 놈! 원하는 게 있다면 가차 없이 나아가는 게 태현이었다.

"네, 네, 네가 진짜……."

"설마 못 할 거라고 생각하시는 거 아니죠? 애초에 어르신이 파워 워리어 도움받는 거 저 덕분이잖습니까. 빨리 말하세요."

칼만 안 들었지 완전 날강도! 유 회장은 판온 안이라서 다행이라고 생각했다. 아니었다면 목덜미를 잡았을 테니까.

"이놈아! 그 정도는 알아서 알아차려야지. 나보다 더 오래 지냈으면 그 정도는 스스로 알아차려야 하는 거 아니냐?"

"어르신 설마 모르셔서 이러는 거 아니죠?"

태현은 정말로 의심하는 눈빛이었다. 유 회장은 이제 기가 막히다 못해 어이가 하늘로 올라갈 것 같은 느낌이었다. 그가 어떤 사람인데! 현실에서 유 회장이 어떤 사람인데!

'이 사람 설마 잘 몰라서 저렇게 허세 부리는 거 아니야?' 하는 의심의 눈빛을 보낸단 말인가!

"오냐! 이놈아! 내가 몰라서 이런다!"

유 회장은 젊었을 때의 혈기가 안에서 치솟는 걸 느꼈다. 유 회장은 태현의 멱살을 잡으러 달려들었다.

획—

그러나 태현은 유 회장이 움직이기도 전에 동작을 읽고 피했다. 레벨은 높지만, 쌓은 경험은 비교도 할 수 없었다.

태현은 아무렇지도 않게 손바닥을 탁탁 털고 말했다.

"어쨌든 어르신은 이다비가 왜 저러는지 아는데, 그걸 제가 스스로 알아차려야 하니까 알려주실 수는 없다, 이거죠?"

"그래!"

"근데 어떤 방법을 쓰든 정답만 알면 되는 거 아닌가?"

"아니야, 이놈아! 아니라고!"

"유성그룹이 과징금 받은 것도 비슷한 논리 같은데……."

"그건 내 아들놈이 한 거라고 했지 않았느냐!!"

유 회장의 속을 몇 번은 뒤집어놓고 나서야, 태현은 일단은 납득했다. 뭔지는 모르겠지만 스스로 알아내는 데에 의미가 있나 보다!

'뭐지? 어르신은 알고 있는데 이다비는 나한테 숨기고 있고, 내가 스스로 알아내야 하는 거라면…… 내 이름으로 파워 워리어 길드 광고라도 했나? 아니, 이건 아니겠지. 이다비가 이런 걸 말 안 할 애는 아니고.'

생각에 잠긴 태현을 보고 유 회장도 생각했다.

'그래도 저놈이 이다비를 생각하기는 하는구나.'

만약 상대가 케인이었다면 '아 그냥 잡고서 말할 때까지 괴롭힐 래요'라고 했을 놈이었다. 그래도 최소한 그러지는 않으니 다행!

"음…… 진짜 모르겠는데."

"이놈아. 세상이란 게 원래 그런 거다. 다른 사람을 알기는 어려운 법이지."

유 회장은 오랜만에 위엄 넘치는 모습으로 말했다. 목소리에서는 오래 산 사람만이 알 수 있는 지혜가 느껴졌다.

"그럼에도 불구하고 알려는 노력을 계속하다 보면 서로를 알 수 있게 되는 거다. 그게 인연이고 관계인 거야. 음음."

유 회장은 스스로 말해놓고서도 좋은 소리를 한 거 같아 뿌

듯했다. 맨날 휘둘렸지만 이번은 좀 다른 것 같았다.

"알려는 노력이라……."

"그래."

"뭐 노력해 보죠."

"그래. 이놈아."

"일단 게임 관련된 건 아닌 거 같아요. 맞죠?"

유 회장은 고개를 끄덕였다. 다른 건 몰라도 이 정도 힌트를 주는 건 괜찮겠지!

"게임이 아니라면 그 외의 문제라는 건데…… 좋은 방법이 있죠."

"……?"

"사람을 시켜서 뒷조사를 하면 나올 거 아닙니까."

유 회장은 순간 답을 하는 줄 알았다. 그러나 태현의 얼굴은 진지했다. 유 회장은 그걸 보고 생각했다.

'미친놈인가?'

"야, 이놈아! 그걸 말이라고 하는 거냐!"

결국 폭발한 유 회장!

"알려는 노력 아닙니까?"

"그런 노력 말고! 좀 다른 거! 젊은 놈다운 간질간질한 노력 있잖아!"

"이게 더 확실할 거 같은데……."

태현은 왜 난리를 치는지 이해가 안 된다는 표정이었다. 그게 더 유 회장을 기막히게 만들었다.

'이놈은 진짜……!'

태현의 친구, 최상윤이 있었다면 고개를 끄덕이며 '쟤가 그렇다니까요! 쟤가 저래요!' 하며 폭풍 공감을 해줬을 것이다. 그러나 이 자리에는 유 회장 한 명밖에 없었고, 외롭게 싸울 수밖에 없었다.

"어르신. 자꾸 끊지 말고 제 말을 좀 들어보십쇼. 들어보시면 이해를 하실 겁니다."

"어떤 설명을 들어야 사람 풀어서 뒷조사를 하겠다는 말을 이해할 수 있을지 모르겠다!"

"에이, 자꾸 깨끗한 척하시기는. 유성그룹 회장님이시면 사람 몇 명 묻어보고 그런 적도 있으실 거 아닙니까?"

"이놈은 누구를 뭐로 아는 거냐?!"

유 회장은 펄쩍 뛰었다. 그런 적은 없지만, 살짝 찔려서기도 했다. 유성그룹의 라인에는 합법적인 라인뿐만 아니라 비합법적인 라인도 있었던 것이다. 대한민국에서 손꼽히는 대기업이라는 건 그냥 단순한 이름이 아니었다. 어떤 상황에서도 대처할 수 있는 강력한 힘! 마음만 먹는다면 손가락 하나로 사람 하나를 매장시키는 것도 쉬운 일이었던 것이다.

"어쨌든 들어보시죠. 이다비는 집안 사정이 그렇게 좋지 않아요."

"그랬나? 역시……."

유 회장은 안타까운 얼굴을 지었다. 저런 착하고 성실한 젊은이가 그런 불우한 환경에 처하다니.

태현 같은 놈은 금수저를 물고 태어나는데…….

"지금 뭔가 이상한 생각 하신 거 같은데."

"흠흠. 아니다."

"본론으로 돌아와서, 게임 내 문제가 아니라면 역시 그걸 우선적으로 생각할 수밖에 없죠."

태현의 진지한 얼굴에 유 회장은 살짝 반성했다. 미친놈인 줄 알았는데 의외로 진지하고 생각하고 있었구나!

"그렇군……."

이렇게 되니 유 회장도 말하기가 좀 애매해졌다.

'흠흠, 사실 이다비가 네게 호감을 갖고 있는 거 같다라고 말할 분위기가 아닌 것!

"그런데 이다비는 그런 걸 말할 성격도 아니고, 도움을 받을 성격도 아니거든요."

"그래? 말만 하면 도와줄 수 있는데……."

"사람마다 꺾을 수 없는 신념이란 게 있는 거죠. 전 그걸 존중하니까 그 부분에 대해서는 말을 안 하겠지만……."

유 회장은 솔직히 감탄했다. 맨날 미친놈처럼 날뛰고 주변 사람을 (주로 케인을) 부려먹는 모습만 봐서 아무 생각 없이 사는 줄 알았는데, 의외로 태현은 주변 사람을 깊게 생각하고 있었던 것이다. 그 방향이 좀 한정되기는 했지만!

"……그래도 걱정되는 건 사실이거든요. 자기 혼자 해내는 것도 좋지만 세상에는 불가능한 일도 분명 있으니."

"그래서?"

"그래서 문제 생기면 도와주려고요."

"방금은 이다비가 도움받을 성격 아니라고 하지 않았나?"

"그건 이다비 신념이고, 제 신념은 다르니까 둘이 부딪히면 제 신념부터 먼저 챙겨야죠."

"……."

"어쨌든 알아들으신 것 같으니 뒷조사하겠습니다!"

"야, 이놈아! 그건 아니야! 그건 진짜 아니야!"

필사적으로 말렸지만 이미 방향을 정한 태현은 아무도 말릴 수 없었다. 결국 유 회장은 '절대로, 나중에 나 때문에 했다는 말은 하지 마라!'라고 하며 반쯤 포기했다.

결정을 내린 태현이 판온을 잠깐 나가려고 하는 사이, 이세연에게 귓속말이 들려왔다.

-지금 보고 있어?

-어. 보고 있지. 아주 재밌네.

-……안 보고 있지?

이세연은 태현의 거짓말을 금세 알아차렸다.

-그래. 안 보고 있었다.

-거짓말해 놓고 뭐 이리 당당한 거야……? 안 보고 있을 줄 알았어. 지금 캐나다대표팀하고 붙을 맵 정해졌어.

이세연의 말에 태현은 주소를 열고 방송을 켰다. 그녀의 말대로 한참 맵 결과가 발표되고 있었다.

-캐나다 대표팀과 한국 대표팀이 격전을 벌일 지형은……
〈필멸의 다리〉입니다! 아, 이 맵은 정말 독특한 맵이죠. 예선
에서도 한 번 나온 적 있는 맵인데요!
-가장 큰 특징은 진영이 하나밖에 없다는 거죠.

세 개의 진영으로 나뉘어져 있는 일반적인 맵과 달리, 필멸
의 다리는 진영이 하나였다. 가운데에 있는 드넓은 다리 위에
하나! 즉 인원을 어떻게 나누는지 정하는 섬세한 수 싸움이 아
닌, 5명 팀 전원이 부딪혀서 힘 싸움을 벌이게 될 가능성이 컸다.
이세연은 당연히 그걸 알고 있었다.

-우리한테는 잘됐어. 도동수 약점은 그대로 남아 있고, 8강 때처럼
상대 팀 암살하는 건 이제 통하지 않을 테니까.
-다시 한번 해보지 않을래?
-됐거든? 한 번이니까 통했지 두 번 하면 진짜 안티가 팬보다 더 많
아질 거야.

이세연은 질렸다는 듯이 말했다.

-정면 승부면 완전히 실력 싸움이겠군. 쓸 수 있는 수는 최대한 꺼내 놔야겠는데……

-그렇지. 잠깐. '다'가 아니라 '최대한'?

-결승에서 쓸 수 정도는 숨겨놔야지.

-믿음직스러워서 좋네.

이세연은 만족한 목소리로 말했다. 남들이 듣는다면 '건방 떤다'고 할 수 있을지 모르겠지만, 이세연이 태현을 고평가하 는 건 이런 부분이었다. 언제나 냉정하게 큰 그림을 볼 수 있 는 능력! 다른 사람이라면 결승을 대비해 능력을 숨긴다는 발 상은 하지도 못할 것이다.

-그러면 난 이만. 밖에서 할 일이 있어서.

-판온 나갈 거면 잘됐네. 나도 전할 거 있어서 연락한 거거든. 캡슐 나가면 전화부터 받아. 삼촌한테서 연락 좀 많이 와 있을 거야.

-무슨 일인데?

-무슨 일이겠어? 방송이지. 네가 인기 좋아진 덕분에 일 잡기가 쉬워 졌다더라. 어쨌든 연락 확인하고, 잘 준비해. 아. 맞다. 저번에 그 메이 크업 꼭 하고.

떨떠름한 표정을 지었다. 사실 태현은 외모에 대해 별로 불 만이 없었다. 남들이 무섭다고 해도 '알 게 뭐냐' 하고 넘겼던 것이다. 그래서 저번에 메이크업을 하고 나갔을 때 방송의 반응은 좀 많이…… 어색했다.

들으면 들을수록 기분이 묘해지는 칭찬들!

-아, 아니…… 꼭 그러고 나가야 하나?

-방송 나가는데 메이크업 안 하고 나가는 사람이 어디 있어? 당연히 하고 나가야지. 너는 간단하게만 해도 효과가 엄청 좋더라. 꼭 해!

망설였지만 딱히 하지 않겠다고 핑계를 댈 만한 게 없었다. 결국 태현은 고개를 끄덕였다.

"안녕하세요. 매니저님."

"오랜만이에요, 태현 씨! 대회는 잘 보고 있어요. 저번 경기는 정말 대단했습니다!"

김 매니저는 쾌활하게 인사했다. 이동팔처럼 김 매니저도 태현에게 많은 기대를 하고 있는 사람이었다. 대회에서 좋은 성적을 거두고 있으니 기쁘지 않을 리 없었다.

"그걸 보셨어요?"

"네. 저도 판온은 하거든요. 물론 태현 씨처럼 자주는 못 하지만, 보는 것만으로도 재밌더군요."

일반인들도 다양한 방법으로 즐길 수 있는 게 판온의 매력이었다. 꼭 태현처럼 목숨 걸고 PVP를 하는 사람들만 있는 건 아닌 것!

'그보다 내가 상대방 한 명 사전에 PK해서 이긴 건 아시는 건가?'

해맑게 좋아하는 김 매니저의 모습에 태현은 살짝 의문을 품었다.

"제가 보내 드린 자료는 이미 보셨겠지만 별로 어려운 프로는 아닙니다."

물론 안 봤지만 태현은 입을 다물었다. 반짝반짝 빛나는 김 매니저의 눈빛이 차마 말을 꺼내지 못하게 만든 것이다.

"그냥 평소처럼, 편하게 인터뷰만 하시면 될 겁니다. 태현 씨가 대회 방송에서 보여주신 것처럼요."

태현이 대회에서 워낙 자연스럽게 잘 처리했기에 김 매니저는 그다지 걱정하지 않았다. 다른 프로와 달리 위클리 인터뷰는 별다른 기술이 필요하지 않았던 것이다. 진행자도 편안하게 대화를 이끄는 사람이었고, 태현이라면 충분했다.

"어, 이런. 스타일리스트분이 안 계시네요. 잠시만 기다려 주세요. 다른 분 불러오겠습니다."

메이크업룸 안을 확인한 김 매니저는 일정표를 보고 아차 싶었다. 저번에 태현을 맡은 스타일리스트가 아직 올 시간이 아니었던 것이다.

'지금 부를 수 있는 다른 사람이 있으니……'

"아뇨."

"……?"

"그분한테 받겠습니다. 오래 걸리나요?"

"아뇨, 30분이면 오시긴 합니다만…… 꼭 그분한테 받으실 필요는 없는데요? 다른 분들도 솜씨 좋으십니다."

"아뇨. 그분한테 받겠습니다!"

태현도 사람이었다.

태현은 시간을 알차게 쓰는 사람이었다. 보통 판온의 랭커라고 하면 하루 종일 판온만 한다고 생각하기 쉬웠다.

그러나 태현은 아니었다.

'계속 캡슐에만 있으면 몸이 썩는다.'

규칙적으로 시간을 쪼개서 운동을 하고, 그걸로 가장 효율적으로 몸과 근육을 유지시킨다.

'강한 몸에 강한 정신이 깃든다!'

기계처럼 정확한 시간표대로 움직이고 있는 것이다.

언제나 판온에 미쳐 있는 모습 때문에 놓치기 쉬웠지만, 주변 사람 중에서 가장 철저하게 자기관리를 하는 게 태현이었다. 덕분에 이렇게 남는 시간이 있으면 주체를 할 수 없이 심심해졌다.

'아. 뭐라도 갖고 올걸.'

학교를 다닐 때에는 이렇게 남는 시간에 공부를 했지만, 지금은 굳이 그럴 필요가 없었다. 멍하니 있다가 핸드폰을 꺼내 판온 아이템을 훑어보았다. 이다비의 말대로, 농작물의 가격이 확실하게 올라가고 있었다. 눈치 빠른 플레이어들은 벌써

이 이상 현상을 눈치챈 것 같았다.

'이거 진짜 사고 한 번 치겠는데.'

이렇게 대규모로 사재기를 성공시키는 건 태현도 본 적이 없었다. 돈 많고 겁 없는 유 회장이니까 시도할 수 있었던 것!

'이렇게 농작물이 모이면…… 요리사들이 곤란해지려나?'

이렇게 재료가 끊기면 요리사 직업들은 바로 타격이 왔다.

그러면 공략 전에 요리사의 요리를 먹고 공략에 들어가는 전투 직업에게도 문제가 생길 것이다. 일종의 연쇄 반응!

탁-

태현이 그런 생각을 하는 동안, 옆의 의자에 누군가가 앉았다. 화려하고 예쁘장하게 생긴 여자였다. 동갑이거나, 한두 살 정도 어려 보이는 정도?

물론 태현은 신경 쓰지 않고 아이템 시세만 계속 훑어보았다. 그게 오히려 상대를 자극한 것 같았다.

"야."

옆에서 들리는 목소리. 태현은 무시했다.

"야. 야."

태현은 고개를 두리번거렸다. 그 모습에 상대가 날카롭게 말했다.

"너 부른 거야!"

"아. 날 불렀다고? 미안. 야야 거리길래 다른 친한 사람 근처에 있는 줄 알았네."

상대가 착각한 게 있다면, 태현은 절대 호락호락한 사람이 아니라는 것이었다. 초면이든 뭐든 굽히지 않는다!

하연은 살짝 당황했지만 굽히지 않고 밀고 나갔다.

"……처음 보는 얼굴인데, 그러면 내가 선배라는 거잖아. 그러면 반말해도 되지!"

"무슨 소리야. 내가 너보다 3년이나 먼저 들어왔는데."

"뭐? 진짜?! 아니, 진짜요?!"

태현은 상대방이 누군지 몰랐다. SI 엔터 회사 건물에 있고, 어리고 예쁘니 대충 아이돌 아닌가 싶었던 것이다.

태현의 추측은 정확했다. 상대는 요즘 한참 주가를 올리고 있는 〈파이브 걸스〉의 하연이었다.

도도한 콘셉트로 인기 있는 아이돌!

물론 태현은 아이돌에 대해서는 전혀 몰랐다. 자기가 나오는 프로도 잘 안 보는데 아이돌을 알 리 만무!

그렇지만 태현은 주눅 들지 않았다. 원래 이런 대화는 뻔뻔하고 아쉬운 거 없는 놈이 유리하게 마련. 상대방이 선배든 뭐든 간에 두려워할 거 없다! 당당하게 나가자!

"정, 정말요?"

"물론이지. 좀 실망인데. 이렇게 예의 없는 사람일 줄은 몰랐어."

"죄송…… 합니다……."

태현의 거짓말에 속아 넘어간 하연이 당황한 얼굴로 고개를 푹 숙였다.

하연이 이렇게 잘 속아 넘어간 데에는 이유가 있었다. 태현이 누군지 잘 모르는 것!

만약 태현이 누군지 알았다면 '네가 무슨 선배야!'라며 나왔을 테지만, 상대를 모르니 '헉, 저렇게 당당한 거 보니까 정말 선배인가 보다' 싶었던 것이다.

덕분에 하연은 기가 꽉 죽어서 고개를 숙이고 있었다. 연예계에 먼저 들어온 선배를 못 알아보고 이렇게 실수를 하다니. 그냥 새로 온 것 같은 신입한테 말이나 걸어보려고 한 것인데!

덜컥-

"많이 기다리셨죠?"

저번에 태현의 메이크업을 맡아준 스타일리스트가 문을 열고 들어왔다. 하연은 안도의 한숨을 내쉬었다.

이걸로 어색한 분위기에서 탈출할 수 있었던 것이다.

샥샥샥-

스타일리스트가 저번처럼 능숙하게 태현의 얼굴을 가다듬고 머리를 손질하기 시작했다. 점차 완성되는 얼굴.

"자. 다 됐습니다. 깔끔하죠?"

"감사합니다. 정말 솜씨가 대단하시군요."

"너, 너, 너, 너……!"

메이크업이 끝난 태현을 손가락으로 가리키며, 하연이 놀란 눈으로 말했다.

"너 그, 그…… 그 뭐지? 판온! 맞아! 판온 프로게이머! 판온 프로게이머잖아!!"

투기장 대회가 대흥행한 것 때문에 관련 기사가 많이 나왔다. 게다가 이세연이 소속된 팀 아닌가. 덕분에 하연도 기사를 몇 번 정도는 눌러봤다. 거기에는 분명 저런 얼굴이 있었다!

하연은 깨달았다. 최근에 회사에 새로 들어온 프로게이머가 있다고 들었는데, 저게 저거구나!

"아니. 알아볼 거면 메이크업 하기 전에 알아보든가. 메이크업 하고 나서 알아보니까 내 기분이 좀……."

"네가 무슨 선배야! 너 선배 아니잖아!! 새로 들어온 사람이 잖아!!"

하연은 태현을 노려보며 외쳤다. 아무리 뻔뻔한 놈이라도 이렇게 거짓말이 들통 난 이상 아까처럼 태연하게 있지는 못하리라!

그러나 하연은 여전히 태현을 과소평가하고 있었다.

"무슨 소리야. 나이 이야기였는데?"

하연은 주먹을 불끈 쥐었다.

"너 이름이 뭐야?"

"케인이다."

"케인…… 그래. 기사에서 본 거 같아. 막 트러블메이커에 호전적이라고…… 역시 기사대로네! 어쨌든 내가 너 이름 기억했어! 어디 한번 잘나가나 두고 보자! 흥!"

말을 마치고 하연은 나가 버렸다. 그걸 본 스타일리스트는 조심스럽게 말했다.

"하연이가 말은 저렇게 해도 성격은 착한 애니 별로 걱정 안 하셔도 될 겁니다. 해코지 같은 건 안 해요."

"별 상관없어요. 제 이름도 제대로 모르고 있으니까."

"네? 아. 잠깐……."

"그보다 쟤가 누구죠?"

스타일리스트는 당황한 눈으로 태현을 쳐다보았다.

"볼 때마다 느끼는 건데, 너는 정말 메이크업을 잘 받는 거 같아."

"그래. 고맙다. 근데 네가 왜 여기 있냐?"

"그야 너랑 나랑 같이 나가니까."

이세연의 말에 태현은 고개를 끄덕였다.

"그렇군. 내가 너랑…… 근데 왜?"

"……대회에 같은 팀이라서?"

"케인이나 김철수도 되잖아? 근데 왜?"

"그 둘보다 인기가 더 많아서? 그보다 내가 고른 거 아닌데 왜 내가 이유를 설명해 줘야 하는 거야? 걸어가기나 해."

이세연은 투덜거리는 태현의 등을 밀었다.

"그보다 아까 이상한 소리를 들었어."

"……?"

"아는 애가 막 '판온에 케인이라는 플레이어 있지? 성격 진짜 나쁘더라고! 새로 회사에 들어와서 말 건 건데 막 거짓말이나 하고!' 이러던데…… 내 기억이 맞으면 케인은 우리 회사에 들어온 적이 없단 말이야?"

"그러게. 신기하네. 그 아는 애가 혹시 술 마셨냐?"

태현의 말에 이세연은 싱긋 웃었다.

"아니. 그보다는 네가 수상한데?"

"무슨 소리야? 내 이름은 한 글자도 안 나왔는데."

"나중에 어디 삼자대면하고서 그 소리 하나 보자구."

"잠깐. 그보다 그 '아는 애'하고 네가 동갑인가?"

"동갑인데."

"그러면…… 음……."

3살 먼저 태어났다고 우긴 것도 거짓말이 되는 셈!

"너 뭐 했지?"

"아무것도 안 했는데? 케인이 사고를 쳤겠지. 내가 나중에 따끔하게 말할 테니 걱정하지 마."

MBS의 분위기는 훈훈 그 자체였다.

대회는 대성공. 거기에 두 주축인 태현과 이세연이 나왔으니 모든 스태프들의 얼굴에는 미소가 걸려 있었다.

"자, 긴장하실 필요 없이 질문에만 대답하시면 됩니다."

"저번에 보시니까 잘하시던데, 저번처럼만 해주세요!"

태현에게 쏟아지는 기대 어린 시선에 이세연은 속으로 놀랐다. 대회가 시작되고 태현이 놀라운 활약을 하기는 했지만, 정작 방송에는 많이 나오지 않은 편이었다. 대회 관련 방송이 전부! 그런데도 이 정도로 기대를 받다니.

그녀가 태현을 고평가하기는 했지만 이렇게 잘 될 거라고는 예상하지 못했었다.

쿡쿡-

태현이 이세연을 살짝 찔렀다.

"왜?"

"저게 뭐지?"

스튜디오 가운데 위에 거대한 물풍선 같은 게 매달려 있었다. 이세연은 뭘 당연한 걸 묻냐는 듯이 대답했다.

"벌칙이잖아."

"……뭔 벌칙? 이거 인터뷰 아니었어?"

"……너 이거 사전에 준 거 안 보고 왔지?"

"아, 아닌데? 보고 왔는데?"

이세연 앞에서는 이상하게 약한 모습을 보일 수가 없었다.

"이거 인터뷰 다 하고 나오는 퀴즈들 풀어서 맞추면 자기 이름으로 프로그램에서 기부하고 못 맞추면 저 물 맞는 거야…… 아니, 이건 대본 안 보고 그냥 프로그램만 봤어도 아는 거잖아?"

"한 번도 안 봤거든."

"아주 자랑이에요. 저 물 따뜻하니까 맞아도 별로 상관없을 거야."

"별로 물 맞고 싶지 않은데."

"퀴즈 맞히면 되겠네. 맞히기는 힘들겠지만."

"왜?"

"못 맞추라고 내는 문제거든."

위클리 인터뷰는 인터뷰를 끝내고 나서 마지막으로 퀴즈를

냈다. 좋은 의도로 푸는 퀴즈였지만 이 퀴즈 난이도는 장난이 아니었다. 하나도 아니고, 고난이도의 퀴즈들이 연속으로 나왔으니 애초에 맞추지 말라고 내는 퀴즈였다.

벌칙을 받기 싫어서 고민하는 게스트의 모습을 담기 위해서 만든 코너였던 것이다. 그런 모습을 또 시청자들이 좋아하기도 했고!

"너는 왜 이렇게 태연해?"

"그야 저거 찬물도 아니라서 맞아봤자 별로 상관도 안 할뿐더러…… 나는 여기 한 번 나온 적 있었거든? 그래서 아마 이번에 퀴즈는 너만 혼자 풀게 될걸?"

이세연의 말에 태현의 고개가 돌아갔다.

"잠깐. 우리는 팀이잖아?"

"경기장 안에서나 팀이지. 밖에서는 남이야."

말했던 대로, 인터뷰는 정말 무난했다. 이번 대회의 4강까지 왔는데 기분이 어떤지, 누가 위협적으로 느껴지는지, 프로게이머로 사는 건 어떤지……. 태현의 솔직하면서도 능청스러운 화법은 주변의 분위기를 장악했다. 거기에다가 같은 팀의 이세연과 주고받는 대화는 물 흐르듯이 자연스러웠다,

뒤에서 보고 있던 PD의 입가에도 미소가 올라왔다.

'복덩이야. 복덩이.'

판온 대회부터 시작해서, 나온 프로그램에서 전부 활약을 해대니 안 예쁠 수가 없었다.

"자, 그러면 위클리 인터뷰의 꽃! 퀴즈 시간입니다!"

"맞춰서 멋지게 기부하거나, 아니면 망신을 당하고 기부하거나. 뭐 어쨌든 좋은 거 아니겠습니까?"

"자자! 태현 씨. 여기에 서세요!"

아까까지 화기애애하게 떠들던 진행자들이었지만 이런 부분에서는 가차 없었다. 신이 나서 태현을 물풍선 밑에 앉히는 그들!

재밌는 장면을 만들어보겠다는 생각밖에 없었다.

태현은 왠지 모를 배신감이 들었다.

"저번 주에는 무슨 문제 나왔어요?"

"음. 뭐였더라? 아. 지구과학 시리즈였죠. 첫 문제가 지구에서 바다 면적이 차지하는 넓이였을걸요."

"맞췄어요?"

"아뇨. 첫 문제에서 탈락했죠."

그런 걸 외우고 다니는 놈이 어디 있어!

태현은 어이가 없었다.

"그런 표정으로 보지 마세요. 우리도 좋아서 하는 게 아니에요."

누가 봐도 거짓말!

진행자들은 싱글벙글 웃으며 준비를 마쳤다.

"아. 이번에는 두 분 다 판온 프로게이머시다 보니, 특별히 판온 관련된 질문을 내주셨네요. 이거 맞출 수 있을지도 모르겠는데요?"

말은 그렇게 하면서도 진행자는 태현이 맞출 거란 생각은 조금도 하지 않았다.

"자, 첫 번째 문제 나갑니다! 판온 2가 나오기 전에 같은 회사의 게임, 판온 1이 있었습니다. 여기에서 아이템 〈초급 나뭇가지 검〉이 있었는데요, 이 아이템의 공격력과 내구도를 합하면 얼마일까요? 1번 1⋯⋯."

질문이 나오는 순간 이세연은 고개를 저었다. 나름 제작진들이 머리를 쓴 모양이었지만 상대를 잘못 골랐다. 판온 프로게이머가 판온 관련된 질문을 받고 못 맞춰서 괴로워한다!

이런 장면은 분명 재미있는 장면이기는 했다.

문제는⋯⋯ 상대가 태현이라는 것!

"23."

"네?"

"23. 정답이죠?"

벌떡 일어서는 태현. 진행자는 바로 상황을 깨닫지 못하다가 그제야 알아차렸다.

"정, 정답이네요?"

"그러면 이만 가보겠습니다!"

"잠깐! 잠깐만요!"

"아직 퀴즈 안 끝났어요!"

태현을 붙잡는 진행자들! 태현은 혀를 찼다.

"쳇."

'김태현이 판온 2부터 시작했다고 생각하고 있을 테니⋯⋯.'

이세연은 속으로 혀를 찼다.

판온 1에서 대장장이 랭커로 유명했던 태현이었다. 별 변태 같이 세세한 정보도 기억하고 있을 게 분명!

"다음 문제 나갑니다!"

"판온 1에서 유명한 길드가 있었죠. 〈검은 태양〉 길드라고. 사람 많은 길드였는데요. 여기 길드의 시작 인원은 몇 명이었을까요?"

태현은 어이가 없었다. 진짜 틀리라고 내는 수준!

어차피 이렇게 된 이상 안 풀고 갈 수는 없는 것이다.

태현도 이 스튜디오 내의 분위기를 읽고 있었다.

'틀려라! 틀려라! 틀려라!'

그러나 틀려줄 수가 없었다. 알고 있는 걸 물어보는데 어떻게 틀리란 말인가!

"34명."

첫 번째 문제도 아니고 두 번째도 맞추자, 스태프들 사이에서 술렁거림이 번져 나왔다.

"야. 뭐야. 판온 1은 아는 사람 없을 거라며?"

"어, 어라? 이상한데요. 김태현은 판온 2부터 한 걸로 알고 있는데…… 아니, 판온 1 한 사람도 보통 저런 건 모르죠! 저기 이세연 표정 보세요! 이세연도 놀라고 있잖아요!"

"다른 준비한 문제 없어?"

"판온 문제면 될 줄 알고 그것만 갖고 왔는데……."

"계속 내봐. 하나는 틀리겠지! 인간인 이상 이걸 어떻게 다 아냐!"

PD의 희망찬 기대와 달리, 태현은 게임에 관해서는 인간의 경지를 벗어나 있었다.

-유명한 전설 세트 〈아르티나의 영웅 세트〉를 만들기 위해서 필요한 건…….
-총 8개.
-유명한 랭커 사냥꾼, 대장장이 플레이어 김태현이 싸운 23위 랭커의 직업은…….
-……쌍검사.

태현은 맞추면서도 민망한 기분이 들었다. 뭘 이런 걸 물어봐? 질문은 계속해서 나왔고, 태현은 1초도 걸리지 않고 딱딱 맞춰 나갔다.
그때마다 스태프들과 진행자들의 얼굴에는 절망이 서렸다. 그들의 기분이 느껴질 정도였다.
'뭘 그런 거까지 알고 있냐! 좀 틀려줘!'
"흑…… 흑흑. 마지막, 열 번째 문제입니다!"
"방금 우신 거 아니죠?"
"안, 안 울었거든요?"
그러나 진행자의 목소리에서는 안타까움이 진하게 느껴지고 있었다. 그걸 본 태현은 마지막 문제는 틀려주기로 마음먹었다.
'에이. 방송인데 한 대 맞아주고 가지 뭐.'

저렇게 절박한 사람한테는 약한 태현이었다. 어떻게든 방송을 더 재미있게 만들려고 하는데 물 한 번 못 맞아주겠는가. 이제까지 문제를 다 맞춘 것만으로도 자존심은 충분히 챙겼다. 이세연의 표정만 봐도 알 수 있었다.

이세연을 끌어들이지 못하는 게 아쉬웠지만…….

"크흠, 크흠. 그러면 마지막 문제 나갑니다!"

"이번에 맞추면 그냥 보내주는 거죠?"

태현의 질문에 진행자는 각오를 다진 얼굴로 고개를 끄덕였다. 이 마지막 질문은 판온 1 질문이지만 게임 데이터 질문이 아니었다. 아무리 김태현이라도 이건 모르겠지!

"물론이죠. 자, 문제 나갑니다. 현재 가상현실게임 캡슐은……."

태현은 친절하게 나섰다. 듣지도 않고 찍어버린 것이다.

"7번."

"네?"

"7번!"

문제도 듣기 전에 답을 찍어버리는 태현!

자리에 있던 모두가 태현을 어이없다는 듯이 쳐다보았다. 그러나 문제 카드를 들고 있던 진행자는 당황했다.

정답이었던 것이다.

'보기가 8개인데 어떻게!?'

"왜 대답이 없어요? 틀렸죠?"

"그, 정, 정답…… 입니다……!"

"어?"

태현도 여기에는 당황했다. 정말 맞췄다고?

이세연은 깜짝 놀라서 태현을 쳐다보았다. 아까 거야 태현이라면 맞출 수 있었다지만, 이번 건 대체 어떻게?!

'설마 매수한 거야?! 그 사이에?!'

그냥 찍어서 맞춘 거였지만, 평소 태현이 하던 짓 때문에 오해를 하는 이세연이었다.

태현이 생각지도 못한 퀴즈 실력을 방송에서 보여주고 있을 무렵, 판온에서도 슬슬 변화가 일어나고 있었다. 사람들이 드디어 깨달은 것이다.

"오늘은 요리 안 팔아요?"

"왜 요리사들 요리 안 파냐? 다들 어디 감?"

"뭐야. 왜 검은 빵밖에 없어? 이런 거 누가 먹는다고."

사냥 나가기 전에 요리를 먹어서 능력치를 올리는 건 기본이었다. 그렇기에 광장이나 성문 쪽에는 요리사 플레이어들을 쉽게 볼 수 있었는데…… 요리사들이 보이지 않았다.

"다들 어디 간 거야?!"

"재료 구하러 갔다는데? 지금 재료 찾기 힘들어서 요리사들이 직접 뛴다나 봐."

"뭐?"

황당했지만 그렇다고 상황이 바뀌지는 않았다.

"나 지하의 중앙 무덤 깨야 하는데? 요리 파는 곳 없어? 버프 받아야 하는데……."

"없어. 지금 주변에 싹 말랐다니까. 있는 건 거의 쓰레기들이야."

"아니, 재료가 없어질 때까지 다들 뭐 했대?"

전투 직업 플레이어들이 투덜거리자, 농부 플레이어들은 짜증 섞인 목소리로 대응했다.

"그러게 토끼 많이 나온다고 했을 때 다 같이 잡았으면 좋았잖아!"

"경험치 안 나온다고 우리 말 무시한 게 누군데!"

물론 모든 플레이어들이 '아, 우리가 잘못했구나. 판온은 서로 돕고 사는 게임인데!'라고 반성하지는 않았다.

"아, 그럴 줄 누가 알았냐!"

"빨리 농사나 지어! 농사 너희 좋으라고 짓는 거지 우리 좋으라고 짓는 거냐? 너희가 빨리 지어야 물량이 풀리지!"

오히려 적반하장!

그러나 아무리 그렇게 나온다고 해도, 농사짓기 힘든 상황이라는 게 달라지지는 않았다. 결국 농부 플레이어들은 이동하기 시작했다. 원래 잘 가꾼 땅 하나에 머무르며 다른 곳으로 이동하는 일이 없는 농부 플레이어들에게는 정말 드문 일! 그렇지만 이런 상황에서는 어쩔 수 없었다.

농부 플레이어들 모임에서는 어디가 좋고, 어디가 그나마 토끼 난리가 적은지 정보를 공유했다. 그리고 그중 절망과 슬

품의 골짜기도 있었다.

-거기 골짜기에 토끼 별로 없다는데요.
-근데 거기는 애초에 논밭이 없어요. 농사가 거의 안 되는 곳이라…….
-땅 처음부터 다 다시 다듬어야 하잖아.
-그렇죠. 그리고 토끼 없는 게 먹을 게 없어서 같거든요. 거기서 농사
지으면 토끼 오지 않을까요?
-거기 영주가 NPC가 아니라 플레이어지? 김태현? 김태현이 뭐 토
끼 잡는 정책을 펼쳐준다거나 한대?
-그건 잘 모르겠는데…….

결국 절망과 슬픔의 골짜기로 향하는 농부 플레이어는 많
지 않았다. 그래도 다들 좀 큰 도시 근처로 가거나, 기존에 농
사를 짓던 곳으로 가는 것이다. 절망과 슬픔의 골짜기로 향한
농부 플레이어들은 처음부터 시작할 각오가 된 플레이어들뿐!
"그래도 절망과 슬픔의 골짜기에는 농부가 거의 없으니까
경쟁은 없겠다."
"맞아. 경쟁 붙어가면서 하는 것보다는 그냥 혼자 마음 편
하게 하는 게 낫지."
골짜기로 향하는 플레이어들은 그렇게 말하며 걸어갔다.
저 멀리 골짜기 앞의 영지가 보였다.
"정지. 여기는 무슨 일로 왔느냐?"
그러나 그들을 가로막는 NPC가 나타났다. 보아하니 아키서

스 교단의 사제 NPC 같았다.

"예? 어, 농사지으려고 왔는데요."

"너는 어떤 신을 믿느냐?"

"데메르 여신이요……?"

농부 직업과 땅의 여신인 데메르 여신은 궁합이 좋았다. 새로 온 농부 플레이어들도 데메르 여신을 믿고 있었다.

그러나 그 말을 들은 아키서스 사제는 역정을 냈다.

"여기는 위대한 아키서스 님을 믿는 사람만이 들어올 수 있는 곳이다! 이놈!"

"어? 아키서스 교단은 그런 면에서 되게 관대한 교단 아니었나?"

"뭐지? 언제 바뀐 거지?"

플레이어들은 혼란스러워했다. 아키서스 교단은 분명, 다른 교단을 믿든 안 믿든 신경 쓰지 않는 교단으로 알고 있었다. 태현이 교단을 부활시킬 때 선택한 전략 중 하나였던 것이다. 이른바 1+1 전략!

그런데 갑자기 이렇게 완고하게 나오다니.

"어쩌지?"

"이제 와서 다른 곳 가기에는 너무 늦었는데. 땅에 뿌린 것도 다 철수했고. 그냥 아키서스 믿을까?"

"어차피 데메르 교단에서 크게 공적치 포인트 쌓은 것도 없으니까 전환해도 상관없긴 한데……."

농부 플레이어들은 결국 결정을 내렸다. 아키서스 교단으로 갈아타기로! 이미 여기까지 왔는데 돌아가기에는 너무 억울했던 것이다.

아키서스 교단에 들어가겠다고 말하자 사제가 활짝 웃었다.

"너희들은 옳은 선택을 한 것이다. 가자! 영지 안으로 안내해주겠다!"

절망과 슬픔의 골짜기는 최근에 올라왔던 영상과 다름이 없었다. 차이점이 있다면 골짜기에 돌아다니는 플레이어들이 눈치를 보고 있다는 것이었다.

아키서스 사제와 성기사들의 눈치를 보는 플레이어들!

만약 눈이라도 마주치면 '아키서스 만세! 아키서스 충성충성충성!' 하고 외치는 플레이어들이었다. 그것 빼고는 다 그대로였다.

영지 한쪽에서는 기계공학 플레이어들이 괴상한 걸 만들고 있었고, 영지 다른 한쪽에서는 제작 직업 플레이어들이 일확천금을 노리고 있었다.

농부 플레이어들은 안심했다. 이 정도라면 그들의 경쟁자는 없을 것 같았다.

"좋아. 밭 만들자!"

"혹시 여기 우리 일 도와줄 사람은 없으려나?"

밭을 처음부터 만들고, 울타리를 치고, 이것저것 설치하는 데에는 손이 많이 들었다. 제작 스킬이 있는 플레이어들이 도와준다면 훨씬 편해졌다. 물론 그런 플레이어들을 갑자기 구하는 건 힘들었다. 특히 대도시가 아닌 곳에서는 더더욱!

"이런 영지에 그렇게 한가한 사람들이 있을 리가 없잖아. 다들 자기 할 일 하느라 바쁜데."

우르르-

말이 끝나기도 전에 파워 워리어 길드원들이 하품을 하며 지나갔다. 사재기 작업을 하느라 할 일 없이 지루하게 대기를 타고 있는 그들이었다.

"……물어나 보자!"

농부들은 후다닥 달려가서 그들을 붙잡았다. 그리고 그 소식은 금세 태현의 귀에도 들어갔다.

-골짜기에 농부 플레이어들이 찾아왔다고?

-네.

-거 참. 상황이 진짜 안 좋나 보네. 그런 곳까지 와서 농사를 짓겠다니.

-어떻게 할까요?

-뭘 어떻게 해. 주변에 땅이야 넘치도록 남으니까 알아서 농사하라고 해.

-저희도 심심한데 도와도 되나요?

-돕든가. 영지에는 별일 없지?

-갈락파드란 NPC가 새로 온 거 말고는 별일 없는데요.

태현은 안심했다. 갈락파드가 왔다고 달라진 건 없었다.

역시 케인이 엄살을 떤 거였구나!

-농지 있어서 손해 볼 거 없으니까 도와줄 수 있으면 도와주고. 그래.

다들 토끼 때문에 고생이…… 잠깐.

-왜 그러시죠?

태현은 그제야 깨달았다. 저번 토끼의 신이 있던 안식처로 들어갔을 때 풀린 저주. 토끼=하찮은 몬스터라는 인식 때문에 놓치고 있었는데, 생각해 보니 이거…….

'설마 그 저주가 이건가?'

아무리 생각해도 앞뒤가 들어맞는 설명!

'나 때문에 대륙에 이렇게 난리가 나다니…….'

태현은 1초 정도 반성했다. 그리고 다시 생각했다.

'뭐, 나는 아쉬운 거 없으니까 상관없다. 아쉬운 놈들이 저주 풀러 다니겠지.'

반성을 끝낸 태현은 발전적으로 살기로 했다.

'아. 그러고 보니 영지에 토끼 막는 아이템 설치할 수 있겠군.'

그 쓸모없는 아이템을 어디에나 쓰나 했더니, 이런 데에 쓸 수 있을 것 같았다.

'일단 이 징표를 땅에 깔기만 해도 되려나?'

농부들이 농사를 짓겠다고 온다니. 감개가 무량했다. 절망과 슬픔의 골짜기는 평생 그렇고 그런 놈들만 우글거릴 줄 알았는데……. 농부와 농지라니. 뭔가 좀 그럴듯한 영지 같지 않은가!

물론 태현 본인이 영지를 어중간하게 발전시켜 봤자 효과 보기 힘들 것 같아서 특화형 영지를 노리기는 했다. 그래도 이렇게 다른 뜻있는 사람들이 와서 영지를 발전시켜 주겠다고 하다니.

'역시 착하게 살면 복이 오는 건가!'

태현은 그렇게 생각하기로 했다.

물론 이 토끼 난리가 태현 때문이기는 했지만!

-용용아, 네가 할 일이 생겼다.

-오오, 무슨 일인가, 주인이여!

오랜만에 듣는 용용이의 목소리. 요즘 불러낸 일이 없어서 그런지 용용이의 목소리는 활기찼다.

사실 용용이를 불러내지 못한 데에는 사정이 있었다.

일단 투기장에는 용용이를 데리고 갈 수가 없었다.

소환수를 쓰는 것도 일단은 가능했지만 일단 투기장 안에서 스킬을 써야 하는 것이다. 용용이처럼 한 번 소환해서 영원히 데리고 다니는 경우는 불가능! 게다가 던전에서는 기습을 하느라 꺼내지도 못했고, 그다음에는 토끼를 공격할까 봐 못 꺼냈으니……. 한동안 용용이가 할 일 없이 안에서 심심해한 것도 당연한 일이었다.

-무슨 일인가! 가능하면 멋지고 보람찬 일이었으면 좋겠다!

-어…… 음. 멋지고 보람찬 일이지!

-오오, 무엇인가?!

─……토끼 좀 잡아줄래?

갑자기 싸늘해지는 분위기.

-토끼?

-그래. 토끼.

-아, 혹시 저번 던전에서처럼 그 강력한 토끼들인가?

-아냐. 그냥 중앙 대륙의 약한 토끼들이야.

─……어째서! 어째서인가! 왜!

-토끼 잡는 것도 중요한 일이야!

-그런 소리는 처음 듣는다! 골드 드래곤의 고귀한 혈통을 잇는 내가 그런 일이나 해야 하겠는가!

-야, 신의 화신이 직업인 나도 더러운 짓 하면서 살잖아! 드래곤 정도면 축에도 못 낀다!

혈통 이야기를 꺼내니 태현도 혈통 이야기를 꺼냈다.

-주인이여, 나를 조금 더 귀중하게 여기지 않으면 천벌을 받을 거다.

-이미 나 싫어하는 신들 많아서 별로 안 무섭다.

아키서스의 이름을 말하면 좋아하는 신보다 싫어하는 신들이 더 많을 것 같았다. 거기에 악마들까지 추가로!

무슨 놈의 신이 이렇게 원수들만 잔뜩 만들어놨는지…….

-신이 아니라 골드 드래곤 장로님께서 천벌을 내리실 거다.

그 말에는 태현도 움찔했다.

드래곤. 판온의 최강 몬스터 중 하나였다. 아직까지 드래곤을 잡은 파티는 없었고, 한동안도 없을 예정이었다.

가볍게 잡아도 추정 레벨이 500은 넘는다는 게 정설!

태현도 움찔할 수밖에 없었다.

-그 장로님이 너를 많이 챙겨주나?

태현의 목소리는 부드럽게 변해 있었다. 물론 용용이는 그걸 깨닫고 이용할 만큼 영악하지 못했다. 그랬다면 골드 드래곤이 아니라 블랙 드래곤이었을 것!

-아니다. 우리는 모두 자기 일에만 관심이 있다.

-그러면 장로님이 나한테 천벌을 내리지는 못하잖아?

-그건 그렇지만…… 만약 아신다면 화를 내실지도 모르니까…….

-그러면 가서 토끼 잡아라.

장로고 뭐고 간에 별 위험 안 된다는 걸 깨닫자 바로 차가워지는 태현의 목소리!

이걸로 용용이는 세상을 조금 더 배우게 되었다.

-주인이여! 이동 수단! 내가 가면 이동 수단이 없지 않은가!

-오토바이 있다.

-부숴 버리겠다!

끝까지 저항했지만 용용이는 태현을 거스를 수 없었다. 결국 저주에 가까운 푸념과 함께 용용이는 영지로 떠났다. 그 슬픈 뒷모습에는 태현도 살짝 미안했지만 어쩔 수 없었다.

용용이만 한 인재가 없는 것!

갈락파드가 데리고 온 놈들이 어떤 수준인지는 아직 몰랐기에 전력을 평가할 수 없었다. 그리고 태현 일행은 다 여기에 있었고, 쉽게 써먹을 수 있는 파워 워리어 길드원들은 대체로 전투력이 부족했다. 사용 기회가 한 번 남은 귀족 기사단과 영지에 있는 기계공학 대장장이들이 있기는 했지만 그들은 쓰고 싶지 않았다. 귀족 기사단은 아까워서, 기계공학 대장장이들은 못 미더워서!

즉 지금 당장 할 일이 없고 영지를 지킬 능력이 되는 건 용용이 정도밖에 없었다. 강력한 번개 마법을 쿨타임 없이 닥치는 대로 퍼붓는 강력함. 보통 마법사는 방어력이나 HP가 부족해서 근접전이 힘들었지만 용용이는 그것도 아니었다. 드래곤다운 맷집까지 보유한 것이다.

마계에서 그렇게 태현의 경험치를 뺏어 먹으며 레벨 업을 한 덕분에, 몬스터로 따지면 레벨 200 정도는 예전에 넘긴 상태였다.

'용용이를 쓰기가 애매하긴 해……'

용용이는 정말 강력한 소환수였다. 이렇게 다루는 게 양심에 찔릴 정도로. 어지간한 소환수는 친밀도 개념이 있어서, 주인이 멋대로 다루거나 마음대로 다루면 소환수도 반항을 하거나 말을 안 듣거나 했다. 그런데 용용이는 신수라 그런지 그런 불편함이 전혀 없었다. 강력함은 무시무시할 정도고, 다루는 건 플레이어 마음대로. 소환수 관련 직업 플레이어가 본다면 군침을 질질 흘릴 것이다.

문제는…….

'안 그래도 경험치가 부족해 죽겠는데 용용이가 있으면 경험치를 나눠야 한단 말이지.'

소환수 직업이라면 소환수와 같이 성장하는 스킬을 갖고 있을 것이다. 그렇지만 태현은 아니었다. 안 그래도 부족한 경험치를 용용이와 같이 싸우면 나눠 먹어야 하는 것이다. 게다가 워낙 스킬 범위가 넓어서 경험치 먹기에는 최적화!

즉 어지간한 사냥 때에는 용용이를 꺼낼 수 없었다. 쓸 만한 상황은 정말 위험한 보스 몬스터를 상대하거나, 작정하고 목숨 건 PVP를 할 때 정도?

'미안하다. 나중에 데리고 와줄게.'

"어…… 도와주셔서 감사하긴 한데……."

"저, 저건 대체 뭐죠?"

파워 워리어 길드원(할 일 없는)들과 같이 밭을 갈던 농부 플레이어들은 참을 수가 없어서 손을 들었다.

뒤에서 빤히 노려보고 있는, 황금색 드래곤 때문이었다.

"태현 님이 데리고 다니는 소환수입니다."

"근데 왜 여기 있는 거죠?"

"우리를 엄청 노려보는데……."

그러나 파워 워리어 길드원들은 태연했다.

"하하. 안 문다고 하니까 걱정 안 하셔도 됩니다."

"아니, 물까 봐 걱정한 게 아닌데……!"

농부 플레이어들은 혼란스러워했다. 왜 저 길드원들은 저렇게 태연한 거지?

"일, 일단 농사나 짓자."

"맞아……"

영지가 적응이 안 되기는 했다.

다른 도시와 달리 광장에는 약간 미친 것 같은 플레이어들이 '히히 강화 발싸!' 이러면서 돌아다녔고, 몇몇 필요 시설들은 없고, 교단 NPC들은 돌아다니면서 '아키서스 믿어라! 아키서스 믿어라!' 하고 외치고 다니는 영지였으니까.

그렇지만 이렇게 자유롭게 땅을 주는 영지는 드물었다. 농사지을 땅 하나 얻으려고 해도 골드를 내고 퀘스트를 깨야 하는 게 대도시! 농부 플레이어들이 어지간하면 이동을 안 하는 데에는 이유가 있었다.

"맞다. 기껏 아키서스 믿었는데 골드 좀 내고 사제 부를까?"

"그럴까. 가입도 했으니…… 근데 아키서스 효과가 뭐지?"

"어…… 운이 좋아진대. 뭐 만들 때 더 좋은 거 나오고, 성공 확률도 높아지고……."

"그럼 밭작물도 더 좋아지고 그러나? 데메르 교단이랑 비슷한 건가?"

교단에 적당량의 골드를 기부하면 사제들을 부를 수 있었다. 땅에 축복을 하는 것!

농부 플레이어들은 이런 걸 애용했다. 골드 좀 내고 농작물에 버프를 거는 건 남는 장사였다.

그렇지만 교단마다 축복의 특성이 달랐고, 아키서스 교단은 아직 대부분의 사람들이 정확한 효과를 모르는 교단이었다. 행운에 눈이 먼 일부 플레이어들만 미친 듯이 달려들고 있는 정도!

"사제님. 사제님. 저희 기부 좀 할 테니까 밭에 가서 축복 좀 해주실래요?"

"무슨 소리십니까!"

"??"

"기부라니. 아키서스를 믿는 신도를 위해 그 정도는 그냥 해드릴 수 있습니다! 당장 가지요!"

길가에서 만난 아키서스 사제의 눈빛은 뭔가 이상했다. 구체적으로 말하면 광신도의 눈빛!

플레이어들은 당황했지만 공짜로 해준다니 일단 받았다. 뭐든 간에 공짜는 좋은 것!

그렇게 농부 플레이어들은 영지에 자리를 잡아가기 시작했다. 처음에는 혼란스러웠지만 각종 도움 덕분에 빠르게 적응에 성공한 그들!

그리고 얼마 지나지 않아 플레이어들은 깨닫기 시작했다.

"여기…… 토끼가 안 나온다?"

"그렇지?"

토끼 때문에 이사를 하긴 했지만 토끼가 아예 없으리란 기대는 하지 않았다. 그런데 이 영지에는 토끼가 보이질 않았다. 거의 없는 수준!

용용이가 갖고 와서 땅에 심은 징표 덕분이었다. 물론 플레이어들은 그것까지는 몰랐다. 그저 뭔 이유 때문에 안 보이나 싶었을 뿐.

소문은 빠르게 퍼져 나갔다.

-어르신! 지금 팔면 되지 않겠습니까?
-어르신! 지금 가격이 꽤 뛰었습니다! 지금 팔아도 몇 배는 나옵니다!

파워 워리어 길드원들이 비장한 목소리로 유 회장에게 간언했다. 주제는 '사재기한 아이템을 언제 파느냐!'

이미 몇 가지 악재로 인해 고급 농작물들의 가격은 팍팍 뛴 상태였다. 랭커 농부 플레이어 몇 명이 그 악조건에서 농사를 성공시키긴 했지만 물량은 턱없이 부족했다. 지금 팔아도 대성공이었다. 그러나 유 회장은 고개를 저었다.

-지금은 버틸 때다.
-하지만 어르신! 랭커 중 몇 명이 문제를 해결하겠다고 나섰답니다! 언제 해결될지 모릅니다!
-교단 내부에서도 퀘스트 나왔다는 소문이 있습니다!

문제가 생기면 퀘스트가 생기고 언젠가는 해결되게 마련이었다. 모두가 알고 있었다. 대륙에 퍼진 냉기도, 미쳐 날뛰는 토끼도 언젠가는 해결될 것이라는 것을.

이제까지 계속 그래왔던 것. 그렇게 많은 판온 플레이어들이 있는데 어찌 보면 당연한 일이었다.

-아직은 아니다. 버텨라.
-어르신……!

유 회장의 인내심에 파워 워리어 길드원들은 존경의 눈빛을 보냈다. 지금 여기에 쏟아부은 골드는 모두 다 유 회장이 낸 골드였다. 그런데도 이 정도 인내심이라니. 그들로서는 상상도 할 수 없는 경지!

-절대로 그렇게 빨리 해결되지는 않을 거다. 내 감이 그렇게 말하고 있다.

유 회장의 목소리에는 듣는 사람을 홀리는 묵직함이 있었다. 수많은 전장을 뚫고 온 남자만이 낼 수 있는 목소리!
파워 워리어 길드원들은 모두 고개를 끄덕였다.
믿고 따른다! 이 사람이라면 믿고 따를 수 있다!

-아. 어르신. 그러고 보니 절망과 슬픔의 골짜기에서 농사짓고 있는 거 아십니까? 토끼 때문에 농부 애들이 거기로 모이고 있다는데요.
-그 골짜기로? 토끼 때문에 정말 곤란한가 보군. 아무리 갈 곳이 없

어도 그런 곳으로 가다니.

유 회장은 고개를 저었다. 그가 보기에 절망과 슬픔의 골짜기는 농사를 지을 만한 곳이 아니었다. 게다가 아무리 상황이 급하더라도 거기 가는 농부 플레이어가 많을 것 같지는 않았다.

-이게 문제가 되지는 않을까요?
-거기서 농사를 지어봤자 얼마나 나오겠느냐. 경매장에 영향을 끼치지는 못할 거다. 걱정할 필요 없다.

"장비 다 주시죠."
태현의 말에 대회 담당 직원은 당황해하는 표정이었다.
장비를 다 달라고?
"여기 있는 거 다 들고 가시려고요?"
"규정에는 상관없는 걸로 알고 있는데요."
"그렇긴 하지만……."
"그러면 다 주시죠."
"여기 있습니다."
직원은 얼떨떨했지만 일단 달라니까 넘겼다.
'저거 다 들고 가봤자 쓰지도 못할 텐데?'
프리카 투기장에는 평소 장비를 들고 들어갈 수 없었다. 들어가는 순간 강제로 착용 해제되었다가 나오는 순간 돌아오는 것이다. 쓸 수 있는 건 투기장에서 제공하는 기본 장비들뿐!

그러나 태현은 그 기본 장비들을 전부 챙겼다. 쓸 곳이 있어서였다.

'기계공학+대장장이 스킬로 즉석 폭탄과 함정을 만든다.'

위력이야 평소보다 줄어들겠지만 어차피 프리카 투기장의 플레이어들은 다 레벨 100으로 내려온 상황. 위력이 줄어든 폭탄으로도 충분히 유효한 대미지를 입힐 수 있었다.

"후욱, 후욱⋯⋯."

옆에서 케인이 긴장한 태도로 숨을 들이쉬었다가 내쉬었다. 케인이 긴장하는 데에는 이유가 있었다.

"캐나다 대표팀은 강한 팀이야. 상대 팀에 맞춰서 움직이는 팀이 아니라 가장 잘하는 전술을 선택하는 팀이고."

언제나 궂은 일을 맡아서 하는 건 이세연이었다. 도동수는 '흥 너희들이랑 안 놀아'고, 김철수는 성격은 착했지만 리더 역할을 맡을 수 있는 사람은 아니었고, 케인은 더더욱 아니었으며, 태현은 '하하, 조별과제는 조장님이 하셔야죠'라고 떠넘겼던 것.

"경기 영상을 보면 알겠지만, 캐나다 대표팀의 시작과 끝은 이 에반젤린이라는 플레이어야. 핵심이라고 봐도 좋아."

영상에서 날뛰는 에반젤린은 압도적이었다.

-에반젤린 선수! 두 명이 발을 묶으려고 하는데도 멈추지 않습니다! 광화 스킬을 사용합니다! 뱀파이어의 광화! 밀립니다!

두 명이 오히려 밀려요! 당황하는 게 바로 느껴집니다!

다 같이 장비를 벗고 레벨 100으로 내려왔는데도 피지컬로 밀어붙이는 괴력! 단순히 컨트롤이 좋아서가 아니었다.

태현은 바로 알아보았다.

'직업 특성 덕분에 이익을 보는 모양인데.'

〈고대 뱀파이어의 후예〉라는 영웅 직업은 엄청난 불운 페널티를 주는 대신, 각종 스탯 버프와 강력한 스킬을 주는 직업이었다. 그런 직업인만큼 이런 투기장에서는 효과를 발휘하는 것!

"탱커 역할의 에반젤린, 근접 딜러…… 창술사 직업이지. 그리고 사제, 마법사, 궁수. 다 실력 괜찮지만 이 에반젤린이 밀고 들어오는 게 위험해. 말이 탱커지 딜링 넣는 거 보면 딜러랑 맞먹거든."

MBS는 각 경기마다 자세한 수치를 분석해서 공개 사이트에 올려놓았다. 물론 태현은 보지 않았지만.

각자 플레이어들이 대미지를 넣은 순위도 있었다.

"응? 내가 1위네?"

"불 지른 것도 포함되어서 그런 거 아니냐?"

"킬 순위도 1위잖아?"

"도동수 킬도 포함되어서 그런 거 같은데."

태현과 케인의 대화를 듣던 도동수의 얼굴이 씰룩거렸다.

이세연이 손가락으로 둘을 가리키며 주의를 줬다.

"둘 다 조용히 해. 어쨌든 불행인지 다행인지 모르겠지만 이번 시합은 정면 승부야. 이것저것 인원 나누고 고민할 필요가 없어서 좋긴 하지만, 저 화력을 정면으로 맞서야 한다는 거지. 일단 각자 자기 포지션의 플레이어를 맡는다고 치면, 에반젤린을 상대해야 하는 건······."

자리에 있던 모두가 고개를 돌려 케인을 쳐다보았다.

"······어?"

"힘내라."

"어, 어?"

탱커 역할을 맡은 케인이 에반젤린을 상대하게 되는 건 당연한 일이었다. 그걸 깨달은 케인의 얼굴이 딱딱하게 굳어졌다.

"내가 막을 수 있을까?"

"흠. 솔직히 말해서 힘들겠지."

"······지금 꼭 그런 솔직한 말을 해야 하나?"

경기 직전인데 마음에 없는 말이라도 해주면 어디가 덧난단 말인가! 그러나 태현은 냉정했다.

"아닌 걸 어떡하냐. 너, 나만큼 컨트롤 잘해?"

"아니······."

"너 에반젤린 같은 직업 갖고 있냐?"

"나, 나도 직업 등급은 똑같다고!"

〈고대 뱀파이어의 후예〉와 〈아키서스의 노예〉. 둘 다 등급은 같았지만 느낌은 전혀 달랐다.

"뭐 아키서스의 노예도 좋은 직업이긴 한데······ 투기장에서 유리한 건 〈고대 뱀파이어의 후예〉일 테니까."

케인도 투기장에서 상당히 좋은 직업이긴 했다. 게다가 〈아키서스의 화신〉인 태현과 같이 싸운다는 점에서 더더욱 그랬다. 추가 버프를 노릴 수 있는 것이다.

그러나 케인은 어디까지나 도중에 전직했고, 에반젤린은 처음부터 계속 한 직업으로 싸운 플레이어였다. 스킬 레벨이나 개수로 따지면 에반젤린이 이길 수밖에 없었다.

"애초에 직업마다 특성이 달라서 등급 같다고 단순 비교는 불가능하다고. 에반젤린 직업은 프리카 투기장이랑 너무 잘 맞아."

"그, 그러면 어떡해야 하냐?"

"그냥 버티기만 해. 그 정도는 너도 할 수 있겠지."

"뭐?"

케인은 어이가 없었다. 그래도 태현이니까 뭔가 비상한 계책을 알려주지 않을까 싶었던 것이다.

"뭐긴 뭐야. 내가 뭐 대단한 방법이라도 알려줄 줄 알았냐? 그런 거 없어. 그런 걸 알려줄 거면 예전에 알려줬지. 뭐 하러 지금 알려줘. 손발 안 맞게."

"크윽……."

들어보니 맞는 말!

"어차피 비책도 실력이 되어야 할 수 있는 거야. 어설프게 알려줬다가는 괜히 꼬인다."

"하지만 버티라는 건 별 의미가 없잖아!"

"의미가 있는데. 내가 말한 '그냥 버티기만 해'라는 건 진짜 버티기만 하라는 거야. 괜히 같은 탱커끼리 맞붙었으니까 자존심 때문에 치고받지 말고."

케인은 속마음을 들킨 얼굴로 태현을 쳐다보았다.

'이 자식이 어떻게 알았지?'

이 경기는 어디까지나 대회. 수많은 시청자들이 그들을 보고 있는 것이다. 당연히 어깨에 힘이 들어갈 수밖에 없었다.

'절대로 도동수처럼 되고 싶지는 않아!'

경기는 이겼지만 경기 내용에서 활약을 하지 못해 비웃음을 사고 있는 도동수! '저거 업혀 가는 거 아니냐', '내가 해도 저것보단 잘하겠다' 같은 반응이 흔했다.

남의 일일 때는 웃으면서 볼 수 있었지만, 그게 자기 일이 될 수 있다고 생각하니 오싹했다.

케인이 그러거나 말거나 태현은 계속해서 말했다.

"에반젤린이 아무리 미쳐 날뛰더라도 네가 치고받을 생각하지 않고 버티기만 하면 바로 무너뜨리지는 못할 거야."

"그렇게 버티기만 하라고? 의미 없지 않나?"

"그사이 우리가 이기면 되지."

케인은 할 말을 잃었다.

저 당당한 자신감! 그렇지만 생각해 보니 태현은 저런 말을 할 자격이 있었다. 실제로 태현이 질 거라는 생각은 전혀 들지도 않았고.

'으. 도동수가 나 대신 망신 좀 당했으면 좋겠는데.'

케인은 그저 도동수가 사람들의 시선을 잡아 끌어주길 바랄 뿐이었다.

"시작부터 전력으로 가자. 틈을 주지 않고 밀어붙이는 거야."

"괜찮겠어? 너무 과감한 거 아니야?"

"이게 더 안전해. 저 김태현은 시간을 주면 무슨 짓을 할지 몰라!"

에반젤린의 말에 캐나다 대표팀 플레이어들은 모두 고개를 끄덕였다.

그들도 태현 팀의 경기 영상은 다 챙겨 보고 있었다. 숲에 불을 지르는 건 지금 생각해 봐도 어이가 없는 경기였다.

"에반젤린이 그렇게 말하면 맞겠지!"

"상대 대책은 다 세워놨으니까. 가자!"

웅장한 시작 소리와 함께 대기실의 문이 열렸다.

에반젤린과 팀원들은 기세 좋게 앞으로 달려 나갔다.

저 멀리 보이는 건 돌로 된 거대한 다리. 밑에는 바닥이 보이지 않는 까마득한 절벽이었다.

거의 대로 수준으로 드넓은 다리 위에서 정면 승부를 가려야 하는 게 바로 이 〈필멸의 다리〉 맵이었다.

"쯧. 망치 있었으면 그냥 다리 부수는데 말이야."

멀리서 달려오는 캐나다 대표팀을 발견한 태현이 중얼거렸다.

투기장에서는 제약이 있어 태현이 쓸 수 있는 전략 대부분을 묶고 싸워야 했다. 그런데도 이기는 게 대단한 점이었지만…….

캉캉캉캉-

에반젤린이 묵직한 소리를 내며 정면에서 덤벼 들어왔다.

그걸 본 태현팀 전원이 혀를 내둘렀다. 여기에 폭딜을 넣을 수 있는 사람이 몇 명인데 저렇게 자신만만하게 정면돌격을 하다니. 어떤 공격을 쳐도 받아낼 자신감이 있다는 것!

"안 쏜다?"

"그래. 안 쏘는 게 낫겠다."

이심전심. 태현과 이세연은 뜻이 일치했다.

보아하니 상대 쪽 사제가 에반젤린에게 가호를 걸고, 에반젤린도 버프를 건 게 분명했다. 상대가 저렇게 단단히 각오했는데 굳이 공격을 해서 낭비할 필요는 없었다.

그사이 케인이 초조한 목소리로 물었다.

"쇠사슬? 쇠사슬 쓸까?"

"아니. 쓰지 마라."

다른 건 몰라도 〈노예의 쇠사슬〉은 쓸 수 있었지만, 태현은 말렸다. 직감이 말하고 있었던 것이다. 지금 쓰는 건 좋지 않다고!

'뭔가를 노리고 있군.'

에반젤린이 그냥 생각 없이 돌격하는 것 같았지만, 다른 팀원들을 케인에게서 교묘하게 가리며 돌격하고 있었다.

〈노예의 쇠사슬〉을 유도하고 있는 것!

'원하는 대로 해줄 수는 없지.'

'칫. 눈치 빠르기는!'

에반젤린은 속으로 혀를 찼다. 첫 번째 노림수는 빗나갔다. 케인이 만약 그녀를 쇠사슬로 끌어간다면 준비했던 카운터 스킬들을 대폭발시켜 제대로 한 방 먹여주려고 했었던 것이다. 게다가 이세연과 태현까지 돌진을 견제하지 않고 가만히 있었다.

'저주 반사를 써먹지도 못하다니.'

그렇지만 에반젤린은 실망하지 않았다. 일단 가까이 붙는다는 첫 목적은 달성했다. 그다음은 전투!

"캬아앗!"

"으헉!"

케인이 한심한 소리를 내며 방어에 들어갔다. 광화 스킬을 사용하며 전투력을 올리는 에반젤린! 겉모습도 그렇고 분위기도 그렇고 위압감이 철철 흘러넘쳤다.

쾅! 쾅! 콰콰쾅!

붉은색 스킬 이펙트가 주변에 터져 나가고, 케인은 쭉쭉 밀려 나갔다. 그사이 뒤에서 캐나다 쪽 창술사가 튀어나왔다.

노리는 건 당연히 케인!

카캉!

그러나 태현이 끼어들었다. 창술사의 공격을 〈반격의 원〉으로 정확하게 에반젤린에게 돌려보낸 태현.

그러나 에반젤린도 맞받아쳤다.

-붉은 피의 장벽!

'이런 미친.'

튕겨 나온 공격이 다시 튕겨 나오는 걸 보며 태현은 급격히 몸을 피했다.

"아깝네!"

"스킬을 대체 몇 개나 쓰고 있는 거야? MP 한계가 있을 텐데?"

에반젤린은 대답하지 않고 다시 케인을 노리기 시작했다.

태현은 고개를 돌렸다. 지금 상대해야 하는 건 창술사였다. 어차피 에반젤린은 케인이 붙잡을 수 있었다. 아니, 붙잡아야 했다. 그 정도도 못 하면 싸움 자체가 불가능!

타타탓!

"으헉!"

에반젤린을 무시하고 자기를 노리는 태현의 모습에 창술사는 기겁했다. 탱커가 앞에 있는데도 그냥 무시하고 덤비다니. 생각지도 못한 배짱이었다.

"장난해?!"

울컥한 에반젤린이 바로 검을 틀어 태현을 후려쳤지만 이미 태현이 읽은 상태였다.

-반격의 원!

바로 창술사한테 돌려보내는 일격!

카카카카칵!

창술사도, 에반젤린도 기겁했다. 태현에게 완전히 읽히고 있었던 것이다.

"쯧. 끝낼 수 있었는데."

"침착해! 넌 김태현을 무시하고 케인을 공격해! 이놈은 내가 상대한다!"

창술사가 다급하게 말했다. 태현의 속셈에 넘어가서 에반젤 린까지 무너지면 안 됐다. 어떻게든 그가 묶어야 했다.

'무슨 놈의 움직임이…… 같이 레벨 100으로 내려왔을 텐데……'

창술사는 속으로 침을 삼켰다. 방금 에반젤린을 무시하고 옆으로 움직인 것부터 시작해서 그 뒤에 이어진 동작까지.

다 지나고 나서 생각해 보니 소름이 돋았다. 어디까지 계산 하고 있었던 것이란 말인가.

쉬익- 팟!

태현이 재빨리 뒤로 굴렀다. 방금까지 태현이 있었던 자리 에 화살이 박혔다.

"지원해 줄게! 달려들어!"

"고맙다!"

태현은 그걸 보고 중얼거렸다.

"우리는 지원 없나?"

이세연과 김철수는 상대 마법사-사제 콤비를 밀어붙이고 있었지만 아직 무너뜨리려면 시간이 걸릴 것 같았다.

그리고 남은 도동수는……. 혼자 상대방 궁수를 향해 달려

나가고 있었다.

'이번에야말로!'

도동수를 노리고 앞에서 날아오는 화살 공격. 도동수의 움직임을 깨달은 상대 궁수가 노리고 공격한 것이었다.

그러나 도동수는 멋지게 몸을 날려 공격을 피했다. 짜릿한 달성감이 느껴졌다.

쉭-

계속해서 들어오는 공격들. 화살이 몇 개로 나눠지고, 곡선을 그리며 궤도가 변화하고, 동시에 화르륵 타오르기까지 했다. 실력 있는 궁수 플레이어만이 할 수 있는 묘기! 거기에 정확한 조준까지 겹쳐지면 숨쉬기 힘들 정도의 압박이 됐다. 그러나 도동수는 피해냈다.

'피했다!'

도동수는 속으로 주먹을 불끈 쥐었다. 드디어 해낸 것이다. 이제 스킬로 거리를 좁히면 저 궁수 플레이어 정도는 능숙하게 쓰러뜨릴 수 있었다.

근접전에서 궁수 플레이어는 손쉬운 먹잇감일 뿐! 게다가 적팀 사제와 마법사는 이세연과 김철수가 완전히 발을 묶고 있었다. 그들은 버티는 것만으로도 벅찬 상태.

'간다! 이걸로 뒤집는다!'

이제까지 쌓아왔던 안 좋은 이미지들을 벗어던질 시간! 상대 궁수 플레이어의 눈이 경악으로 물들었다.

콰콰콰콰콰콰콰쾅!

그러나 그 순간, 뒤에서 거대한 소리가 들렸다.

'……쌍'

도동수는 뒤를 돌아보지 않았지만 왠지 모르게 알 것 같았다. 또 한 번 김태현이 화려하게 날뛰고 있는 것 같은 기분이었다.

CHAPTER 6

　상대 궁수의 공격은 멈췄지만, 에반젤린과 창술사의 조합은 멈추지 않았다. 정신없이 두들겨 맞는 케인을 보며 태현은 깨달았다. 에반젤린을 과소평가했다는 것을.

　'케인으로 묶어두고 버티려고 했는데…….'

　태현은 케인이 그 정도는 버틸 수 있을 거라고 생각했다. 그렇지만 놓치고 있던 게 있었다. 에반젤린의 종족 특성이었다. 뱀파이어는 흡혈로 회복하고 더 강해진다는 것!

　시간을 끌며 버틴다고 무너지는 게 아닌 것이다.

　'눈치챘구나! 그렇지만 이미 늦었어!'

　태현이 케인을 엄호하기 위해 달려드는 것을 보며 에반젤린은 웃었다. 그녀를 상대하면서 버티는 전략을 취한 팀들은 많았다. 그리고 그 팀들은 전부 패배!

　'자, 어떻게 할 건데? 방법이 있을까?'

에반젤린은 스스로의 캐릭터를 믿었다. 아무리 태현이라도 이 상황에서 그녀의 방어를 뚫고 폭딜을 넣을 수는 없으리라!

"크윽!"

버티던 케인의 방어가 뚫리고 자세가 무너졌다. 에반젤린은 쐐기를 박기 위해 스킬을 추가로 사용했다.

-고대 피의 저주!

김철수와 케인 사이에 붉은 장막이 생겨났다. 일시적으로 버프를 주지 못하도록 끊은 것이다.

"죽어!"

-아키서스의 축복. 아키서스의 신성 영역, 행운 부여.

동시에 태현은 에반젤린에게 덤벼들었다. 허를 찔렸음에도 불구하고 에반젤린은 바로 방어에 들어갔다.

'어디 한번 쳐봐!'

캉!

태현의 매서운 공격이 들어갔음에도 에반젤린은 방어하는 데 성공한 것이다.

'막았다!'

그러나 그 생각이 끝나기도 전에 태현은 장비 해체로 만들었던 폭탄들을 집어 던졌다.

"어디서 났……?!"

콰콰콰콰쾅!

폭발이 그 자리에 있던 넷을 덮쳤다. 에반젤린은 경악했지만 최대한 빠르게 머리를 굴렸다.

'대미지는…… 견딜 수 있어! 흡혈 키고 피의 욕망 켜고 쌓아놨던 스택들 돌리면 지금 당장 회복을…….'

[피의 욕망 스킬을 실패합니다. 부작용으로 대미지를 입습니다. 혈액 저장소 스킬을 실패합니다. 부작용으로 대미지를 입습니다.]

그러나 실패하는 스킬들. 폭발로 인한 마비 효과에 스킬들까지 실패!

이걸로 에반젤린은 완벽하게 행동 불가능 상태에 빠졌다.

'뭘 한 거야?!'

에반젤린에게는 〈고대 뱀파이어의 권능-의지〉 스킬이 있었다. 스킬을 실패하지 않는 강력한 패시브 스킬!

어마어마한 불운을 달고 있는 그녀에게는 필수적인 스킬이기도 했다. 그런데 그 스킬을 무시하고 실패가 뜬 것이다.

〈아키서스의 신성 영역〉의 힘이었지만 그거까지는 에반젤린이 알 수 없었다. 태현이 그녀의 약점인 불운을 노렸다고 생각했다.

'당했……!'

그리고 태현이 덤벼들었다. 끝내겠다는 눈빛으로!

-치명타 폭발!

아까의 공격은 전력이 아니었다. 에반젤린이 대놓고 '막아주겠어!' 하는데 거기다가 공격하는 바보는 없었다. 보통 저런 건 막을 자신이 있는 게 분명하니까.

어떻게든 상대의 허점을 만들어서 쳐야 한다! 숨겨뒀던 폭탄을 첫 라운드부터 써야 했던 건 아쉬웠지만 어쩔 수 없었다. 그렇지 않으면 당장 케인이 무너졌을 테니까.

[고대 뱀파이어의 가호 스킬이 사라집니다. 부작용으로 대미지를 입습니다. HP가 0으로 내려가 핏빛 폭주가 시작됩니다. 5초 후 사망합니다.]

'아. 이건 좀⋯⋯.'

에반젤린의 눈빛이 갑자기 확 붉어지고 주변에서 핏빛 오오라가 뿜어져 나왔다. 마지막 발악 느낌이 물씬!

그리고 에반젤린이 노린 건⋯⋯ 태현이 아니라 케인이었다.

"왜 나를?!"

케인의 비명은 주변이 시끄러워서 들리지 않았다.

다행이었다. 들렸다면 케인의 이미지가 깨졌을 테니까!

어찌 보면 당연했다. 이미 케인은 많은 대미지를 입었고, 태현보다 노리기 쉬웠으니까.

콰직! 콰지직!

[치명타를 입었습니다! HP가 10% 미만입니다.]

에반젤린에게 붙잡힌 케인의 HP가 10% 미만으로 내려가고, 케인이 필사적으로 저항하려고 할 때……

-데메르의 시간 되돌리기!

"어? 태현 님이 그걸 어떻게?"
케인이 간신히 살아났다. 에반젤린은 사망!
태현은 바로 창술사에게 덤벼들었다. 이미 에반젤린이 죽었을 때 포기했는지 상대는 쉽게 쓰러졌다.

"와 미친. 와 미친. 와 미친……."
케인은 혼이 나간 것처럼 중얼거렸다. 기존 게임과 판온이 다른 점이 있다면, 판온은 플레이어가 실제로 경험을 한다는 점이었다.
1경기 동안 미쳐 날뛰는 에반젤린을 정면에서 막아내야 했던 케인은 너덜너덜해져 있었다.
"큰일인데."

"어? 왜?"

혼이 나가 있던 케인은 그 말에 고개를 들었다. 이겼는데 큰일이라니?

"1경기부터 이렇게 다 밑천을 까버리면…… 생각보다 에반젤린이 강해. 그리고 생각보다 구멍이 많…… 읍읍."

이세연이 태현의 입을 막았다. 무슨 소리를 하려는지 깨달은 것이다. 케인도 밀리지만 도동수도 위험했다. 아까 단독행동이 성공해서 망정이지 원래라면 저렇게 달려가다가 죽었을게 분명!

상대도 바보가 아니니 당연히 대비할 것이다. 문제는 한 번성공한 도동수가 과연 다음 경기에 가만히 있을지였다.

'지금 말하면 더 지×을 하겠지. 아. 그냥 깃발 꽂자고 하고싶다.'

많은 사람들이 착각하는 것이었지만, 이세연도 성격이 그렇게 좋은 편은 아니었다. 어디까지나 이 팀을 모은 입장이니까참고 참을 뿐! 경기만 끝나면 '함께해서 더러웠고 다시는 보지말자!' 하고 외칠 생각이었다.

"그런데 태현 님. 그 스킬은 어떻게?"

"지금 중요한 게 그게 아니라……."

태현은 은근슬쩍 말을 돌렸다. 김철수는 당황했지만 더 이상 캐묻지 못했다. 착한 사람의 한계!

"욕심을 부렸는데 성과가 있었다. 그지?"

캐나다 대표 팀원들은 고개를 끄덕였다. 1경기를 졌지만 많은 것을 얻어낸 것이다.

"도동수는 또 단독행동할 거 같지? 그거 노리고 함정 파고 시작하자."

"우리 쪽으로 넘어오는 순간 사제 지원 못 받게 바로 끊은 다음 잡아버리자."

"김태현은?"

"숨겨놓은 스킬 진짜 많더라. 게다가 나 못지않게 사기야. 그리고 폭탄은 진짜 어디서 꺼낸 거래?"

"즉석에서 만든 거 같은데. 대장장이나 기계공학 스킬 중에 그런 게 있을지도 몰라."

"만나본 적이 있어야 알지…… 진짜 특이하다니까."

졌지만 패배의 기운은 전혀 돌지 않았다. 다음 경기에는 이길 자신이 있었던 것이다.

"도동수에게는 함정을 걸고, 케인은 정면으로 압박을 해서 무너뜨리고, 김태현 스킬들은 나왔으니까 최대한 묶자. 도동수, 케인만 무너지면 숫자로 압박하면 충분히 이겨. 아무리 김태현이라도 둘 무너지면 끝이겠지."

에반젤린의 말에 창술사는 고개를 끄덕였다.

"내가 목숨을 걸고서라도 김태현을 막을게."

한국팀 모든 변수의 시작이 태현이었다. 그의 스킬들을 막으면 변수가 사라진다!

"어디 기막힌 전략이 없을까……."

2경기가 시작되기 전, 태현은 곰곰이 생각에 잠겼다. 그걸 본 이세연은 '경기 전에 좀 그렇게 고민을 하지 그랬냐!'라고 하려다가 말았다. 아무리 편하게 말을 하는 사이기는 했지만 경기 시작 전에 기를 죽이는 건 좀 아니었으니까!

'불은 못 지르고. 다리는 못 무너뜨리…… 음? 잠깐만.'

다리를 무너뜨리면 안 된다는 법이 있는 건 아니었다.

그렇지만 무너뜨린다면 어떻게?

'신의 예지로 약한 부분 찾고, 대검으로 미친 듯이 때린 다음…… 마지막은 폭탄으로 하면 된다 치고, 시간을 어떻게 벌고, 적은 또 어떻게 끌어든다…….'

생각을 마친 태현이 이세연을 빤히 쳐다보았다.

"왜 그런 눈빛으로 나를 쳐다보는 거야?"

"내가 뭘?"

"필요한 게 있어서 날 이용해 먹으려는 눈빛이었는데."

"아니. 같은 팀이잖아. 하하. 뭘 그런 소리를 하고 그래."

태현은 그렇게 말하며 이세연에게만 들리도록 목소리를 낮췄다.

"언데드들 소환해서 시간 좀 끌 수 있지?"

"뭐? 시체 없는데 그런 짓 하면 효율이 안 좋아. MP 아껴야 한다고."

레벨 100으로 떨어진 것 때문에 이세연은 전술을 바꾼 상태였다. 강력한 언데드들로 밀어붙이는 화력 위주 플레이가 아닌, 효율적인 저주 스킬들로 상대를 견제하는 플레이로!

"들어봐. 그거 초반에 소환해서 앞으로 쫙 밀어붙이고, 그동안 나는 다리에 폭탄을 깔 거야."

"벌써부터 그만 듣고 싶어지는데……."

"그런 다음에 도동수를 보내자."

"……."

"첫 번째 경기 때 보니까 도동수는 단독행동이 너무 잘 어울려. 언데드들이랑 같이 가면 적팀은 의심도 안 할 거야."

"너 정말 그러다가 현실 PK 당한다."

태현과 도동수는 실제로 방송국에서 계속 얼굴을 마주치고 있었다. 그런데도 저런 계획이라니. 현실 인간관계의 불편함 따위는 신경 쓰지 않는 태현만이 가능한 일!

"도동수가 가서 날뛰다가 슬슬 튀면 적팀은 신이 나서 쫓아오겠지. 그때 다리를 무너뜨리자고."

"이 계획 도동수한테 설명 안 해줄 거지?"

"당연하지."

마치 악마의 속삭임 같은 태현의 말!

이세연은 이마를 짚었다. 마음속에서 갈등이 일어났다.

'그냥 저질러버려. 이 계획이 좋다는 건 알잖아. 괜히 상대방

전력 끌어내서 진흙탕 싸움으로 가는 것보다는 훨씬 더 승률이 높아.'

'안 돼. 도동수도 일단은 팀원이잖아. 태현이 자꾸 괴롭히니 도동수가 겉도는 거야. 김태현이 판온 1때 도동수에게 했던 걸 떠올려 봐. 이를 갈 법하잖아. 물론 그래서 지금 계속 말 안 듣고 제멋대로 행동하고 하지 말란 짓은 다 해서 너를 짜증 나게 만들지만……'

양심의 소리를 듣던 이세연은 바로 결정을 내렸다.

"좋아. 하자!"

"역시 그래야 이세연이지!"

"그거 기분 나쁘니까 하지 마."

두 번째 경기의 시작은 언데드 러시였다. 이제까지 볼 수 없었던 이세연의 적극적 공세! 다리를 메우고 덤벼드는 언데드 군단의 모습에 캐나다 대표팀은 당황했다.

"뭐지?"

"이세연이 경기를 던졌나? 이렇게 해놓고 MP가 남을 리가 없는데?"

"일단 처리해! 함정이 있을 수도……."

그 순간 데스 나이트 옆에서 그림자가 하나 튀어나왔다.

바로 도동수였다. 언데드들 사이에서 돌진하는 도동수의 뒷

모습을 보며, 태현은 흐뭇하게 고개를 끄덕였다.

"저렇게 잘 속아 넘어가 주는 사람은 참 보기 좋아."

케인은 복잡한 표정이었다. 왠지 모르게 찔리는 기분!

'이 자식 나한테 하는 말 아니겠지?'

계획은 좋았지만 사실 한 가지 문제가 있었다. 도동수한테 계획을 말하지 않고서 어떻게 지시를 내려야 할까?

'어떻게 할 거야?'

'보고만 있으라고.'

태현은 자신만만하게 나섰다.

경기 시작 전, 태현은 도동수에게 다가갔다.

야. 2경기 시작하자마자 언데드 러시 할 건데, 너는 그냥 보고만 있어라. 1경기 때처럼 또 단독행동하지 말고. 위험하니까.

'꺼져. 난 내 마음대로 할 거야!'

그리고 도동수는 달려 나갔다.

기세 좋게 덤벼드는 언데드 군단. 물론 경기장 밖에서 이세연이 부리는 것에 비하면 초라한 수준이었다. 그러나 서버 제일의 네크로맨서라는 칭호는 어디 가지 않았다.

각종 강화 스킬과 조종 스킬로 부족한 점을 보완하는 이세연! 물론 뒷일은 생각하지 않고 MP를 때려 박고 있기에 가능한 일이었다.

-산 자에게 죽음을!

-내 주인의 명령으로!

데스 나이트 셋이 덤벼들자 아무리 에반젤린이어도 쉽게 뚫고 나갈 수 없었다. 게다가 그 뒤로 강화된 구울들과 비행 언데드들까지 따라 들어왔다.

"턴 언데드 좀 해줘!"

"하고 있어! 하고 있는데……! 이 언데드들, 잘 안 통해!"

이세연의 〈칠흑의 저주 갑옷〉 버프 마법을 받은 언데드들은 신성 마법에도 어느 정도 견디고 있었다.

'뭐지? 뭘 노리는 거지?'

에반젤린은 언데드들을 상대하며 생각했다. 상대가 무슨 생각으로 이런 짓을 하고 있는 걸까?

콰지직!

"어떻게 해? 억지로라도 뚫고 들어갈까?"

"천천히 가자! 어차피 이 언데드 러시만 막히면 상대는 끝이야!"

팀원들의 목소리가 들려왔지만 에반젤린은 동의하지 않았다. 상대가 바보도 아니고 이런 짓을 그냥 하지는 않았을 테니까.

'뭐야? 대체 뭘 노리는 거…….'

그 생각에 답을 내리기도 전에 변화가 먼저 일어났다.

타타탓!

도동수가 모습을 완전히 드러낸 것이다.

-그림자 늘리기, 그림자 습격, 폭풍 연속 절개!

노리는 것은 사제. 사제 한 명만 빠져도 상대의 전력은 삐걱 거리게 되어 있었다. 미쳐 날뛰는 에반젤린을 커버하고 뒤에서 지원하는 게 캐나다 대표팀의 사제였던 것이다.

-상급 방패의 가호!
-흔들리는 뱀의 이빨!

사제가 방어에 들어가고 바로 창술사가 도와주러 뛰어들었다. 카카캉!

덕분에 공격이 막히고 바로 역습이 들어왔다. 도동수는 이를 악물고 물러섰다.

"이 자식이 어디서 감히!"

"진짜 오나 했는데 진짜 오냐?"

캐나다 플레이어들은 어이가 없다는 듯이 외치며 덤벼들었다. 1경기 끝나고 '도동수가 단독행동할 거 같지?' '도동수가 단독행동하면 노리자' 이렇게 말하기는 했다.

그렇지만 마음 한구석에서는 '에이, 아무리 그래도 도동수가 머리가 있으면 계속 단독행동을 하지는 않지 않을까? 우리를 호구로 본 게 아니라면……'이라고 생각했었다.

그런데 도동수는 정말로 덤벼든 것이다. 게다가 다른 플레이어들은 보이지 않았다. 이세연이 부른 언데드 소환수들만을 믿고 덤벼든 것!

덕분에 캐나다 플레이어들은 더 열이 받았다.

"잡아!"

"아까 그냥 넘어가 주니 뭐라도 된 거 같냐?!"

매서운 파상공격. 공중에서 오러가 터져 나가고 도동수가 도망칠 길이 막혀 나갔다.

1:5인 상황. 이건 승리가 불가능했다.

그러나 도동수는 웃었다.

-인형 교환의 비술!

도동수가 있던 자리에 하급 언데드 하나가 나타나고, 하급 언데드가 있던 자리에 도동수가 대신 나타났다. 아군과 위치를 바꾸는 그림자 춤꾼의 스킬 중 하나였다.

도동수가 머리가 없는 건 아니었다. 욕심도 있었지만, 1:5로 덤벼들 때에는 자신이 있어야 덤벼들 수 있는 것이다.

도동수가 믿는 건 언데드 군단들이었다. 치고 빠지면서 언데드 군단들을 방패로 사용한다면 도동수는 얼마든지 싸울 수 있었다. 그런 식으로 최적화된 직업!

쉭- 퍽!

언데드 하나의 뒤에 숨었다가 이번에는 궁수에게 일격을 먹이는 데 성공했다. 욕설이 튀어나왔지만 도동수는 다시 회피에 성공했다. 치고 빠지고, 치고 빠지고. 크게 대미지를 입히지는 못했지만 상대 팀을 교란하고 열을 받게 하는 데에는 충분했다. 화려하게 움직이면서 점점 희열을 느꼈다.

'그래, 이거야! 바로 이거라고!'

그가 원했던 대회에서의 모습!

언제나 혼자 돌격했다가 '저거 뭐 하는 놈이냐?', '도동수는 왜 저렇게 내버려 두는 거죠? 설마 싸우면 지니까 저렇게 내버려 두는 건가요?' '도동수 누가 뽑음? 도동수 뽑은 놈들 모두 대가리 박아라' 같은 소리를 듣는 건 사양이었다.

도동수의 생각지도 못한 모습에 캐나다 팀도 당황했고, 관중들도 당황했으며, 태현과 이세연도 당황했다.

"설치 다 했는데…… 쟤 뭐 하냐?"

"그러게……?"

도동수는 아직도 잘 버티고 있었다.

1:5로 여기까지 버티다니! 이세연도 이건 놀랐다.

'하긴, 맨날 김태현한테 구박받아서 그렇지 도동수도 실력은……'

"뭐야. 왜 날 그런 눈으로 쳐다보지?"

"아무것도 아니야. 그래서 어떻게 할 거야? 저대로 내버려 두면 계획이 꼬이잖아."

"부르면 되지."

"부른다고 와?"

이세연은 고개를 갸웃거렸다. 여기서 도동수가 말을 듣게 할 수 있는 사람은 없었다. 특히 저렇게 좋은 상황이라면 도동수가 더더욱 오지 않을 것이다.

"언데드 전부 소환 취소해."

이세연의 입이 벌어졌다. 판온 1, 판온 2의 랭커로서 정말 어지간하면 놀라지 않을 자신이 있는 그녀였지만…….

언제나 태현은 예상 밖!

"크하하! 자. 와라! 다음은 어떤 놈이냐!"

도동수는 신이 나서 검을 겨누며 외쳤다.

"아오, 저 모기 같은 놈이……."

"잡히면 죽는다!"

캐나다 플레이어들은 이를 갈았고, 에반젤린은 입술을 깨물었다. 여기서 오래 시간을 끌면 끌수록 느낌이 안 좋았던 것이다. 그 순간…….

파스스슥

주변에 있던 언데드들이 전부 어둠으로 사라졌다.

갑자기 조용해지는 공기.

"……조져! 조져!"

"으허억! 뭐야?!"

아무리 냉정하려고 해도 이런 상황에서 냉정할 수는 없었다. 갑자기 언데드가 전부 사라지다니!

'시간 다 됐나?! 아니, 그런 거면 미리 말을 하거나 설명을 해 줬을 텐데?!'

도동수의 당황은 진짜였다. 회피용 스킬을 실수할 정도로!

그 모습에 캐나다 팀은 확신했다. 지금 이 상황은 도동수가 노리고 만든 게 아니라고.

"상대 쪽에도 문제 생겼다! 분명 저렇게 언데드 러시 하는 바람에 스킬이 꼬인 게 분명해!"

"잡아! 지금 안 잡으면 귀찮아져!"

상대가 실수했을 때 밀어붙여야 하는 게 게임. 도동수가 정신을 차리고 도망치기 전에 잡기 위해 모두 덤벼들었다.

타타타타탁!

"미친, 미친, 미친……!"

도동수는 기겁을 하며 앞으로 달려 나갔다. 뒤에서 화살, 마법, 원거리 창 스킬, 하여간 원거리 스킬은 다 날아오는 것 같았다. 첫 번째는 피했다. 두 번째는 흘려보내려고 했지만 실패해서 조금 맞았다. 세 번째는 다리를 맞춰서 이동속도가 느려졌고, 네 번째는 직격했다.

"컥!"

"죽어라. 이 자식!"

기회를 잡았다는 듯이, 창술사는 달려와서 창으로 등짝을 후려갈기려고 들었다.

콰콰콰콰쾅!

그 순간 다리 안쪽에서 거대한 폭발이 울려 퍼졌다.

"속아줘서 다행이야. 안 속으면 어쩌나 했는데."

이세연은 안도의 한숨을 내쉬었다. 초반에 MP를 다 소모해서 언데드 군단을 부른 그녀였다. 만약 이게 안 먹히면 힘든 싸움을 하게 됐을 것이다.

"도동수 연기가 워낙 좋았지."

이세연은 대답하지 않았다. 하고 나니까 약간 미안해지는 마음! 그러나 태현은 미안해하지 않았다.

마음에 한 점 부끄러움도 없는 당당함!

"$*#$%$&#@&#&@……"

"이거 번역 안 되는데 어느 나라 말이냐?"

"잘 들어보면 너 욕하는 거야."

2경기가 끝나고 대기실에서 만나자마자 도동수는 지옥에서 주워 온 것 같은 욕설 랩을 연속으로 퍼부었다.

이제까지 '흥 나는 너와 상대하지 않아', '흥 네깟 놈의 도발에 흔들리지 않아' 태도를 유지하려던 도동수였다.

그러나 이번 일은 정말…… 상상을 뛰어넘는 일!

더 분노가 치미는 건 경기 시작 전의 대화였다. 태현이 가지 말라고 했다고 냉큼 가버린 스스로가 부끄러울 지경!

'다시는, 다시는 속지 않겠다!'

완전히 마음을 닫아버린 도동수를 보며 케인은 걱정된다는 듯이 말했다.

"야, 근데 3경기는 어떡하지?"

이긴 건 좋았지만 3경기가 걱정이었다. 도동수는 이제 정말 속지 않을 테니까.

'솔직히 내가 저 상황이면 멘탈 깨져서 발광한다.'

"아. 3경기는 괜찮아."

"웅?"

"애초에 세 번째 경기는 이길 방법이 있었어. 두 번 못 쓰니까 먼저 두 경기 이기려고 한 거지."

태현의 자신감 넘치는 모습에 케인은 놀랐다.

태현이 저런 걸로 거짓말을 하는 사람은 아니었다.

그렇지만 아직도 이길 방법이 있단 말인가? 상대방도 이제 어떤 방심도 하지 않을 텐데?

탁-

태현은 케인의 어깨에 손을 올리며 상냥하게 웃었다.

'아, 이 자식 나한테 이상한 걸 시키려고 하는구나……'

그 웃음을 본 케인은 미래를 직감했다.

캐나다팀의 분위기는 무거웠다. 아까 2경기 시작 때와는 정반대의 분위기였다.

이길 자신은 있었다. 전판 같은 방식은 다시 쓰지 못할 테니까. 그렇지만 그럼에도 불구하고 느껴지는 불안함! 상대가 태현이라는 것 때문이었다.

'또 무슨 방법을 쓰려는 거지?'

'설마 아직 남은 게 있나?'

'이번 경기는 절대 지면 안 되는데……'

3번 지면 그대로 끝. 그 불안함은 쉽게 가시지 않고 사람을 괴롭혔다.

그 분위기를 깨달은 에반젤린이 외쳤다.

"모두 집중해! 벌써부터 이러면 어쩌자는 거야!"

에반젤린의 외침은 다른 팀원들이 정신을 차리게 만들었다. 모두 고개를 끄덕였다. 지금 해야 할 건 최선의 플레이를 하는 것! 태현 팀의 스킬들은 많이 파악했고, 거기에 대한 대책도 있었다. 당하지만 않고 제대로 대처한다면 이길 수 있었다.

'그래. 가자!'

'우리가 이제까지 해온 게 있어! 스스로를 믿자!'

"간다!"

에반젤린은 외침과 함께 돌진했다. 1경기와 비슷한, '치고 싶으면 어디 한번 쳐봐라'의 돌진이었다.

치는 순간 바로 카운터가 들어오는 강력한 상태!

"후우, 후우, 후우……"

그리고 케인은 긴장한 채로 한숨을 내쉬었다. 저 멀리서 돌진하는 에반젤린이 마치 폭주하는 자동차 같았다.

'붉은색이니까…… 스포츠카? 그러고 보니 김태현이 스포츠카 몰고 다녔었던 것 같……'

현실도피하는 케인!

"앞! 정신 차려!"

"알, 알고 있다!"

케인은 마주 보고 달려 나가기 시작했다.

그 모습에 캐나다팀은 깜짝 놀랐다. 아무리 그래도 정면으로 돌격하다니. 대체 무슨 자신감으로?

타타탁-

케인은 달리더니, 왼쪽으로 점프했다. 다리 옆의 끝 난간에 올라간 것이다.

"어······."

폴짝!

-노예의 쇠사슬!

촤르륵!

허공에 뜬 케인은 그대로 노예의 쇠사슬을 사용해 에반젤린을 맞췄다. 에반젤린은 그대로 케인 앞까지 끌려왔고······.

'말도 안 돼!'

어떻게든 탈출하려는 에반젤린. 그러나 케인이 재빨리 에반젤린을 붙잡았다. 케인은 해탈한 표정을 짓고 있었다.

"하, 하하. 하하하······ 같이 가는 거야······!"

"야, 이 미친 자식아!!"

에반젤린의 비명과 함께, 둘은 절벽 밑으로 그대로 떨어져 내렸다. 뒤를 따라오며 지원하려던 창술가는 입을 떡 벌렸다.

스르릉-

그리고 태현이 천천히 다가왔다. 별다른 말을 하지 않아도 느껴지는 압박감!

"으, 으, 으, 으아아아!"

창술사는 반쯤 자포자기하는 마음으로 덤벼들었다.

물론 세상은 냉정했다.

캡슐에서 나와, 두 팀은 서로 마주 보았다.

경기가 끝나고 이어지는 훈훈한 악수 시간! 물론 패배한 팀의 마음은 전혀 훈훈하지 않았지만, 방송국에서 그런 걸 신경 쓰지는 않았다.

에반젤린은 웃으면서 태현에게 손을 내밀었다.

"아주 잘~ 하더라. 아주 잘~ 응? 좋냐? 좋냐?!"

얼굴은 화기애애하게 웃고 있었지만 말은 정반대! 물론 화면만 잡고 있는 카메라는 둘의 대화는 잡아내지 못했다.

-명경기였던 만큼 서로가 서로를 인정하는 모습, 보기 좋습니다.

-이게 프로게이머의 우정인 거죠. 저도 현역 때 많이 느꼈습니다. 경기 때에는 죽어라 싸워도, 경기가 끝나면 느낌이 확 달라지거든요.

에반젤린은 손에 힘을 꽉 주고 살벌하게 속삭였다. 물론 태현이 그런 압박에 굴할 사람은 아니었다.

"죽어. 두 번 죽어. 세 번 죽어."

빠르게 영어로 저주를 내뱉는 에반젤린의 모습에, 케인이 궁금하다는 듯이 속삭였다.

"저거 뭐라는 거냐?"

"넌 'die'도 못 알아듣냐?"

케인은 부끄러운 얼굴로 물러섰다. 한바탕 쏟아내고 나자 시원해졌는지 에반젤린은 한숨을 푹 쉬더니 저주를 멈췄다.

"좀 제대로 치고받고 하고 싶었는데……."

"네가 강한데 뭘 제대로 치고받아. 내가 '우리 한 대씩 서로 때리기로 승부 내자'라고 했으면 받아줬을 것도 아니면서. 너무 치사하지 않냐? 자기 유리한 대로 싸우자니 이거 완전 양심 없……."

말이나 못 하면!

에반젤린은 필사적으로 손에 힘을 더 주려고 했지만 태현은 흔들리지 않았다.

"윽! 윽! 으으윽!"

"그거 해봤자 의미 없어. 내가 너보다 힘 스탯 높거든."

"여긴 현실이거든?!"

"현실이라고 딱히 달라지는 건 없는데…… 그보다 네가 좋아할 만한 소식이 있지."

"너 판온 접을 거야?"

"흠. 불운 페널티를 막는 아이템을 만들었는데…… 알겠다.

아이템은 파괴해야지."

"잠, 잠깐만! 잠깐만!!"

방금 뭐라고 했지?

"불운 페널티를 막는 아이템을 만들었다고?"

"네가 날 위해 기껏 사디크 교단과 싸워줬는데 얻은 건 불운 페널티라서 내가 마음이 좀 아팠지."

"……아. 그래서."

전혀 믿기지 않았지만 에반젤린은 일단 고개를 끄덕였다.

"못 믿는 것 같은데 알겠다. 아이템은……."

"아냐! 믿어! 믿어요! 믿고 있어요!"

"어쨌든 내 교단이 뭐냐. 행운의 교단이잖아."

"그리고 도박의 교단……."

"시꺼. 그래서 이것저것 찾다가 불운 페널티를 막는 아이템을 만드는 데 성공했지."

"으아앗……! 줘! 줘! 주세요!"

"어허. 방금 나한테 접으라고 한 사람이 누구더라?"

"잘못 들은 거야!"

"나보고 죽으라고도 하지 않았냐?"

"경기장 내에서 죽으라고 한 거지! 경기 도중에는 그런 소리도 할 수 있는 거 아니겠어!"

"너 좀 뻔뻔해진 거 같다."

태현은 감탄했다. 사람은 성장하는구나!

처음 만났을 때는 완전히 아싸 그 자체였던 에반젤린이었다. 다른 사람들과 말할 때 매우 어색해하던 에반젤린이 이렇게 변하다니. 게다가 저 뻔뻔함까지!

"누구와 싸우면서 많이 배웠지."

"누군지는 모르겠는데 훌륭한 사람 같군. 많이 배우는 게 좋겠네. 뭐 어쨌든…… 교환하자."

"응?"

"설마 이걸 그냥 받아가려는 생각을 한 건 아니겠지? 설마? 정말로? 와, 양심 없나?"

'저 자식한테는 절대로 약점을 잡히면 안 돼!'

정말 끝까지 뽑아내는 태현이었다.

"……뭘 원하는데?"

"별거 아니야. 간단하게 말하자면……."

그리고 태현은 3분 정도 원하는 걸 길게 말했다.

"……간단하게?"

"간단하잖아. 반지 내놔. 영지전 붙을 때 뱀파이어들 좀 데리고 와."

"영지면 네 교단일 텐데 뱀파이어들 데리고 가도 되나……?"

"뭐 어때. 사디크 교단 NPC들도 있는데."

"영지에 사디크 교단 NPC들이 있다고?!"

에반젤린은 깜짝 놀랐다. 대체 어떤 일이 있었길래!?

"긴 이야기가 있지. 그래서 할 거야 말 거야."

"네가 제안한 거는 다 받아줄 수는 있어. 근데……."

"?"

"그 반지는 내가 퀘스트 맡기고 강화하고 그러느라 교환불가 아이템 되어서 이제 못 주는데……."

갑자기 싸늘해지는 분위기.

태현은 재빨리 에반젤린의 손을 놓으려고 들었다.

꽉!

그러나 이번에는 에반젤린이 태현의 손을 붙잡았다. 태현은 정색하며 말했다.

"왜 이러세요? 손 놓으세요. 고객님."

"우리 친구잖아?"

"친구 아닌데? 난 날로 먹으려는 친구 없는데? 그보다 언제부터 네가 이렇게 친근하게 사람을 대하고 그랬지? 아싸였던 때로 돌아왔으면 좋겠는데."

태현의 정신 공격은 무시하고, 에반젤린은 자기 할 말에 집중했다. 저 아이템은 그냥 넘길 수가 없었던 것이다.

"이러지 말자! 뱀파이어들 데리고 가서 도와줄게! 뭐든 도움이 될 거야! 진짜 세다고!"

"아, 안 사요. 안 사."

"다른 거! 다른 거 원하는 거 없어?!"

쿡쿡-

케인이 태현의 옆구리를 찔렀다.

"너희 언제까지 악수할 거냐?"

주변을 둘러보니 해설자부터 시작해서 관중석에 있던 모두가 둘을 쳐다보고 있었다. 이미 다른 선수들은 다 악수했고,

거기에 해설자들이 대회 관련 이야기까지 마무리 지었는데 아직도 악수한 채로 떠들던 둘이었다.

"크큭, 크크큭, 크크크큭⋯⋯."

케인은 실실 웃으면서 캡슐에 접속했다. 판온을 하고 나서, 케인은 감히 지금을 전성기로 놓을 수 있을 것 같았다.

레드존 길드? 그건 전성기도 아니었다. 그냥 착각이었을 뿐! 지금 위치를 생각해 보면 우물 안 개구리에 불과했던 것이다.

PK 플레이어로 푼돈 뜯고, 개인 방송으로 자잘하게 관심을 받는 것에 만족했었다니.

지금을 보라! 새롭게 태어났고, 전 세계적인 관심을 받는 투기장 대회에서도 결승에 진출했다.

게다가 평가도 좋았다.

-이번 경기에서는 케인 덕분에 이긴 거지. 봤냐?

-1경기 때 에반젤린한테 계속 두들겨만 맞던데?

-그게 다 함정인 거야. 케인이 그냥 싸울 수 있는데 그러면 상대가 안 속으니까 맞는 척 했던 거지. 아니면 왜 그렇게 맞기만 했겠냐? 설마 케인이 실력이 딸려서 그랬겠어?

-어쨌든 3경기 때 플레이 보고 난 감동 먹었다.

-난 2경기가 좋던데.

-아. 도동수도 대단했지. 연기 대단하지 않았냐? 좀 무시했었는데.

-캐나다팀이 그냥 속아서 덤벼들었잖아.

-함정 파고, 언데드 소환 취소해서 상대방 끌어들이고…… 진짜 함정 제대로 팠다 싶더라.

-케인 정도면 세계 최고 탱커 아니냐?

-케인 정도면 그럴 법하지.

'세, 세계 최고 탱커? 그, 그런……'

듣기만 해도 가슴 두근거리는 칭호!

-케인 근데 너무 싸가지 없어서 재수 없어. 다른 팀한테 시비나 걸고 다니고.

-실력이 있으니까 그런 거지.

'아니야, 이 새끼들아……!'

케인의 이미지는 대충 '실력은 있지만 싸가지 없고 성격 더럽고 나대기 좋아하는 놈'이 된 것 같았다. 덕분에 이런 걸 좋아하는 팬들은 확실히 생겼지만, 케인은 뭔가 분했다.

저건 다 김태현이 한 짓인데……!

'후. 아니야. 나는 지금에 만족해. 나는 지금에 만족해…… 더 욕심을 부리지 말자…… 도동수 꼴 난다……'

나날이 느는 것은 마음을 다스리는 실력. 케인은 마음을 다스리는 데 성공하고 고요하게 숨을 내쉬었다. 일단 대부분의 팬들이 그의 실력은 인정해 주고 있었으니까.

대회 결승까지 진출하자 주변 사람들의 태도도 확 달라진 게 느껴졌다.

"아들, 이것 좀 먹으면서 해. 엄마는 아들을 응원한단다."

"덕수야. 나도 판온 하는데 같이 하지 않…… 어? 내가 누구냐고? 우리 같은 고등학교 나왔잖아! 나 기억 안 나?!"

"여보세요. 덕수니? 나 다혜야. 응. 기억나지? 이번 대회 결승에 진출한 거 축하해. 다름이 아니라 좋은 보험이 있는데……."

생각해 보니 뭔가 좀 이상한 것들도 있었지만 일단 긍정적인 반응이긴 했다.

'한 가지 아쉬운 게 있다면 프로게이머 팀 제안이 안 온다는 건데. 왜 안 오는 거지? 올 법도 한데…….'

케인은 그게 의아했다. 본선 진출한 팀의 플레이어들에게는 벌써 소문이 돌고 있었다. 새로 창단할 팀에 들어오라는 제의가 오가고 있다고.

그런데 케인에게는 한 번도 오지 않는 것이다. 태현에게 이걸 물어봤더니 안쓰러운 눈으로 케인의 어깨를 두드리고 가버렸다.

'음, 결승 전이라 괜히 방해될까 봐 연락을 안 하는 걸까? 그래. 기다려 봐야겠다! 안 올 리가 없지!'

자기가 '아, 핸드폰 안 바꿔요! 뭐든 간에 안 사요!'로 끊어버렸다는 건 모르고 있는 케인이었다.

"좋아. 오늘도 연습이다!"

케인은 주먹을 부딪치며 무기를 들었다. 요즘 접속하면 하는 건 스킬 연습이었다. 투기장 대회 때문에 퀘스트를 하거나 필드에 나가는 건 좀 조심스러웠다. 저번에 팬인 척하고 습격 당했던 건 아직도 어이가 없었다.

세상에는 김태현 같은 놈이 생각보다 많았던 것이다.

"흡! 흡! 흐읍!"

노리는 건 스킬 레벨. 도중에 〈아키서스의 노예〉로 전직한 케인이었기에 스킬 레벨이 좀 불리한 편이었다.

다행히 아키서스의 노예 직업이 이름만 좀 그럴 뿐이지 직업 자체는 좋아서 망정이지, 아니었다면 정말 힘들었을 것이 분명했다. 케인은 원래 스킬 레벨을 높이는 것보다 레벨 업을 우선시했다. 그게 보통 정석이기도 했고.

그러나 태현의 조언은 달랐다.

'스킬 레벨 올려 이 멍청한 놈아. 레벨 낮은 놈한테 지고 싶냐.'

간단하지만 와닿는 조언!

어쨌든 태현은 판온에 있어서는 케인보다 뛰어난 놈이었고, 케인은 순순히 받아들이기로 했다. 그래서 지금 스킬 훈련을 하고 있었다. 폼은 좀 안 나지만……

"이야앗! 검술 스킬! 검술 스킬 올라라!"

지나가는 사람들은 케인을 보며 수군거렸다.

"저거 누구야?"

"케인 아니야? 케인같이 생겼는데."

"케인이 저러고 있겠냐. 그냥 투기장 놀러 온 초보자겠지. 케인 비슷하게 입었네. 현질했나?"

남들의 말소리가 들려올 때마다 케인은 움찔했다. 그러나 멈추지는 않았다.

에반젤린이 아싸에서 인싸로 성장했듯이, 케인도 태현과 같이 지내면서 얼굴의 철판 두께가 두꺼워진 것이다. 저 정도 비난은 아무렇지도 않다!

"야."

케인은 뒤를 돌아보았다. 처음 보는 여자가 그를 노려보고 있었다.

"너 나 알지?"

"모르는데요?"

"……아오 진짜! 저번에도 그래놓고 끝까지! 선배인 내가 먼저 말을 걸어줬는데도! 너 진짜 뭐가 문제야?!"

울컥한 여자가 분노를 터뜨리자 케인은 당황했다. 왜 처음 보는 사람이 이러는 거지?

찬찬히 여자를 훑어보니 어디서 본 것 같은 느낌이었다.

'파이브 걸즈의 하연이랑 닮은 거 같은데, 외모 커스텀을 비슷하게 한 건가? 실력이 대단하네.'

물론 파이브 걸즈의 하연이 맞았지만 케인이 그렇게까지 상상력이 좋지는 않았다. 게다가 지금 이 상황이 왜 일어났는지 상상할 능력은 더더욱 없었고!

"진짜 누군지 모르겠는데요?"

케인은 일단 조심했다. 혹시 그의 팬이나, 현실에서 아는 사람일 수도 있지 않은가.

"이, 이 자식이 진짜……!"

"아니, 진짜 누구냐고요!"

"네 선배! 네 선배라고!!"

목소리를 높이자 케인도 억울해서 목소리를 높였다.

"뭔 선배! 어디 선배! 나 졸업한 지가 언젠데!!"

"회사 선배라고!!"

"나 백수거든!! 취직한 적 없거든!!"

케인의 목소리에는 짙은 감정이 담겨 있었다. 취직에 실패한 백수만이 담을 수 있는 절절한 감정! 그 감정이 느껴졌는지, 하연도 당황해서 한 걸음 뒤로 물러섰다.

상대가 당황해서 멈칫하자 케인도 정신을 차릴 여유를 가질 수 있었다.

'진정하자. 상대는 대체 누구지?'

아무리 생각해 봐도 알 수 없었다. 현실에서 아는 사람도 아니었다. 저런 선배는 본 적도 없었다.

'으음…… 역시 이럴 때는…….'

분하지만 이럴 때 가장 든든한 건 태현이었다.

-야. 야.

-?

-지금 처음 보는 사람이 갑자기 나타나서 '난 네 회사 선배야!' 이러면서 화를 내는데, 대체 무슨 상황인지 아냐?

케인의 말을 들은 태현이 1초 정도 생각한 다음 대답했다.

-함정이다.
-뭐? 함정?
-그래. 혹시 상대가 여자냐?
-어…… 그렇긴 한데.
-예쁘냐?
-어…… 그렇지?

태현은 단호하게 말했다.

-그러면 100% 함정이다.
-……내 팬일 수도 있잖아.
-아냐. 함정이야.
-아니, 내 팬일 수도…….
-함정이라고. 이 멍청한 놈아.

케인은 왠지 모르게 분하고 억울했다. 그러나 태현은 이제 막 시작했을 뿐이었다.

-저번에 너한테 음식 먹이려던 애들 기억 안 나? 내가 다시 기억시켜 줘야 하냐? 넌 언제 철들래? 너 장쓰안 꼴 나고 싶어?

속사포로 쏟아지는 태현의 구박!

-지금 결승 남았는데 너 노리려는 애들이 한둘이겠냐? 떨어지는 낙엽도 조심해야 할 놈이 아직도 이러면 어떡하냐! 정신 차려!
-그, 그래. 알겠어. 알겠으니까 그만……!

케인은 울 거 같은 마음을 간신히 가다듬었다.

-그러면 어떻게 하라고? 공격할까?
-공격도 좋지만 상대방이 그걸 노리고 있을 수도 있어. 널 PK 플레이어 상태로 만들려는 걸 수도 있지. 상대는 어때 보여?
-예뻐 보이는데…….
-……이런 멍청한 색…… 강해 보이냐고!
-아, 별로 안 강해 보여. 초보자 장비고…… 위장 같지는 않은데.
-그러면 PK 플레이어 상태로 만들려는 걸 수도 있어. 이럴 때 좋은 방법은 도망이다.
-뭐? 도망?
-그래. 도망. 상대방 한 번 비웃어주고 도망쳐라.
-도망은 이해하겠는데 비웃어주는 건 왜?
-그래야 상대방이 실패한 걸 알고 분해할 테니까.

-그렇군!

케인은 고개를 끄덕이며 납득했다. 역시 사악한 놈들을 상대하는 데에는 태현만 한 놈이 없었다. 사악 그 자체!

케인은 앞을 쳐다보았다. 하연이 다시 말을 하려고 하고 있었다.

탁-

"잠깐!"

"??"

"난 네 사악한 속셈에 속지 않는다!"

"뭐…… 뭐?"

"네 계획은 실패했으니 얌전히 꺼져라!"

'미친놈인가?'

하연은 순간 정신이 아득해지는 걸 느꼈다. 저번에 대화 이후로 나름 판온에 대해 다시 찾아보았다. 그러다 보니 알게 된 건, 한국 팀이 생각보다 괜찮은 팀이라는 것이었다. 대회 영상은 판온에 대해 잘 모르는 그녀가 봐도 손에 땀을 쥐게 할 정도!

거기서 '케인'이라는 플레이어는 생각보다 호쾌하고 멋있었다. 중갑옷을 입고 미친 듯이 날뛰는 탱커! 전신에서 박력이 흘러넘쳤다.

실제 플레이어만 찾아봤어도 이런 오해는 없었을 테지만, 하연이 본 것은 판온 내 영상뿐. 덕분에 이런 오해가 생기게 되었다. 물론 하연의 속마음과 상관없이 케인은 신나서 웃어댔다.

"하하하! 속셈을 들켜서 분해하는 게 보이는군. 잘 있어라! 난 간다! 널 시킨 놈한테 전해라! 그런 수작으로는 절대 날 속일 수 없을 거라고!"

케인은 그렇게 외치다니 뒤로 돌아서서 미친 듯이 달려가기 시작했다.

다다다다다다—

레벨 업을 거의 안 한 하연이 따라갈 속도가 아니었다. 케인이 사라지고 나서, 하연은 그제야 정신을 차렸다.

"뭐, 뭐, 뭐 진짜 저런 놈이 다 있어?!"

케인이 현실에서 달라진 대우를 느끼는 동안, 태현도 비슷한 걸 겪고 있었다.

"안녕하세요."

"아, 저번에 대회 봤어. 아들이 '이거 그 형 아니에요?' 말해줘서 봤는데 진짜더라고. 하하. 대단하던데?"

운동하다가 약수터에서 얼굴을 익힌 동네 아저씨들이 알아보는 수준! 한 바퀴 동네를 도는 동안 '허허 손자가 자네 이야기를 하던데' '아들이 너 만나면 사인 좀 해달라고 하더라' 같은 소리를 계속 들으니 기분이 묘했다.

'판온 1 때는 이런 일이 없었는데……'

판온 1 때는 완전히 신분을 숨기고 살았으니 이런 일이 없었다. 판온 1도 인기가 있긴 했지만, 2와 비교하면 차원이 다른 수준이기도 했고.

사실 태현이 지나치게 조용히 살고 있는 편이기는 했다.

이 주변 건물과 땅들은 전부 김태산의 소유. 그런 건물주의 아들인데도 주변 사람들은 태현을 거의 못 알아보았다.

약수터의 아저씨들도 '저 젊은이는 맨날 운동 오네. 일 안 하나?' 싶은 눈으로 쳐다볼 정도였으니!

탁-

"총각. 오랜만이야."

"안녕하세요."

강씨 순댓국밥집 주인, 강현숙이 태현을 알아보고 반갑게 인사했다.

"요즘은 얼굴이 뜸하네? 우리 집이 맛이 없어졌나?"

"아니요. 일이 좀 바빠서요."

대회에 방송에…… 운동도 집에 설치된 장비로 하고 넘겼으니…….

"호호. 대회는 잘 봤어."

"네?! 대회를 보셨다고요?"

태현도 좀 놀랐다. 아무리 봐도 어울리지 않는 조합이었던 것이다. 강씨 아주머니와 판온이라니!

'아니, 생각해 보니 판온 안 할 거 같은 사람들도 다 하긴 하네.'

"왜, 우리 딸이 유일하게 하는 게 그거잖아."

일도 취미도 요리인 주현영이라, 현숙은 걱정이 많았다. 여러 취미를 추천해 봤지만 그나마 하고 있는 게 판온!

"아. 그래서……."

"그러고 보니 우리 딸은 판온에서 뭐 하는지 궁금하네. 친구들 많이 사귀고 그러지?"

"어……."

'판온에서도 요리만 하던데요'라고 말하려던 태현은 멈칫했다. 기대 가득한 아주머니의 눈동자! 차마 진실을 말할 수가 없었다.

"……그럼요!"

"다행이네!"

거짓말은 아니었다. 일단 주현영도 요리사 플레이어들 친구는 꽤 있을 테니까.

부우웅- 부우웅-

후배 정수혁이었다.

"이런! 대회 예선 탈락한 수혁이잖아! 무슨 일이니?"

"선배님……."

"농담이야."

대회에 탈락하고 나서 정수혁은 한동안 연락 두절이었다. 태현에게 '저희 팀의 경기를 지켜봐 주십시오!'라고 자신 있게 말하고 나서 탈락한 것이다. 망신 중의 개망신!

태현을 존경하고 있는 정수혁에게 이 패배는 정말 부끄러웠다. 물론 태현은 끝나자마자 잊어서 별로 상관하지 않았지만…….

"그래서 무슨 일이지?"

"아. 상담할 게 있어서…… 그리고 또 그…… 으으……."

태현은 의아해했다. 상담이야 정수혁은 원래 별 쓸데없는 것까지 다 상담하려고 하는 후배였으니 별로 놀랍지 않았다.

근데 다른 용건이 뭐길래 저렇게 망설이지?

"뭐 일단 와라."

"네? 어디로요?"

"저번에 갔던 순댓국밥집 기억나지? 거기로 와."

"알겠습니다."

전화를 끊은 태현은 고개를 끄덕이며 아주머니에게 말했다.

"지금 국밥 먹으러 가도 되죠?"

"물론이지, 총각. 총각은 언제 와도 환영이야."

아주머니는 태현의 등을 두드리며 환하게 웃었다.

"뭐래? 된대?"

"어, 그게, 오라고는 하셨는데……."

"좋아! 잘했어!"

"어…… 선배님들 오라고 하신 건 아닌 거 같은데요……."

정수혁은 우물쭈물거렸다. 주변에는 정수혁의 선배들이 있었다. 그들은 정수혁의 말은 듣고 있지 않았다.

정수혁의 과 선배이자, 태현의 과 후배들!

'으으…… 이러면 선배님이 화내실 거 같은데…….'

정수혁은 초조해져서 안절부절못했다. 이 모든 일의 원인은 정수혁이 받은 연락 하나 때문이었다.

그 연락은 다름 아닌 프로게이머 팀 입단 제안! 비록 예선에서 탈락했지만, 정수혁이 보여준 실력(착각이었지만)과 화려한 마법은 다른 사람들이 탐내기 충분했다. 그것 때문에 제안이 온 것이다.

─네게는 미래가 있어 보인다. 우리 팀에 입단해서 훈련받지 않겠냐?

제안을 받은 정수혁은 같이 뛴 친구들에게 말했고, 친구들은 뛸 듯이 기뻐했다. 그리고 덕분에 소문이 퍼진 것이다.

정수혁이 프로게이머 팀 입단 제안받았다는데?→뭐? 어떻게?→그 김태현 선배랑 친하게 지내면서 특훈 받았다는데?→나도 한번 들어보자! 정수혁 그 곰 같은 녀석이 할 수 있으면 나도 할 수 있을 거 같아!

이렇게 퍼진 소문들! 도중에 '그 선배 막 성격 더럽다고 하지 않았냐?', '동환이 형이 얻어맞았다고 했던 거 같은데' 같은 말들이 나오긴 했다.

예전에도 한 번 비슷한 일이 있었지만 이번에는 차이점이 있었다. 태현이 대회에 나가서 결승까지 진출하고, 다른 방송에도 나왔다는 점이었다.

'에이, 그거 헛소문 같아. 동환이 형이 성격이 좀 그렇잖아. 자기가 져서 그런 거 아닐까?', '성격 나쁜 사람이면 수혁이를 훈련시켜 주지 않았겠지', '맞아. 방송 봤는데 사람 진짜 좋더라. 오히려 성격 더러운 건 그 옆에 있는 케인이지.', '팀 내에서 케인이랑 도동수가 성격 더러운 편이고, 김태현 선배가 중재하는 역할이래.'

케인이 듣는다면 목덜미를 잡고 쓰러질 소리들!

어쨌든 그래서 그들은 정수혁에게 우르르 몰려갔다.

–그래서 이렇게 됐으니 만나게 해줘라!

친구들이라면 거절을 했겠지만 치사하게 나이로 밀고 들어오는 선배들이었다. 결국 정수혁은 그들을 데리고 국밥집으로 향할 수밖에 없었다.

"현영아. 저 국밥 좀 갖다 주렴."

"네? 아주머니는 어디 가셨는데요?"

이 주변에서 맛집으로 소문난 순댓국밥집이었기에, 서빙하는 사람은 따로 있었다. 그렇지만 강현숙은 단호했다.

"잠시 배가 아프셔서 화장실에 가셨나 보다."

"……두 분이 다요?"

"그래! 갖다 주렴! 손님 기다리시잖아! 빨리!"

강현숙은 주현영의 등을 떠밀고 흐뭇하게 웃었다. 이게 바로 자식을 배려하는 어머니의 마음!

태현은 보면 볼수록 마음에 드는 총각이었다. 건물주 아들에 성격 서글서글한 건 기본이고, 거기에 요즘 대회에 방송까지 나오지 않는가. 저 정도면 요즘 보기 드문 총각!

'앗! 현영이가 자리에 앉았어!'

국밥을 들고 나갔던 주현영이 태현을 발견하더니 인사하고 앞에 앉았다. 그리고 진지하고 심각한 태도로 이야기를 시작했다.

"어머, 어머, 어머……."

"쟤가 걔예요?"

"그렇다니까!"

화장실 갔던 두 아주머니도 순식간에 나타나서 강현숙과 같이 호들갑을 떨었다.

"현영이가 일하는 도중에 저렇게 딴청을 피우다니."

"이건 정말 대단한 일이지! 안 그래?"

"무슨 얘기를 저렇게 열심히 하는 거래?"

아주머니들인 기대 가득한 눈빛으로 쳐다보는 것과 달리, 태현과 주현영은 매우 현실적인 대화를 하고 있었다.

"지금 에랑스 왕국 요리사들도 비상이에요. 곧 국왕의 생신이라 특별한 요리를 준비해야 하는데 지금 기본 재료들이 다

동난 상태라……."

"그렇군. 에랑스 왕국 요리사들은 전부 다 내야 하나?"

"저처럼 왕국에 소속되어서 일하는 요리사들은 필수고, 소속 안 되어서 일하는 요리사들은 필수까지는 아니지만 엄청난 기회죠. 이런 퀘스트가 흔한 게 아니거든요."

명성+공적치 포인트+경험차+골드+스킬 경험치 보상 등등……. 국왕이 들어간 요리 퀘스트다 보니 요리사들에게는 거의 천금 같은 기회였다. 저번 콘테스트를 뛰어넘는 기회!

태현은 진지한 얼굴로 주현영의 말을 듣고 있었다. 그도 일단 요리 스킬이 주력 스킬이기는 했다.

이제까지 수많은 위기를 요리로 해결해 오지 않았던가! 게다가 주현영이 제자로 등록되어 있는 덕분에 지금도 요리 스킬 경험치는 알뜰하게 들어오고 있었다. 처음에 제대로 골랐던 것이다.

'솔직히 다른 쟁쟁한 요리 길드들 제치고 주현영이 콘테스트 우승한 게 많이 예외긴 했지.'

태현이 억지로 우승시킨 느낌이긴 했지만 어쨌든 우승.

그걸로 태현도 덕을 많이 본 셈이었다.

"어떻게 하려고?"

태현은 주현영을 도와줄 생각이었다.

네가 이기면 나도 좋다!

"일단 재료를 최대한 모아보려고요. 안 되는 대로 해봐야죠. 다행히 논밭에서 자라는 재료들만 동난 상태고 동물이나 생선 같은 건 구할 수 있으니 최대한 그런 식으로 어레인지를……."

"물러!"

"?!"

"다른 놈들은 분명 돈으로 밀어붙여 올 거야! 재료가 동나기는 했지만 비싸게 내면 경매장에서 살 수는 있거든!"

유 회장이 고급 이상의 농산물들을 싹 쓸어 모으고 있기는 했다. 그러나 개개인이 팔려는 물건들을 모두 다 통제할 수는 없는 법. 따로 연락하거나 하는 식으로 거래하는 방법은 있는 것이다.

"이럴 때일수록 비싸고 화려하게 요리를 해서 다른 경쟁자 놈들의 콧대를 짓밟아줘야지!"

"어…… 저는 진심을 담아서 요리하면 이런 상황을 극복할 수 있다고 생각했는데요……."

정반대 성향인 둘이었다.

"아니야! 내가 도와줄 테니까 짓밟아 버리자고!"

"……사양할게요."

태현은 깜짝 놀랐다. 그녀가 거절할 줄은 몰랐던 것이다.

"어째서?"

"저번에 독 타셨잖아요."

"……독은 아니었는데."

"위장잠입도 하셨고……."

"……그건 어쩌다 보니 그렇게 됐네. 하하."

태현도 할 말이 없었다. 저번 콘테스트 때, 귀족으로 위장

잠입해서 다른 플레이어의 요리에 독 비슷한 걸 넣었던 것이다. 자기를 위해서 해준 것이니 주현영도 감사하기는 했지만, 이런 걸 두 번 하고 싶지는 않았다.

"알겠어. 그런 짓은 안 할게."

"정말요?"

"나는 거짓말을 안 해."

"정말요?"

방금과 다른 의미의 '정말요'였다.

"웃으면서 사람을 공격하는 게 이세연보다 더 심한데……."

"네?"

"아무것도 아니야. 어쨌든 지원만 해줄 테니까 나머지는 알아서 하면 돼. 지원만 충분하면 나머지는 다 알아서 할 수 있을 테니까."

태현은 주현영의 요리 실력을 믿었다. 다른 시꺼먼 속셈을 가진 요리사 플레이어들과 비교한다면 못 미치는 점도 분명 있었다. 그러나 그걸 뛰어넘는 장점도 있었다.

그중 하나가 저런 우직함! 태현은 정수혁이나 주현영처럼 남들이 뭐라고 하든 간에 자기 길을 묵묵히 파는 사람을 좋아했다. 물론 우승하면 요리 스킬 경험치를 또 추가로 받는 것도 있었지만. 사실 그게 주목적이긴 했다.

"좋아. 전략을 짜보자."

말하면서 태현은 속으로 생각했다.

주현영에게 안 들키고 수작을 부릴 방법은 없을까?

"선배님!"

"어. 수혁아."

정수혁을 본 태현은 손을 흔들어주었다. 그러나 그 뒤로 처음 보는 놈들이 우르르 같이 들어오자 태현은 어이가 없다는 표정을 지었다.

"선배님!!"

"너희는 누구냐?"

떨떠름한 목소리.

"안녕하십니까! 저는 국어국문……."

"아. 됐고. 여긴 왜 왔는데. 국밥 먹으러 왔나? 수혁이가 국밥 맛있다고 자랑했어?"

"아뇨, 그게 아니라……."

대답도 듣기 전에 태현이 손짓했다.

"국밥집에 왔으면 국밥 시켜야지."

"아, 예!"

태현은 그사이에 손가락으로 신호를 보냈다. 정수혁이 죄지은 얼굴로 다가오자 작게 말했다.

"뭐냐?"

"그, 저 선배님들이……."

"흠. 흠흠."

태현은 고개를 끄덕이며 상황 설명을 들었다. 이해 완료!

"나랑 만나고 싶은데 그냥 연락하기에는 좀 뭐하니까 널 괴롭혀서 연락처를 뺏어냈다?"

"아, 아뇨. 괴롭히지는 않았는데요."

"아. 그러면 널 구타하고 폭행해서 연락처를 뺏어냈나?"

"네?! 아니……."

"방금 '네'라고 했군."

"그게 아니라요!"

"더 심하게 했다는 거군."

이미 심기가 꼬인 태현은 알아서 좋은 대로 듣고 있었다. 그 사이 후배들은 신나서 시시덕거리며 국밥을 기다리고 있었다. 불길한 대화가 오가고 있다는 건 모르고 있는 눈치였다.

"자. 나왔습니다!"

'이 눈치 없는 놈들이 한참 분위기 좋을 때 와가지고……'

왠지 모르게 아주머니들의 눈빛이 이상했지만 후배들은 신경 쓰지 않기로 했다.

"헉! 맛있다?!"

"정말 맛있는데?!"

"자. 일어나자."

후배들이 한 숟갈 뜨자마자 일어서 버리는 태현.

"선배님?!"

"난 다 먹었다. 늦게 먹은 너희들 잘못이지."

이때 후배들은 눈치를 챘어야 했다. 소문은 언제나 이유가

있다는 것을! 그렇지만 욕심에 눈이 먼 그들은 포기하지 않고
후다닥 자리에서 일어섰다.

"그래. 나한테 가르침을 받고 싶다⋯⋯."

"네! 수혁이처럼요!"

"수혁이처럼이란 게 정확하게 뭔 소리지?"

"수혁이가 게임 엄청 못 하잖습니까. 그런데도 수혁이가 저
정도 된 거 보면 선배님이 잘 가르쳐 주셔서겠죠. 하하!"

"그래. 하하. 너 직업이 뭐지?"

"마법사입니다."

"마법 스킬 몇 찍었나?"

"중급 2 찍었습니다!"

"그래. 그래. 그랬구나."

태현의 웃음이 점점 더 인자하게 변해갔다. 그걸 본 정수혁
은 공포로 덜덜 떨었다. 저건 함정을 파고 사람을 문을 때 보
여주던 미소!

"너 정도면 조금만 배워도 수혁이보다 더 잘할 거 같다. 그치?"

"그, 그런가요? 사실 저도 그렇게 생각을 하고 있었⋯⋯ 수
혁이보다는 제가 낫죠!"

태현이 내미는 미끼를 덥석덥석 받아먹는 그들! 띄워준다고
생각했는지 신이 난 그들은 이것저것 말하기 시작했다.

"저번 방송 재미있게 봤습니다! 별 이상한 퀴즈들도 다 맞추시던데요! 그거 사전에 각본 준 건가요? 저도 나중에 나가볼 수 있을까요? 한번 불러주시면⋯⋯."

"다 왔다."

태현이 갑자기 발걸음을 멈추자 그들은 고개를 갸웃거렸다. 앞에 있는 건물은 체육관 건물이었다.

"수혁이가 나한테 배우고 많이 늘었지. 근데 수혁이가 어떻게 배울 수 있었는지는 말 안 해줬냐?"

"⋯⋯?"

"나하고 PK를 해서 버티는 데 성공했거든."

"오⋯⋯ 오오! 그런 거군요!"

"자. 들어와라."

"네? 여긴 체육관이잖아요?"

PK를 하려면 캡슐방이나 캡슐로 가서 판온에 접속을 해야지, 왜 체육관?

"PK 안 할 거야?"

"어⋯⋯ 안에 캡슐이 있나요?"

"캡슐은 없고 글러브는 있지."

후배들의 얼굴에 핏기가 가셨다. 태현은 정수혁에게 눈빛으로 말했다.

'입 다물고 가만히 있어라!'

"자. 자. 들어가. 들어가. 이것들아."

후배들을 안으로 밀어 넣고 태현은 문을 잠가 버렸다.

"아저씨, 오랜만입니다."

"태현이냐? 네가 무슨 일로?"

아버지 김태산의 오랜 친구이자, 리×지 혈맹에서는 NO2, 그리고 판온에서는 〈아다만티움 이빨을 가진 오크 투사〉, 현실에서는 체육관 관장인 양성규였다.

"스파링 좀 하러 왔는데요."

"……저 친구들이랑?"

양성규는 떨떠름한 목소리로 물었다. 아무리 봐도 초짜들!

"네!"

"저 친구들이랑 다 같이 동시에?"

"아뇨. 일대일로요."

"넌 양심이 없냐?"

이것저것 안전 강의를 하고 태현한테는 '자제해라', '구급차 부르게 하지 마라', '너 메이크업 어디서 했냐 진짜 대단하더라' 같은 소리를 한 다음, 양성규는 자기 할 일을 하러 갔다. 체육관에는 진지하게 훈련하고 있는 다른 사람들이 많았던 것이다.

"저, 선배님……."

"왜?"

"PK가 설마 현실에서 싸우는 거였나요?"

"그런데?"

"아, 아니. 그런 게 어디 있어요?!"

"여기 있지. 싫으면 가도 된다. 수혁이는 계속 두들겨 맞으면서 버텼거든. 내가 그 근성에 감동했지."

정수혁은 부끄러워서 얼굴을 숙였다. '여자친구 사귀고 싶어요!'라고 말했던 기억이 생생!

"……저는 하겠습니다!"

"오. 좋아. 아주 좋아."

태현은 흡족하다는 듯이 고개를 끄덕였다. 여기서 좋다는 건 상대의 태도가 좋다는 게 아니었다. 패주고 싶었는데 올라와서 좋다는 것!

"자자. 헤드기어 쓰고 글러브 쓰고 이거 물고 아파도 좀 참아라."

"선배님 제가 사실 권투를 몇 년 배운 적이……."

"그래. 그래. 몇 년이고 지×이고……."

"방금 욕하셨어요?"

"네가 잘못 들은 거겠지. 체육관이 시끄럽잖아?"

태현의 천연덕스러운 말에 후배는 넘어가 버렸다.

'수혁이가 버틸 정도면 나도 버틸 수 있겠지.'

정수혁은 과에서 순둥이로 알려진 놈이었다. 겉모습만 험악할 뿐 여러모로 둔한 후배! 그런 수혁이 저렇게 인정을 받고 활약한다는 건, 다른 사람들에게 질투를 사게 만들었다.

여기 온 이들은 정수혁을 질투하고 얕보고 있었다. 그리고 태현은 그들의 속마음을 완전히 꿰뚫어 보고 있었고.

'어떻게 패줄까…….'

'선배님 공격해도 되나? 화 안 내시겠지? 오히려 패기 넘친다고 좋아하지 않으려나?'

말한 대로 지금 후배는 권투를 몇 년간 배운 적이 있었다.

'좋아, 가보자!'

"응?"

쉭! 퍽!

"아차."

달려드는 후배를 일격에 카운터로 넘어뜨리고 나서, 태현은 혀를 찼다. 좀 두들겨 패려고 했는데 일격에 끝내 버리다니.

"어…… 방금 무슨 일이 있었죠?"

"아무 일도 없었어. 자자. 일어서, 일어서. 좀 더 놀자고."

"예!"

아직도 태현의 속셈을 눈치 못 챈 후배는 냉큼 일어섰다.

쉭! 퍽!

"자자. 일어서! 일어서!"

"어…… 저…… 선배님…… 뭔가 이상한데……."

처음에는 기다리는 눈빛으로.

-내 차례는 언제 오냐?
-나도 올라가서 버텨볼래!
-내 근성을 보여주겠어!

그다음에는 뭔가 이상하다는 눈빛으로.

-언, 언제 합격시켜 주는 건데?

-왜 안 끝나?

마지막에는 깨달은 눈빛으로.

-소문이 사실이었구나!

-동환이 형이 말한 게 사실이었어!

-도망가자!

방송과 대회에서 보여주던 모습 때문에 갖고 있던 착각이 드디어 깨졌다.

"저희는 이만 가보겠습니다!"

"잠깐만. 아직 하지도 않았는데……."

"급한 일이 생겨서요!"

"다음 강의가 있어서요!"

"국밥을 먹고 체했나 봅니다!"

우르르!

"저, 저, 저, 비겁한 새×들……!"

혼자만 두들겨 맞은 후배는 울상이 되어 친구들을 욕했다. 정수혁이 짠한 표정으로 태현에게 속삭였다.

"선배님. 김세형 선배님이 그래도 나쁘신 분은 아닙니다."

"넌 둔한 거냐, 아니면 멍청한 거냐? 쟤가 너 무시하던 거 안 보이냐?"

"그건 그렇지만 다른 사람들도 절 무시하는 건 마찬가지고……."

"……."

"방금 그건 제가 생각해도 좀 아닌 것 같습니다."

"그래. 알면 됐다."

"어쨌든 그거 말고는 저한테 친절하게 대해주십니다! 성격이 좀 그래서 그렇지 나쁜 분은 아닙니다! 다른 분들과는 좀 달라요!"

"단점 다 빼놓고 보면 안 착한 놈이 어디 있냐?"

말은 그렇게 했지만 태현의 기세는 한풀 꺾여 있었다. 정수혁이 저렇게 말하는 걸 보면 다른 때에는 나름 잘 챙겨준 모양이었다. 물론 그렇다고 재수 없는 게 어디 가지는 않았지만!

혼자 남은 김세형이 눈치를 보며 말했다.

"헉, 헉헉…… 저, 저도 포기해도 될까요?"

"뭐야. 좀 더 하지?"

"저, 저는 무리일 거 같아서……."

"수혁이도 할 수 있는데 너도 할 수 있지! 파이팅! 일어나! 힘내!"

"아니, 저는 안 될 것 같은……."

"수혁이보다 못하다는 거냐?"

"끄으응…… 일어납니다! 일어나요!"

그리고 30분 후.

"저는 수혁이보다 못납니다! 집에 보내주세요!"

"좋아. 드디어 정신을 차렸군. 합격!"

"네? 합격이요?"

합격이란 소리를 들었는데도 김세형은 기뻐하지 못했다.

오히려 당황스러워하는 눈치!

"왜. 싫어?"

"아, 아니요. 좋은데요."

"그래. 기쁘지?"

"네……."

"기쁜데 왜 그렇게 시무룩한 표정이야? 웃어. 웃으라고."

"하, 하하하?"

"그래. 그렇게 웃어야지."

"하하하하……."

김세형은 두들겨 맞은 충격으로 약간 넋이 나가 있는 상태였다. 정신이 돌아오자 기쁨과 걱정이 동시에 몰려왔다. 어쨌든 시험을 통과했고 같이 다니면서 배울 수 있게 됐다는 건 기쁘긴 했다. 판온에서 태현은 최고였으니까! 그렇지만…….

'아, 왜 이렇게 무섭지?'

오늘 하나 배운 게 있다면, 소문이 도는 데에는 이유가 있다는 것!

'동환이 형 말을 믿을걸……!'

태현에게 덤볐다가 두들겨 맞은 것 때문에 원한을 품고 있는 김동환. 매번 술만 마시면 '김태현 그놈이 말이야! 어! 아주 나쁜 놈이야!'라며 추태를 부렸다.

처음에는 '아, 정말 그런가요?' 했던 후배들이었지만, 시간이

지나면 지날수록 '저 인간 언제까지 저러냐?'로 바뀌었다. 그리고 태현이 방송에 얼굴을 내밀기 시작하고 나서부터는 완전히 뒤집혔다.

－저거 그냥 자기가 시비 걸어놓고 거짓말하는 거 아니야?
－맞아. 그런 거 같아. 김태현 선배가 그럴 사람 같지는 않더라.

김세형도 김동환의 말을 믿지 않고 있었지만, 이제는 믿을 수밖에 없었다.

'정말 두들겨 맞은 게 분명해!'

김세형이 두려움과 걱정에 떨고 있는 동안, 태현은 시원해진 얼굴로 정수혁에게 말을 걸었다.

"재밌었다. 그렇지 않냐?"

"……."

"그런데 너 나한테 뭐 이야기할 거 있다고 하지 않았나? 저거 말한 거야?"

태현이 김세형을 저거라고 말한 게 신경이 쓰였지만 정수혁은 고개를 저었다.

"아닙니다. 다른 거 때문에……."

"뭔데?"

"제가 제안을 받았습니다."

정수혁은 간단하게 설명을 시작했다. 이번 대회에서 예선 탈락을 하긴 했지만, 정수혁이 보여준 '실력' 때문에 제안을 해온 팀이 있다고.

태현은 고개를 갸웃거리며 물었다.

"실력?"

"……."

"아니. 왜 부끄러워하고 그래. 운도 실력이지!"

"아닙니다……!"

태현이 격려를 해주니 그게 더 마음이 아팠다.

"근데 제안이 들어온 거면 좋은 거 아닌가? 넌 어떤데. 해보고 싶냐?"

"……해보고 싶긴 합니다!"

정수혁은 눈빛을 빛내며 말했다. 태현처럼 프로게이머로 뛰어보고 싶었다. 대회에 나가 수많은 사람들의 응원을 받으며 실력을 보여주고 싶었다.

태현이 먼저 앞서서 간 길은 그대로 정수혁의 목표가 되었던 것이다.

"그러면 해보면 되지 않나? 뭐가 문제인데?"

"그쪽에서는 일단 연습생으로 시작해 보라고 하더군요. 실력을 보여주면 올려주겠다고."

"음…… 그럴 수 있지."

"그리고 합숙을 하면서 실력을 키워야 한다고……."

"그것도 그럴 수는 있겠지."

예전 게임과 달리, 가상현실게임은 캡슐에 들어가면 어디 있는지 상관없이 같이 플레이할 수 있었다. 굳이 합숙이 필요한가 싶었지만 태현은 뭐라고 하지 않았다.

팀이 그렇게 한다면 이유가 있는 거겠지!

"아, 역시 다 그런 건가요?"

"크게 이상한 건 없는데?"

"그렇군요! 저는 그 비용이나 그런 걸 일단 제가 내야 한다고 해서 좀 이상하다고 생각했는데……."

"그건 아니지."

태현은 정색하며 말을 잘랐다.

"네?"

"뭐 하는 놈들인데 연습생 시켜준다면서 돈을 받아가? 미쳤냐? 뭐 이런 사짜 같은 놈들이…… 이름 내놔봐."

돈에 관해서는 철두철미한 태현이었다. 다른 건 몰라도 지금 조건에서 사기는 거의 확실!

"팀 XD? 여기 뭐 하는 곳이야?"

잠깐 생각에 잠겼다. 이런 걸 가장 잘 아는 사람은?

-여보세요?

"어. 나야. 너 혹시 팀 XD란 곳 알아?"

-……다짜고짜 전화해서 한다는 소리가…… 너 내가 바쁠수도 있다는 생각은 안 해봤어?

이세연은 어이가 없다는 듯이 대답했다. 그녀 주변 사람들 중에서 태현처럼 그녀를 대하는 사람은 아무도 없었다.

"지금 바빠?"

-그건 아닌데…….

"그러면 물어봐도 되겠네. 그래서 뭐 하는 곳인지 아냐고."

-프로게이머 팀이잖아…… 거기는 왜? 너 혹시 제안받았어? 받았구나?

말하던 이세연은 손뼉을 쳤다. 태현 정도 되는 선수가 제안을 안 받을 리 없었던 것이다.

"내가 받은 건 아니고 내가 아는 사람이 받았어."

-그래? 너는?

"나는 못 받았지."

-정말로? 말이 안 되는데…….

"그게 중요한 게 아니라, 어떠냐고."

-음. 거기 소문 별로 좋은 편 아니야. 대우도 안 좋고 안에서 안 좋은 말들도 이것저것 들리고. 추천하지는 못하겠는데.

"그래. 알겠어. 고맙다. 이만 끊을게."

-야, 잠깐만. 너 할 이야기만 하고 끊는 게 어디 있…….

대답을 얻은 태현은 망설이지 않고 전화를 끊었다.

"야. 소문 안 좋단다. 여기는 가지 마라."

태현은 더 이상 생각할 것도 없다는 듯이 단호하게 말했다. 그 말에 옆에서 뻗어 있던 김세형이 태현을 황당하게 쳐다보았다.

아무리 그래도 그렇지, 저런 기회도 아무 때나 얻을 수 있는 게 아니었는데 저렇게 쉽게 말하다니. 조금 더 설명을 하거나, 대신할 방법을 말해줘야 하지 않나?

그러나 정수혁의 반응은 더 단호했다.

"네. 그러면 그렇게 하겠습니다."

생각할 것도 없다는 듯이 고개를 끄덕이는 정수혁!

그러는 사이 양성규가 다가왔다.

"아저씨."

"너희 언제까지 있을 거냐? 아까 그 친구들은 다 나갔던데."

"다 끝났습니다. 이제 갈 거예요."

"그래. 빨리 가라."

양성규가 시계를 확인하며 재촉하자 태현은 의아해했다.

"뭡니까? 무슨 일이라도 있어요?"

"좀 있으면 방송국 사람들 오거든."

양성규는 귀찮다는 듯이 설명했다. 그의 체육관이 잘나가는 체육관인 만큼, 꼭 선수들만 다니는 건 아니었다. 운동에 관심 있는 연예인들도 몇 명 다니는 것!

그중 한 명인 배우 김춘식도 여기를 다니는데, 출연하는 예능 프로를 찍느라 잠시 여기를 들르겠다는 것이었다.

"뭘 예능이 체육관에서 찍어요? 그거 되게 재미없겠다."

태현의 말을 들은 양성규가 기가 막힌다는 듯이 물었다.

"너도 방송하면서 그런 소리를 해도 되나?"

"뭐 듣는 사람도 없는데……."

"나도 몰라. 그냥 하루 일상을 찍는다는데 우리 체육관 다니는 회원이 부탁하니까 그러라고 해줬지."

양성규의 말에 태현은 주변을 둘러보았다.

'아. 그런 거였군.'

"헛둘! 헛둘!"

"훅훅! 훅훅훅!"

체육관 선수들이 아까부터 이상하게 주변을 의식하며 운동을 하고 있었다. 곧 올 방송국 사람들 때문이 분명했다.

"그러면 전 이만 가보겠습니다."

"그래. 형님에게 인사 전해 드리고…… 맞다. 너 그 메이크업 어디서 했냐?"

체육관 계단을 올라가려던 PD는 위에서 어디서 본 것 같은 얼굴을 발견했다.

'어디서 봤더라?'

운동선수 같은 체격에, 매섭고 사나워 보이는 얼굴. 저기서 눈매를 좀 다듬으면 분명…….

"아, 김태현 선수!"

"절 아세요?"

"당연히 알아보죠! 대회 재밌게 보고 있습니다. 저번에 그 쇠사슬! 으하하! 혹시 케인 선수는 없나요?"

"덕수는 여기 없는데……."

"케인 선수 본명이 김덕수였어요?!"

처음 만나자마자 친근감을 표하는 PD의 모습! 방송계에서 십 년 넘게 굴러 잔뼈가 굵은 그였다. 처음 보는 사람과 친해지는 건 일도 아니었다. 게다가 PD는 실제로 김태현을 좋아했다. 대회도 그렇고 방송도 그렇고 싫어할 이유가 없었던 것이다.

"그나저나 대회를 챙겨 보실 줄은 몰랐는데요."

"왜요? 판온이 얼마나 인기가 많은데요. 저도 그렇고 김춘식 씨도 판온 좋아해요. 출연진들끼리 같이 파티 사냥도 하거든요. 아. 이건 비밀입니다. 알려지면 팬들이 찾아오거든요."

PD는 눈을 찡긋거렸다.

바쁜 연예인들에게 판온은 좋은 취미였다. 언제 어디서든 잠깐 캡슐에 들어가 새로운 세계를 즐길 수 있는 것!

"이렇게 만난 것도 인연인데 언제 한 번 같이 파티 플레이 하죠! 김태현 선수와 같이 하면 영광일 겁니다."

"뭐 기회가 된다면야."

"그리고 케인 선수도 꼭! 데리고 와주세요."

PD의 진심 담긴 말에 태현은 놀란 눈으로 쳐다보았다.

이 사람…… 케인 팬이구나!

태현이 그를 신기하다는 듯이 보고 있다는 걸 눈치 못 채고, PD는 말을 이었다.

"그러고 보니 저번 인터뷰 참 재밌었습니다. 저희 방송국 프로에도 좀 나와 주셔야죠. 언젠가는 그래 주실 거죠?"

"제가 나가서 뭐 할 게 있어야 나가죠."

"에이. 태현 선수가 마음만 먹으면 나올 수 있는 게 얼마나 많겠습니까. 의지만 있으면 문제가 안 돼요. 그리고 당장 저희 프로도 가능하지 않겠습니까?"

무슨 지나가는 인사 삼아서 말한 게 아니라, 지금 당장 끌

고 가서 출연시키려는 기세! 옆에서 듣고 있던 김세형은 입을
벌렸다.

'뭐 능력이 저렇게 좋냐?'

점점 더 멀게 느껴지는 태현의 모습!

방금까지 신나게 두들겨 맞던 게 거짓말처럼 느껴질 정도였
다. 아니, 오히려 영광처럼 느껴질 정도!

"저희 프로는 연예인 아닌 분들도 많이 나와요. 특성상 게스
트들이 많이 나와서……."

PD가 진행하는 프로는 SBC의 〈혼자 사는 인간들〉이라는
프로였다. 얼핏 보면 무슨 쓸쓸한 다큐 같은 제목이었지만, 실
제로는 혼자 사는 연예인들의 일상을 다루는 유쾌한 예능이
었다. 일상을 통째로 다루는 만큼 다른 게스트들도 나오기 쉬
웠고 꼭 연예인일 필요도 없었다.

"태현 선수는 혼자 사시나요?"

"아뇨. 부모님하고 같이 사는데요."

"이런. 아쉽군요. 혼자 살게 되면 꼭 연락 주시죠!"

"어…… 음…… 네……."

태현은 떨떠름하게 고개를 끄덕였다. 훨씬 나이 많은 사람이
저렇게 초롱초롱하게 눈빛을 빛내며 말을 해오자 은근히 거절
하기 힘들었다. 역시 방송국 PD는 아무나 하는 게 아니었던 것!

'젊은 데다가 능력도 있으니 곧 독립해서 살겠지. 후후. 어떻
게 살지 뻔히 보이는군!'

PD는 속으로 음흉하게 웃었다. 아직 젊은 태현이 혼자 자

취를 시작하면 그 좌충우돌이 뻔히 보였다. 그리고 그것은 그대로 방송의 재미가 되리라!

그러나 PD는 알지 못했다. 태현이 얼마나 금수저인지를.

"그런데 김태현 선수. 묻는 걸 까먹을 뻔했는데 여기는 무슨 일로?"

"아, 저도 여기 다니거든요. 잠깐 후배를 팰…… 아니, 후배랑 놀 일이 있어서……."

"그래요?! 이것도 인연이네요!"

"아닌 거 같은데요."

그러나 PD는 이미 태현의 팔을 붙잡은 뒤였다.

CHAPTER 7

"춘식이랑 스파링 뛸 사람?"

선수 전원이 손을 들었다. 양성규가 그걸 보고 고개를 저었다. 그리고 다시 말했다.

"방송이다. 춘식이랑 스파링 '적당하게' 뛰어줄 사람?"

그러자 손을 든 선수 전원이 손을 내렸다.

"이 자식들이⋯⋯."

배우, 김춘식은 체육관에서 여러모로 인기가 좋았다. 촌스러운 이름과 달리 꽃미남 그 자체인 얼굴! 게다가 잘나가는 배우인데도 성격이 거만하거나 재수 없지 않으니 완벽 그 자체였다. 선수들도 그걸 알고 있었다. 평소에는 그들도 김춘식을 좋아하고 친하게 지냈다.

그렇지만⋯⋯.

"관장님! 이번 기회가 아니라면 춘식이가 언제 망신을 당하겠습니까! 춘식이도 이런 경험을 해봐야죠!"

"맞아요! 춘식이 그 자식 너무 잘나가서 얄밉다고요! 이번에도 영화 대히트 쳤던데!"

"아이돌하고 열애설도 떴고!"

비뚤어진 애정! 좋아하는 건 좋아하는 거지만 너도 한 번 망신 좀 당해봐라!

질투의 눈빛으로 활활 타오르는 선수들을 보며 양성규는 한숨을 쉬었다. 나이 먹을 대로 먹은 놈들이 이러고 있다니. 이제 철들 때도 되지 않았는가!

물론 이러는 양성규도 판온에 들어가면 나이도 잊고 '형님! 저놈들을 모두 다 쓸어버립시다!' 이러고 다니긴 했지만……

"너희들이 춘식이를 질투하는 건 알겠는데……."

"질투하는 거 아닙니다!"

"우리가 왜 춘식이를 질투해요! 물론 잘나가고 잘생겼고 여자친구도 있지만!"

"……방송에 나오는데 춘식이를 죽어라 두들겨 팰 수는 없잖냐. 적당히 맞춰줘야지."

일상을 다루는 예능인데, 체육관에서 개처럼 두들겨 맞는 배우의 모습을 보여줄 수는 없었다. 출연진들이 원하는 것도 어디까지나 소소하게 운동을 즐기는 김춘식의 모습일 게 분명했다.

"관장님! 요새 시청자들은 진실을 원합니다! 방송용으로 가식적으로 촬영하다니! 그러면 안 되죠!"

"시끄럽다."

"우우! 우우우!"

선수들의 항의에도 양성규는 아랑곳하지 않았다.

"상철아, 네가 맡아서 해라. 너 정도면 괜찮겠지. 적당히 하는 거 잊지 말고."

"네!"

김상철은 반색하며 대답했다. 그 모습에 양성규는 생각했다.

'젊은 놈들 중 가장 뛰어나니까…… 나름 스타성도 되고.'

김상철은 체육관에서 기대하고 있는 선수 중 하나였다. 이미 몇몇 대회에서 메달을 확보한 전적이 있을 정도!

젊고 실력 있고 싸울 줄 알고, 거기에 양성규와 같이 김태산의 길드에 들어가 열심히 한다는 점이 플러스였다.

'방송에 얼굴 한 번 내밀면 상철이에게도 좋겠지.'

격투기 쪽에서 나름 잘나간다고 해도 결국 보는 사람들만보는 리그였다. 오래 활동하려면 어떻게든 사람들에게 이름을인식시켜야 했다. 사람들이 관심을 가지는 대회에서 메달을따든가, 아니면 다른 방법으로든 간에.

잘나가는 배우인 춘식이와 같이 스파링을 하게 되면 이름한 번 나올 수 있을 것이다. 운이 좋으면 거기서 더 관심을 받을 수도 있을 것이고.

"그렇군요! 혹시 다음에 파티 플레이하실 때 저도 불러주시겠습니까? 꼭 같이하고 싶습니다!"

뒤에서 익숙한 김춘식의 목소리가 들렸다. 양성규는 고개를 돌렸다. 김춘식과 PD가 태현을 사이에 두고 신나서 떠들고 있었다.

'……쟤는 왜 아직도 저기 있냐?!'

"아. 그렇군요. 그러면 저 같은 경우에는 중갑보다는 경갑으로 가는 게 더 낫겠군요."

김춘식은 물 만난 고기처럼 신이 나서 태현에게 물어보고 있었다. 처음 보는 사이인데도 마치 몇 년은 어울린 것처럼 친근한 태도! 옆에 있는 PD는 말릴 생각을 안 하고 같이 부추기고 있었다.

"다음에 같이 파티 플 하기로 했는데 같이 하면 좋겠지?"

"꼭 같이하고 싶습니다!"

'어쩌다 이렇게 잡혀 가지고…….'

태현은 슬슬 귀찮아지기 시작했다. 옆에서 정수혁과 김세형은 경외심 가득한 눈빛으로 태현을 쳐다보고 있었다. 처음 보는 방송국 사람들과 배우들이 저렇게 친근하게 대하다니!

물론 그건 둘의 생각이었고, 태현은 귀찮을 뿐이었다.

귀찮아진 태현은 머리를 굴렸다. 그리고 좋은 방법을 떠올렸다.

"아. 이세연 선수 소개시켜 드리겠습니다. 초보자들 데리고 다니는 건 저보다 이세연 선수가 잘하죠."

바로 이세연한테 떠넘기기! 실제로 네크로맨서인 이세연은 초보자들 데리고 몰이 사냥하기에도 더 편할 것이다. 소환수로 지켜주는 것도 가능하고!

"네? 이세연 선수한테 여쭤봤을 때에는 김태현 선수를 추천하시던데요."

태현은 뒤통수를 한 대 맞은 기분이었다. 먼저 당하다니!

'이세연, 두고 보자!'

물론 이세연은 '방송국 사람들하고 친해지는 것도 나쁘지 않겠네. 이건 김태현한테 양보해야겠다'라는 마음으로 추천한 것이었다.

"야, 태현아. 너는 왜 안 가고 거기 있냐?"

"아. 관장님. 죄송합니다. 지금 김태현 선수하고 판온 이야기하고 있었습니다. 하하하!"

PD는 양성규를 보며 웃었다. 웃는 얼굴에 침 못 뱉는다고, 양성규는 입맛을 다셨다. 없었으면 태현을 쪼았을 텐데!

"언제 시작합니까? 빨리빨리 하고 끝냅시다."

"그러죠! 준비 다 됐으니 이제 슬슬 시작해 볼까요?"

카메라가 준비되고 시작 신호가 들어가자 스태프들도 바로 움직이기 시작했다. 방금까지 놀고 있던 모습이 거짓말처럼 느껴질 정도로 숙련된 모습이었다.

그리고 한 가지 더. 김춘식 혼자 초점을 맞추는 게 아니라 태현에게도 초점을 맞추고 있었다. 이건 거의 둘이 같이 나온 거라고 봐도 되는 수준!

우연히 태현을 만난 PD가 기회를 최대한 활용하고 있는 것이었다.

'이런 기회를 그냥 날릴 수야 있나.'

판온 대회의 성과로 젊은 층 사람들에게 인기가 폭발하고
있는 태현이었다.

"야! 태현아! 장난하냐!"

"넌 다른 방송 나가도 되잖아! 왜 우리들 노는 데 와서 이러
는 거야!"

"맞아! 빨리 가라고!"

잠깐 쉬는 시간. 체육관 선수들은 항의했다. 체육관에 오래
다닌 선수들은 당연히 태현을 알고 있었다.

"아니, 제가 나가고 싶어서 나간 것도 아닌데……."

"나가고 싶어서 나간 게 아니라니. 뭐냐! 자기과시?!"

"우리도 TV에 얼굴 한번 내밀어보자! 넌 쉽게 나갈 수 있잖아!"

"나도 인기 좀 얻고 싶다고! 넌 내가 소개팅 나가면 무슨 소
리 듣는 줄 알아?"

진심이 담긴 항의! 처절한 항의에 태현은 살짝 미안해졌다.
원래 이런 걸로 절대로 미안해하지 않는 태현의 마음을 흔들
릴 정도의 호소였던 것이다.

"에이. 알겠어요. 좀 띄워 드리면 되죠?"

태현의 말에 선수들은 서로 쳐다보았다. 지금 저 소리는…….

"이다음에 스파링 좀 나올 거 같은데 올라오세요."

잡담하는 내용은 촬영이 끝났고, 이제는 김춘식과 태현이
잠깐 스파링하는 모습을 촬영할 차례였다. 그 스파링 상대로
나온다면 방송에 충분히 얼굴을 내밀 수 있었다.

거기서 멋진 모습을 보인다면? 제대로 폼을 잡을 수 있는 기회였던 것이다.

옆에서 구경하고 있던 정수혁은 속으로 감탄했다.

'역시 선배님이셔. 마음 씀씀이가 다른 사람들과 달라!'

그러나 정수혁과 달리, 태현을 오래 봐서 잘 아는 선수들은 미묘한 반응을 보였다.

"어……."

"음……."

"그게……."

갑자기 각자 다른 방향으로 고개를 돌리는 선수들!

정수혁도 의아해했고, 스파링이 준비되는 동안 기다리고 있던 PD도 의아해했다. 상황을 아는 양성규만 이해한다는 듯이 한숨을 쉬었다.

여기 있는 선수들은 다 한 번 정도 태현과 맞붙어 본 적이 있었다. 좀 더 정확하게 말하자면, 태현에게 두들겨 맞은 적이 있었다. 그것도 그냥 두들겨 맞은 게 아니라 개처럼!

그걸 잘 알고 있었기에 선수들은 서로 떠밀기 시작했다.

"야, 네가 해라. 네가 저번에 태현이랑 맞붙고 싶다면서."

"내가 언제!? 너 저번에 태현이도 이제 이길 수 있다면서. 네가 해라."

"태현아! 얘가 저번에 네 욕했다! 얘랑 해라!"

상식적으로는 이해가 가지 않는 상황에 PD가 혼란스럽다는 듯이 양성규에게 물었다.

"지금 왜 저러는 거죠?"

"태현이랑 스파링했다가는 카메라 앞에서 망신당할 테니까 저러는 거요. 쯧쯧. 저놈들 아직 멀었네."

"김태현 선수가 아니라 저분들이 망신을 당한다고요?!"

PD는 순간 귀를 의심했다. 한쪽은 프로게이머, 다른 한쪽은 전문 격투기 선수들. 그런데 전원이 다 겁을 낼 정도로 태현이 강하단 말인가?

물론 태현의 얼굴이 사람 한 명 정도는 묻은 것처럼 살벌하게 생기고 덩치도 조폭처럼 크긴 했지만……

"힉!"

PD의 시선을 느낀 태현은 고개를 돌렸다. 그걸 본 PD는 지레 찔려서 움찔했다.

'앞으로 대할 때 조심해야겠다.'

선수들이 서로 떠밀면서 아무도 나서지 않자 태현은 최대한 인자하게 웃으면서 말했다.

"에이, 진짜 봐주면서 할게요. 띄워 드린다니까요."

'오, 저러면 되겠군.'

PD는 태현의 말에 선수들을 둘러보았다. 저렇게까지 해주는데 설마 선수들이 피하겠어?

"안 믿어, 새끼야!"

"네 말을 믿느니 밥 사준다는 관장님 말을 믿겠다!"

"봐준다고 해놓고 나중에 '싸우다 보니 잊었어요~' 이러는 게 몇 번인데! 꺼져!"

격렬한 거부 반응!

PD는 속으로 생각했다. 그가 사실 김태현이란 선수를 잘못 판단한 게 아니었을까?

"지금 뭐 하시는 겁니까!"

분노한 목소리가 울려 퍼졌다. 김상철은 추한 모습을 보이는 선배 선수들을 노려보며 말했다.

"선배님들. 아무리 저 김태현이가 관장님 친구분 아들이셔도 그렇지 저렇게 띄워줄 필요는 없잖습니까! 우리도 자존심이 있는데!"

"얘 지금 뭐라는 거냐?"

"뭘 개소리야 미친놈아. 띄워주기는 누가 띄워줘. 맞기 싫어서 이러는 건데."

선배들의 진심 어린 말에도 김상철은 고개를 흔들었다.

못 믿겠다는 태도!

여기서 태현과 직접 맞붙어 본 적이 없는 건 김상철뿐이었다. 덕분에 겁 없이 패기 넘치게 나올 수 있었던 것이다.

"듣고 싶지 않습니다! 다들 하기 싫으면 제가 하겠습니다. 대신 진심으로 할 겁니다!"

"어……."

"진짜?"

김상철의 말에 선수들은 서로 고개를 돌렸다. 그리고 눈빛을 교환했다.

'야. 쟤가 한다는데?'

'아무리 그래도 그렇지 후배한테 이런 걸 시키는 건 좀 그렇지 않냐?'

최후의 양심! 선배가 된 입장에서 결과가 뻔한 싸움을 붙여야 한다니.

'그러면 네가 나갈래?'

'하하하. 그냥 상철이 시키자. 상철이가 이길 수도 있잖아.'

'넌 뭔 개소리를 하냐'는 눈빛이 동시에 쏟아졌다.

'미안. 어쨌든 상철이도 몇 대 맞으면 정신 차리겠지.'

'맞아. 우리는 상철이한테 교훈을 주려고 이러는 거야. 결코 우리가 겁나서 이러는 게 아니야.'

"그래! 힘내라!"

"상철아! 우리는 너를 믿는다!"

갑자기 쏟아지는 뜨거운 응원. 김상철은 고개를 갸웃거렸지만 일단 허락은 떨어졌으니 양성규에게 갔다.

"관장님, 제가 하겠습니다!"

"뭘?"

"김태현하고 스파링이요!"

"……저놈들이 시켰냐?"

양성규는 순식간에 상황을 파악했다. 선배라는 놈들이 치사하게 후배한테!

"아닙니다! 제가 하고 싶어서 한 겁니다!"

"그렇게 생각하도록 조종당한 거야, 인마! 너 스파링하면……."

양성규는 말끝을 흐렸다. 김상철이 태현과 싸운다면 결말이 뻔히 보였던 것이다.

김상철이 뛰어난 선수인 건 사실이었지만, 태현은 격이 달랐다. 머리부터 발끝까지 재능덩어리 그 자체!

그런 태현과 부딪힌다면 김상철이 좌절할 게 뻔했다.

'아. 어떻게 말해야 이놈이 상처를 안 받지?'

양성규가 말을 잇지 못하고 머뭇거리는 걸 오해했는지 김상철이 진지하게 말했다.

"조심해서, 배려해 주면서 하겠습니다. 다치게 하지 않겠습니다!"

"아니, 어…… 그래……."

결국 할 말을 찾지 못한 양성규였다.

'그래. 상철이가 적당히 하면 태현이도 적당히 하겠지.'

그러나 김상철은 적당히 할 생각이 없었다.

'아주 제대로 망신을 시켜주마.'

김상철에게 태현은 김태산의 아들이란 것만 믿고 날뛰는 재수 없는 놈이었다. 한번 콧대를 꺾어놓으면 좀 고분고분해지겠지! 의욕에 가득 차서 주먹을 부딪히는 김상철.

그걸 본 선수들이 양성규에게 우르르 몰려왔다.

"왜, 이제 걱정되냐? 응?"

"아뇨. 상철이가 태현이랑 붙으면 춘식이랑은 스파링 못 할 테니까 저희 중에서 해야 하지 않을까 싶어서요. 헤헤."

"……이 자식들이 진짜!"

폭발한 양성규가 글러브를 집어 던지며 선수들을 두들겨

패기 시작했다.

"악! 관장님! 왜 이러세요! 카메라! 카메라 있어요!"

"전국에 폭력 체육관으로 나오고 싶으신 겁니까!"

그걸 본 스태프가 물었다.

"이건 찍지 말까요?"

"무슨 소리야! 찍어! 재밌잖아!"

PD는 신이 나서 외쳤다. 오늘은 행운의 날이었다.

예상치 못한 사건들이 가득!

그러나 얼마 지나지 않아 PD는 후회하게 됐다. 김춘식과 운 좋은 선수 한 명은 서로 화기애애하게 스파링을 했다.

주먹을 맞대고, 툭툭 치고…… '아, 여기선 이렇게 해야죠 춘식 씨', '역시 선배님이십니다 하하' 같은 대화가 오가는 훈훈한 스파링! 김춘식도 웃었고, 제작진들도 웃었고, 방송에 잡히게 된 선수도 웃었다.

뽑히지 못한 다른 선수들은 뒤에서 야유를 보냈지만.

"우우!"

"동작이 그게 뭐냐! 난 널 그딴 식으로 가르치지 않았다!"

"은퇴해라! 퇴물 다 됐다!"

"……저 소리는 편집하자."

PD의 말에 제작진들은 고개를 끄덕였다. 그리고 다른 곳에서는 살벌한 분위기가 풍겨 나오고 있었다.

"아저씨, 제 착각인지는 모르겠는데 지금 쟤가 저 노려보고 있는 거 맞죠?"

태현은 반대편에 서 있는 김상철을 가리키며 양성규에게 물었다.

"그래. 맞다."

"저 싫어하는 놈이 요즘 하도 많아서 기억하기가 힘든데, 제가 쟤한테 뭐 한 거 있습니까?"

"아냐. 쟤는 네가 한 거 없다."

"그래요? 그러면 왜 저럽니까? 원래 저렇게 사나워요?"

"그것보단 그냥…… 음…… 네가 너무 잘나가서…….."

"설마 제가 너무 잘나가고 아저씨부터 시작해서 저기 선수들까지 저를 좋아하는데 그게 자존심을 건드려서 저렇게 열폭한다는 건 아니겠죠?"

말 한마디에 정확히 속을 짚어내는 태현!

양성규는 속을 내둘렀다. 평소에는 사람 마음을 전혀 모르는 놈인데, 싸울 상대가 되면 상대가 무슨 생각을 하는지 정확히 알아맞히는 재주가 있었다.

"……맞는데."

"쯔쯔. 저렇게 정신 수양이 안 되어서야."

"저래 봬도 나름 잘하는 애거든? 너 안 왔으면 괜찮았어, 인마! 왜 와가지고 젊은 애 속을 뒤집고 그래!"

"그게 제 잘못입니까."

"어쨌든 내가 미안하다."

양성규는 입맛을 다시며 사과했다. 어쨌든 김상철은 그가 가르치는 놈이었으니까.

"하하. 그 사과는 아직 하지 마시죠."

사과를 넣어두라는 태현의 말에 양성규는 고개를 갸웃거렸다. 그리고 그 말뜻을 알아듣고 새파랗게 질렸다.

"……야! 야!! 적당히 해라!"

"아니, 저는 적당히 할 건데…… 상대가 적당히 해야죠. 그렇지 않겠습니까? 상대도 나름 여기서 먹고사는 선수인데 제가 어떻게 손대중을 해요. 그건 실례죠. 언제든지 최선을 다해서 하라는 게 아저씨 가르침이었잖습니까."

"그건 다른 놈 전용이고 넌 아냐! 넌 좀 적당히 해도 돼!"

그러나 태현은 이미 귀를 막고 있었다. 양성규는 급격히 불안해지기 시작했다.

"김태현 선수는 어느 정도로 잘하는지 궁금한데요. 사실 프로게이머 하면 육체적인 것과는 거리가 좀 있는 이미지가 있잖아요?"

"그렇긴 한데 김태현 선수는 덩치부터가……."

뒤에서 방송용으로 떠드는 대화는 무시하고, 김상철은 눈빛을 불태웠다. 상대를 무시하는 건 아니었다. 체육관에 오래 다녔고 선배들이 말하는 걸 들어보니 분명 실력은 있을 것이다.

'그렇지만 나보다는 아닐 거다!'

시작을 알리는 소리와 함께 김상철이 앞으로 튀어나갔다.

재빠른 움직임으로 순식간에 거리를 좁히고 바로 원투!

퍼퍼퍽!

경쾌한 소리가 울려 퍼졌다. 헤드기어와 글러브까지 서로 끼고 있었지만 작정하고 치면 충격이 없을 수가 없었다.

김상철은 놀랐다.

'뭐야? 이걸 그냥 맞아?'

피할 줄 알고 가볍게 들어간 건데 바로 맞다니.

김상철은 곧바로 기어를 올렸다. 숨 쉴 틈 없이 주먹이 치고 들어갔다.

"상철아! 1절만 해라!"

"너 그러다 죽는다!"

선배들의 진심 담긴 목소리가 뒤에서 들려왔지만 김상철에 귀에는 닿지 않았다.

당황한 건 PD였다.

"저거 저래도 되는 겁니까? 말려야 하지 않아요? 김태현 선수가 다치겠습니다!"

PD 눈에는 전문 운동선수가 김태현을 두들겨 패는 것으로밖에 보이지 않았다.

"다치긴 누가…… 됐으니 그냥 보기나 해요."

'마무리!'

김상철은 태현의 턱을 노리고 일격을 찔러 넣었다. 이미 충분히 두들겨 맞은 상황에서 급소까지 당한다면 다리가 풀려 그대로 넘어지리라.

"어?"

그러나 손맛은 느껴지지 않았다. 들려오는 건 나지막한 목소리.

"다 했냐?"

오싹!

두려움을 느낀 김상철은 곧바로 물러서려고 했지만 그보다 먼저 충격이 몸에 들어왔다.

"컥!"

제대로 들어간 바디 블로우. 김상철의 몸이 'ㄱ' 자로 꺾였다.

'말도 안 돼……!'

원래 이런 몸통을 치는 공격은 꾸준히 때려야 대미지가 쌓이는 공격이었다. 일격에 숨통을 끊는 공격이 아닌 것! 게다가 지금 평소보다 두꺼운 글로브까지 끼고 있는데도 이런 충격이라니.

"아이고!"

"끝났다!"

"저 멍청한 놈! 1절만 하라니까!"

선배들의 탄식이 어질어질한 귓가로 이제야 들려오기 시작했다. 한 방에 선수가 비틀거리자 PD는 어안이 벙벙해져서 물었다.

"저, 저건 뭐 한 겁니까?"

"태현이 저놈이 갖고 논 거지 뭐겠습니까."

양성규는 한숨을 쉬며 설명하기 시작했다. 김상철이 신나서 덤비는 동안 태현은 공격을 다 흘려보내고 있었다.

그러면서 김상철을 완전히 꿰뚫어 보고 있었던 것이다. 그런 다음 김상철이 숨을 들이쉬는 타이밍에 몸통에 정확히 카운터!

"원래 여기는 맞아봤자 크게 타격이 없기는 합니다. 상철이 정도로 단련되었으면 더더욱. 그렇지만 정확한 타이밍에 정확한 부분을 치면 훅 가는 거죠."

"그런……!"

PD는 감탄한 듯 고개를 끄덕였다.

'아니, 그보다 김태현 선수는 뭐 저런 걸 알고 있는 거야?'

이쯤 되면 프로게이머 선수가 아니라 격투기 선수 아닌가 싶을 정도!

PD가 감탄하자 양성규는 더 설명을 시작했다. 이런 고급 기술을 실제로 보고 설명해 주는 건 언제나 기쁜 일!

PD는 고급 기술 설명에 감탄했는지 입을 벌리고 더듬거렸다.

"어, 어어……."

"아니, 아직 어려운 건 시작도 안 했는데 뭘 그리 감탄을……."

"저, 저거 말려야 하는 거 아닙니까?"

"아니 태현이는 괜찮다니…… 잠깐!"

양성규는 재빨리 고개를 돌렸다. 지금 말려야 한다는 소리가 나온다면 그 상대는 뻔했다.

퍼퍼퍼퍼퍼퍽!

김상철이 경쾌하게 구타당하고 있었다.

"어딜 쓰러지려고, 일어서, 인마!"

무릎이 풀려서 쓰러지려는 김상철에게 붙어서 몸으로 밀어

세운 후 다시 때리는 태현! 그걸 본 선배들이 혀를 내둘렀다.

"저, 저거 또 눈 돌아갔다!"

"저 미친놈 저거!"

"저러면서 뭘 적당히 해준다는 거야! 저 쓰레기 같은 놈!"

싸우기 전에는 '하하 적당히 할게요' '하하 선배님인데 제가 어떻게 때리겠어요' 이러던 놈이, 시작만 하면 눈이 돌아가서 덤벼드니 무서울 수밖에 없었다.

달달달달-

아까까지만 해도 방송국 사람들을 보고 신이 나서 행복해하던 김세형은 다리를 떨고 있었다. 아까는 정말 봐주면서 한 거였구나!

"수, 수혁아. 나는 이만 가볼 테니까…… 선배님한테는 잘 말……."

"제가 어떻게 말하겠습니까! 전 말 못 합니다!"

전에는 말 잘 듣던 정수혁이 정색하며 거절!

"너 왜 이렇게 차가워졌냐?!"

양성규가 재빨리 올라가 태현의 뒤통수를 후려갈겼다.

"그만해, 인마!"

"아. 아저씨 오셨습니까?"

"오긴 뭘 와! 아오, 이놈 진짜! 적당히 하는 걸 모르냐!"

"하하. 아까 한 사과 지금 다시 하실래요?"

"내려가!"

양성규가 태현의 귀를 잡고 끌고 내려가는 걸 보며, PD는 작게 말했다.

"야, 이건 편집하자."

PD가 원한 건 프로 선수를 상대로 멋지게 싸우는 태현이었다. 물론 이기는 건 무리라고 해도, 최선을 다해서 버티면 알아서 다른 선수들이나 관장인 양성규가 '태현이가 참 잘하지. 일반인인데 저 정도야!'라고 말해줄 것 아닌가. 그 정도만 되어도 충분히 그림이 나왔다.

게임도 잘하고 운동도 잘하고…… 겉모습과도 어울리는 캐릭터 아닌가. 근데 이건 좀…….

이미 맛이 간 프로 선수를 상대로 넘어지지도 못하게 하고 두들겨 패는 건 좀 아니었다. 아무리 봐도 이건 태현이 악당!

"어떻게 잘 쓸 방법 없을까요?"

"야. 저걸 어떻게 잘 포장해. 그냥 편집해. 편집."

"김태현이 다른 방송에 나왔다고요?"

"그렇다니까. 생각지도 못하게 연락을 받아서 깜짝 놀랐네."

"아. 그쪽 PD 만났을 때 제가 김태현 이야기를 하긴 했어요. 판온 좋아하는 거 같아서 김태현하고 같이 하라고 말했었거든요."

"그랬어, 우리 조카? 정말 똑똑하다니까."

이세연은 이동팔과 이야기하는 중이었다.

PD한테 연락을 받은 이동팔은 감탄했다.

정말 알아서 일을 물어오는구나!

연락을 해온 PD는 태현의 칭찬을 늘어놓았다. 물론 판온을 같이 하려는 욕심 때문에 저러는 거 같기는 했지만, 저 칭찬이 모두 다 겉치레는 아닐 것 아닌가.

"김태현이 독립해 살면 바로 내보낼 테니까 연락 달라고 하던데. 그리고 운동 좀 하면 재밌을 프로도 추천하더라."

"김태현이 운동 잘할 거 같긴 해요."

이세연이 동의하며 고개를 끄덕였다. 딱 봐도 운동 잘할 것 같은 겉모습 아닌가.

"그런데 좀 자제를 시켜야 할 거 같다는데 그건 무슨 소린지 모르겠네."

둘 다 PD의 말을 이해하지 못하고 고개를 갸웃거렸다.

"무슨 소린지는 모르겠지만 어쨌든 좋다는 거니까 나쁜 건 아니겠지. 다음에 〈생존의 법칙〉도 내보낼 생각이었는데 잘됐어. 운동 잘하면 거기서도 잘하겠지."

"어…… 김태현이 근데 거기 나간다고 했나요?"

"아직 말 안 했는데, 나간다고 하면 좋은 거 아니야? 거기 인기 얼마나 좋은데. 다른 사람들은 나가고 싶어도 못 나가잖아."

'김태현은 아닐 거 같은데'라고 말하려던 이세연은 멈칫했다. 괜히 말해봤자 그녀만 귀찮아질 것 같았던 것이다.

"그러네요!"

"그렇지? 그래서 우리 조카. 대회는 결승만 남았지? 어떻게 될 거 같아."

"어렵네요. 반반 정도?"

이세연은 한숨을 쉬며 대답했다.

현재 남은 건 결승전뿐. 그리고 결승에 올라온 상대는 같은 한국 팀인 팀 에이트였다.

덕분에 해외에서는 '게임 대회는 전 세계가 참여해서 결국 한국인이 우승하는 대회', '한국은 밸런스 맞게 팀 좀 줄여서 내보내자' 같은 반응이 나올 정도였다.

"반반 정도? 왜?"

"상대는 나름 치밀하게 전력을 숨겨서 올라왔거든요. 하는 거 보면 알 수 있어요. 몇몇 스킬들은 숨겨놓은 게 분명해요. 그런데 우리는……."

이세연은 어깨를 으쓱거렸다.

"그 도동수란 친구가 그렇게 속을 썩여?"

"도동수도 그렇고 그냥 팀워크 자체가 없으니까……."

"신기하단 말이야. 나도 그렇고 관중들은 다들 팀워크 대단하다고 생각하던데."

정말 치밀한 계획으로 움직이는 것 같은 모습!

"결과적으로 그렇게 보이게 만드니까 어이가 없는 거예요! 김태현은 정말 그런 거 생각 하나도 안 하고 하거든요. 이미지 같은 건 신경도 안 쓰는데 사람들은 알아서 다 좋게 봐주고…… 아. 정말. 도동수랑은 계속 더 사이가 안 좋아지고. 가끔은 저 혼자만 고민하는 거 아닌가 싶다니까요."

이세연은 투덜거리며 불평했다. 이동팔은 속으로 웃었다.

완벽에 가까운 조카가 저렇게 감정을 보여주는 일은 드물었던 것이다.

"우리도 숨겨놓은 스킬이야 있겠지만 우리 약점은 너무 명백해요. 이건 숨길 수도 없고요."

따로 노는 팀워크. 상대방이 안다면 너무 노리기 쉬운 약점이었다. 이제까지는 기발한 비책과 운으로 어떻게든 헤쳐 나왔지만 과연 결승전에서도 통할까? 상대방도 이제까지 경기를 전부 다 돌려보고 전력을 다할 텐데?

"그러면 반반 수준이 아니지 않을까? 훨씬 더 힘들 거 같은데."

"……김태현도 있으니까 반반은 되겠죠."

그 말에 이동팔은 씩 웃었다.

"왜 웃어요?"

"불평하는 것치고는 믿고 있다 싶어서 웃었지."

"실력은 믿어요. 실력은. 솔직히 실력은 부정할 수 없으니까…… 아니, 애초에 실력만 아니었으면 그런 배배 꼬인 사람하고 어울릴 일도 없었을 텐데!"

말하다 보니 이세연은 새삼 억울해졌다. 생각해 보니 태현 때문에 정말 시간 낭비를 하고 있었던 것!

판온 1에서 '너, 내 부하가 되라!' 한 제안이 거절당한 것부터가 시작이었다. 그 특유의 실력 하나 때문에 포기를 못 하고 계속 휘둘리고 있는 것이다.

"어느 곳이든 실력이 다지. 너도 알잖아? 연예계에도 성격이 괴팍한 사람들 많은 거. 그런데도 그런 사람들이 버틸 수 있는 건 다 실력이 있어서야."

"별로 위로 안 되거든요?"

"김태현이 실력이 없는 것보단 낫지 않겠니."

"실력이 없으면 상대도 안 했을 거라고요."

이세연이 토라진 듯이 고개를 돌리자 이동팔은 더 이상 말하지 않았다. 평소에는 완벽한 것처럼 보여도 저렇게 한 번 삐지면 오래갔던 것이다. 군이 헤집어서 불을 지필 이유가 없는 것!

"그래. 조카야. 꼭 우승컵 좀 갖고 와주라."

이동팔은 진심을 다해서 말했다. 판온 투기장 대회는 생각보다 훨씬 더 커다란 반응을 얻고 있었다. 괜히 프로게임단들이 발 빠르게 움직이며 접촉을 해온 게 아니었다.

모두가 느끼고 있었다. 이번 첫 대회가 끝나는 즉시, 판온 대회는 더 커다란 무대에서 진행될 것이라는 것을!

이동팔은 확신했다. 예전 몇몇 굵직한 게임 대작들 이후, 한동안 시들했던 프로게이머 유행이 다시 불 것이라는 걸. 그리고 그 유행의 선두에는 분명 김태현이나 이세연 같은 젊고 카리스마 넘치는 선수들이 자리 잡고 있을 것이다.

'암암. 재능 있고 게임 잘하고 말 잘하고 예쁘고…… 물론 김태현도 메이크업만 하면 잘생겼고…….'

태현이 들으면 울컥할 소리를 속으로 하는 이동팔이었다.

"결승전에서는 최선을 다해야죠. 숨겨났던 것도 다 써보고……."

이세연은 말끝을 흐렸다. 과연 어떻게 싸워야 할까?

상대는 정보를 감추고 있는데 태현 팀은 정보가 많이 노출

된 상태. 팀워크를 갖추고 있는데 태현 팀은 팀워크란 게 없는 상태. 거기에다가 노릴 약점까지 명확했다.

마땅히 떠오르는 게 없었다. 숨겨진 스킬들을 써서, 최선을 다한다고 해도 왠지 모르게 불길했다.

'잘해낼 수 있을까?'

이세연의 불안함은 그대로 적중했다. 팀 에이트와의 1경기에서, 한국 대표팀은 대회에서의 첫 패배를 경험했다.

팀 에이트의 구성은 사제 둘에 탱커 둘, 딜러 하나라는 특이한 구성이었다. 마법사가 없는 대신 사제를 넣었고, 사제와 탱커를 짝지어서 2:2로 움직이는 식으로 싸웠다.

마법사가 주로 맡는 원거리에서의 폭딜은 할 수 없어도, 방어나 견제, 버티는 부분에서는 오히려 유리했다. 팀 에이트는 사제와 탱커 조합의 단단함으로 버티고, 남은 딜러 한 명이 날뛰는 식으로 싸워서 이겨왔다.

"팀 에이트 딜러는 만만치 않아. 우리랑 반대쪽 블록에서 올라왔지만 사람들 평가 보면 거의 김태현이랑 맞먹는 수준이더라."

류태수. 팀 에이트의 주장이자 광전사 계열의 직업으로 딜러를 맡고 있었다. 강력한 직업 성능과 화려한 컨트롤로 팀 에이트의 승리를 견인해 왔다.

사람들이 태현과 비교하는 이유를 알 수 있었다. 대회에서 역시 가장 주목받기 쉬운 건 딜러였고, 류태수는 그 딜러의 역할을 완벽하게 해내고 있었다.

태현과 차이점이 있다면 태현은 기발한 계책을 사용해 약점을 극복하고 있었고, 류태수는 굳이 그럴 필요가 없으니 팀과 힘을 합쳐서 최선의 전략으로 나온다는 것 정도.

게다가 류태수는 직업도 안정적이었다.

"일단 탱커-사제 콤비 하나를 나하고 김철수 씨가 맡을 거야. 바로 이기지는 못하더라도 질 생각은 없으니 그건 걱정하지 말고."

"나하고 케인이 다른 콤비 하나를 맡으면 좋겠는데 도동수가 저 류태수를 혼자 상대해야 하잖아. 못 이기지 않나?"

도동수는 아무 말도 하지 않고 입을 다물고 있었다. 평소와 같은 모습이었지만 태현은 거기서 뭔가 위화감을 느꼈다.

'뭐지?'

수많은 적을 만들어 온 태현만이 느낄 수 있었다. 뭔가를 꾸미고 있는 놈이 풍기는 분위기. 그런 분위기가 도동수에게서 느껴졌다.

"시끄러워. 어차피 원한다고 우리 마음대로 맞출 수 있는 것도 아니니까. 일단 최선을 다하자. 뭐 생각한 방법 있어?"

"1경기에는 아직 없어."

태현은 케인을 사용한 인간 폭탄 전략을 위주로 이것저것 숨겨 둔 패가 있었지만, 굳이 입 밖으로 꺼내지는 않았다. 일단 1경기부터 쓸 생각은 없었던 데다가 도동수가 왠지 모르게 신경 쓰였던 것이다.

"그리고 너, 저쪽 팀 인터뷰는 봤어?"

"안 봤는데."

"그래. 잘됐네. 안 봤다니."

태현은 고개를 갸웃거렸다. 뭔 소리지?

케인의 옆구리를 찌르며 물었다.

"넌 봤냐?"

"아, 아니. 영상만 내내 보느라……."

케인의 목소리에는 피곤함이 엿보였다. 결승전을 앞두고 잔뜩 겁을 먹어서 상대 팀의 경기 영상만 계속 본 것이다.

"뭔 인터뷰를 한 거지? 나 죽인다고 선전포고라도 했나?"

"보면 되잖아?"

"그거 봐서 내가 뭐 하겠냐. 이세연이 날 너무 잘 알아. 저렇게 말해도 내가 귀찮아서 안 볼 거라는 걸 아는 거지."

"……."

"에이, 뭐 나 욕한 거면 언젠간 알게 되겠지. 나 욕한 놈이 한둘도 아니고. 그리고 솔직히 나보다는 너 욕하지 않았을까?"

"내, 내가 왜……!"

그러나 이세연이 잘됐다고 말한 이유는 그런 게 아니었다.

류태수가 인터뷰에서 한 말 때문!

"존경하는 선수 말입니까? 판온 2에서는 없습니다. 전부 다 쓰

러뜨려야 할 상대라고 생각하고 있으니 말입니다."

"판온 2에서라는 건, 판온 2가 아니면 있다는 건가요?"

"네. 판온 1의 김태현 플레이어를 가장 존경했습니다. 판온 2를 시작하게 된 것도 김태현 플레이어의 영상을 보게 되어서입니다. 플레이 스타일도 많이 영향을 받았습니다."

"오, 그러면 판온 2의 김태현 선수와도 비슷한 부분이 있네요. 둘 다 1의 김태현 선수 팬이라고 하니까……."

"비슷한 부분이 있지만 별로 기분이 좋지는 않습니다."

"네?"

"안일하게 팬이라고 말하면서 이름을 따라 지은 게 마음에 들지 않습니다. 적어도 저는 그렇게 하지 않았을 겁니다. 그런 자신감이 어디서 나왔는지 궁금할 정도였습니다."

태현은 '하하 판온 1의 김태현과 이름이 같고 플레이 스타일이 겹치는 건 제가 그 김태현 좋아해서 그렇죠~'라고 꾸준히 변명해 왔었다. 물론 판온 1에서 당하고 2에서도 당한 놈들은 '어디서 그딴 거짓말을' 하면서 의심하고 있었지만 대다수의 사람들은 믿고 있었다. 그 변명을 류태수도 믿었다.

그리고 그게 류태수를 분노하게 만들었다. 팬이라는 놈이 저렇게 가볍게 이름을 따라 하다니!

저런 건 자신감이 아니라 오만함과 경박함이다!

"결승전에서 확인해 줄 생각입니다. 어디 얼마나 잘나가서 그런 식으로 따라왔는지 말입니다."

"아, 네……."

진행자는 놀란 얼굴로 류태수를 쳐다보았다. 이제까지 인터뷰에서 류태수는 예의 바르고 과묵하게 대답해 왔다.

'예'나 '아니오'나 '잘 모르겠습니다' 같이. 거의 재미없을 정도로! 그런 류태수가 결승전을 앞두고 태현과 싸우기 직전이 되니 저렇게 말을 길게 하는 것이다. 거의 선전포고 수준이었다.

실제로 이 인터뷰가 나가고 나서 팬들의 반응은 뜨거웠다.

팀 에이트 팬과 한국 대표팀 팬들의 대결!

-어디서 킬 수도 김태현보다 딸리는 놈이 입을 털어?

-그건 다른 팀원들이 킬을 못해서 그런 거지. 류태수는 팀원들한테 양보하거든? 자기 혼자 날뛰어서 이기는 것보다 팀이 이기는 게 더 우선 아니냐?

-개소리하고 있네. 그래서 류태수 경기 시청률 몇 퍼? 매번 김태현 경기한테 밀렸죠?

-결승전에서 보자. 게임을 시청률로 하냐!

그리고 그걸 본 이세연은 이마를 짚었다. 태현이 저걸 본다면 '뭐? 내 팬이었어? 하하 저런 기특한 녀석' 하면서 예상 못할 반응을 할 것 같았던 것이다.

'……어차피 김태현은 이런 것까지 안 봤을 테니까 경기 끝

나고 말하자!'

　1경기가 시작되고 나서, 태현-케인, 이세연-김철수가 움직이고, 도동수가 움직였다.

　도동수는 생각에 잠겼다. 경기 전날 찾아온 사람 때문이었다. 탐험가 플레이어, 제카스였다.

"잘나가네, 도동수."

"무슨 일이냐?"

"내가 무슨 일로 왔겠어. 김태현 때문이지."

"……."

"판온 1에서 네가 왜 망했는지 잊은 건 아니지?"

"닥쳐."

"설마 김태현이 '나는 판온 1 김태현이 아니다'라고 하는 말을 믿는 건 아니겠지? 다른 멍청한 놈들이면 몰라도 우리는 알잖아? 그런 놈이 세상에 둘이 있을 리 없다는 거."

　제카스의 말은 뼈저리게 와닿았다. 세상에 저런 놈이 두 명 있지는 않다!

"네 마음은 이해해. 지금은 대회 중이니까, 너한테도 중요한 대회니까, 그런 변명을 믿고 싶겠지. 스스로를 속이고 싶겠지."

"……."

"그렇지만 아니야. 이제 인정할 때라고. 정신을 차리고 상황을 봐! 네가 아무리 열심히 해봤자 김태현 손바닥 위라고. 사람들 반응 봤지? 넌 이미 대회에서 아무리 열심히 해봤자 김태현 뛰어넘기는 글렀어!"

"닥치라고 했을 텐데! 어쩌라는 거냐!"

"손바닥 위에서 노니까 그렇게 되는 거다. 손바닥에서 벗어나. 틀 밖에서 나와야지."

"뭐라고?"

"그깟 대회 포기해 버려."

"무슨 미친 소리를……."

"왜? 결승전에서 이기면 뭐가 달라질 거 같냐? 김태현만 스포트라이트를 받을 거고, 앞으로 김태현의 위치는 더 높아지겠지. 그걸 네가 직접 봐야 하는 거야. 기분이 어떻겠어?"

빠드득! 저절로 이 가는 소리가 나왔다.

"그에 비해 결승전에서 진다면? 너는 그렇게 크게 타격이 없어. 물론 우승컵을 못 따는 건 아쉽지만 어차피 너 정도 되면 벌써 프로게임단 제의 정도는 들어왔을 테니까. 이미지? 이미 넌 김태현 때문에 이미지 망쳤다니까. 뭘 더 신경 써?"

도동수가 대답하지 못하자 제카스는 계속 밀어붙였다.

"좋아. 내 말을 바로 받아들이기는 어렵겠지. 그렇지만 이거 하나는 명심해. 너나 내가 김태현한테 왜 맨날 당했는지 알아? 너무 욕심이 많아서야. 이것도 챙기고, 저것도 챙기고. 그러면서 김태현도 이기고. 김태현 그놈은 그런 욕심이 없어. 필요하면 다 던져 버리고 남을 엿 먹이러 달려온다고. 이기려면 우리도 그렇게 해야 해! 정신 차려!"

제카스의 말에는 진심이 담겨 있었다. 그 진심에 도동수의 눈동자가 흔들리기 시작했다.

"나는, 나는……."

경기 전, 이세연은 많은 걸 예상했다. 그중 하나가 도동수였다. 아무리 태현과 사이가 안 좋은 도동수여도, 결승전인 만큼 도동수도 이제까지와는 달리 조금은 협력할 거라는 게 이세연의 생각이었다. 그러나 그건 잘못된 예상이었다.

진 적이 없는 이세연으로서는 알 수 없었다. 판온 1에서 태현에게 당한 랭커들이 어느 정도의 굴욕감과 원한을 갖고 있는지. 그건 당한 사람들만이 알 수 있는 감정이었다.

마음을 굳힌 도동수는 주먹을 불끈 쥐었다. 이미 답은 정해져 있었던 것이다.

"저거 뭔가 좀 수상한데……."

"왜 그래?"

"느낌이 안 좋다. 대비를 해야겠어."

태현의 말에 케인은 고개를 갸웃거릴 뿐이었다.

왜 아군을 가리키며 수상하다는 거지?

"야, 진지 먹으러 안 가?"

"일단 채집 좀 하자."

태현은 폐허 건물 근처를 돌며 먹을 수 있는 식재료를 찾아다녔다. 한시라도 빨리 중앙 진지에 가서 자리를 잡아야 하는 상황.

"그렇게 여유 부려도 되냐?!"

"상관없어. 이 정도로는 점령 못 하잖아."

"그래도 좋은 자리가 있는데……."

맵은 유적지 맵. 숲처럼 태울 만한 거대한 영역이 있는 건 아니었지만 유적 근처의 수풀에 식재료들이 간간이 있었다.

저번 경기 때처럼 잔뜩 장비를 챙겨 나온 태현이었지만 이번에는 식재료까지 모으다니.

'대체 뭔 생각이지?'

케인은 초조하게 앞을 쳐다보았다. 왠지 모르게 적이 먼저 와 있을 것 같은 느낌이 들었다.

"야, 언제까지 할 거야?"

"아. 자식. 거 더럽게 겁 많네. 좀 폼 나게 기다려봐. 방송에서 어떻게 보일지는 생각 안 하냐?"

케인은 태현의 말에 자세를 고쳐 잡았다. 지금 분명 사람들은 둘에게 시선을 집중하고 있었을 테니까!

-저 둘 뭐 하는 거죠?

-어…… 요리 재료를 모으는데요? 설마 지금 요리를 하려는 건 아니겠죠? 아무리 그래도 시간이 안 될 거 같은데요? 폭탄

보다 훨씬 더 힘들 겁니다.

　-김태현 선수가 요리 스킬이 높긴 하지만, 지금 상황에서는 당장 하기 힘들죠!

　태현은 재료를 마지막으로 챙기며 말했다.

"그리고 시간 다 재고 있으니까 걱정하지 마라."

"뭔 시간?"

"쟤네 이동 시간. 15초 정도는 더 여유 있어."

"그런 걸 어떻게!?"

"영상 보면서 체크 안 했냐? 넌 뭘 본 거야?"

　케인은 풀이 죽어서 고개를 숙였다. 원래라면 했을 불평도 나오지 않았다. 이건 태현의 말이 맞았다.

　설렁설렁 보는데도 소름 끼칠 정도로 필요한 걸 완벽히 숙지하고 있는데, 그는 쓸데없는 것만 갖고 온 것이다.

"미안하다……."

"풀 죽을 필요는 없고. 넌 쓸모가 있거든."

"진, 진짜?"

"물론이지. 이번 결승전에서는 네가 가장 활약할 거 같다."

"그런…… 그 정도까지는…… 잠깐만 이 새끼야. 그거 폭탄 이야기잖아?!"

　헤벌레하던 케인은 뭔가 이상함을 깨닫고 정색했다.

"눈치가 좋아졌군. 좋은 징조야. 가자!"

"야! 야!!"

"뭘……?"

도동수는 예상 못 한 상황에 눈을 깜박였다. 반대편에 상대 팀 사제 두 명이 진을 치고 기다리고 있었던 것이다. 게다가 둘은 이미 도동수가 온다는 걸 알고 있었다는 듯이 전혀 놀라지 않았다. 즉 이건 함정이라는 것!

무슨 스킬로 도동수의 위치를 파악한 게 분명했다.

"또 나만 노리는 거냐? 지겨운 자식들……."

투덜거렸지만 도동수의 마음은 오히려 홀가분했다. 이걸로 들키지 않게 태현을 엿 먹일 수 있다! 아무리 제카스의 말이 그럴듯해도 휙까닥 돌아버린 척하고 태현을 찌를 수는 없었다. 그랬다가는 아예 매장당할 테니까.

대회를 포기하더라도 어디까지나 적당한 선에서 엿을 먹여야 했다. 역시 가장 좋은 건 최선을 다해 싸우는 척하면서 태현의 발목을 잡는 것. 어떻게 해야 하나 했지만 상대 팀을 보니 왠지 모르게 잘 풀릴 것 같았다.

"안 무섭냐? 우리가 이렇게 있는데?"

"16강부터 나만 노리는데 내가 쫄 거 같냐?"

"겁 좀 먹어야 할걸. 우리는 좀 차원이 다르거든."

말과 함께 사제 중 한 명이 도동수에게 스킬을 걸었다.

-우로슬의 신성한 포박!

느림의 신 우로슬의 권능 스킬! 잘 알려지지 않은 인기 없는 신. 그런 신의 권능 스킬을 상대 사제가 사용했다는 것에 도동수는 놀랐다.

"다른 신을 믿고 있는 거 아니었나?!"

"편법이 있지."

[신성 권능이 당신의 몸을 묶습니다. 움직일 수 없습니다.]

단순하고 강력한 효과. 이동 불가. 그렇지만 패배를 각오한 도동수에게는 뭐든 두렵지 않았다.

"그래서 뭐 어떻게 할 건데?"

사실 사제 직업의 공격력은 다른 직업에 비해 많이 밀리는 편이었다. 물론 이런 대회에 나올 정도의 사제라면 당연히 공격 스킬 몇 개는 갖고 있었지만, 상대도 그 정도는 피해낼 수 있었다.

"이렇게 못 움직이게 하면 끝인 거 같냐? 응? 다 막아낼 수 있다."

"아직 안 끝났다. 멍청한 놈아."

말과 함께 다른 사제가 스킬을 사용하기 시작했다.

제자리에서 뿜어져 나오는 스킬 이펙트. 그 오래 걸리는 시전 시간에 도동수는 강력한 스킬이라는 걸 깨달았다.

'뭘 쓰려고?'

-트슬리프의 사악한 정신 지배!

[트슬리프의 사악한 정신 지배에 당했습니다. 상대가 당신을 조종합니다.]

"뭐야?!"

패배를 각오한 도동수였지만 메시지창에는 놀랄 수밖에 없었다. 상대 조종 스킬이라니. 이런 건 엄청나게 강력한 보스 몬스터나 갖고 있는 희귀한 스킬 아닌가.

이런 걸 플레이어가 갖고 있다니!

"말도 안 되는……."

"판온에서 불가능이란 없지. 우리가 이 대회를 위해 얼마나 준비했는지 아나? 인기투표로 뽑힌 너희하고는 차원이 다르다고."

사제 플레이어가 도동수를 비웃었다. 굴욕적이었지만 도동수는 그 말을 인정할 수밖에 없었다. 이런 강력한 사기 스킬을 얻었는데도 아직까지 소문이 안 나다니.

그동안 철저하게 쓰지 않고 버텨온 것이다. 결정적인 순간을 위해!

"미안하지만 우리 주장 태수는 너희하고 그릇이 달라. 가끔 느끼는 거지만 태수와 적이 아니라서 다행이라니까. 자. 움직여! 다른 놈도 처리해야 하니까!"

사제의 명령에 따라 도동수가 달리기 시작했다. 두 사제의 연계 스킬로 태현 팀의 인원 구성과 위치를 파악, 그 후 도동수가 혼자 움직인다는 걸 확인하고 대기, 함정을 파서 도동수를 묶은 다음 시전 시간이 오래 걸리고 명중률이 낮아 실전에서는 쓰기 힘든 사기 스킬까지 적중시켰다.

두 사제는 주먹을 불끈 쥐었다. 결승전은 그들의 승리가 틀림없었다.

"음……."

태현은 낮게 신음성을 흘렸다. 케인은 불안해졌다.

"왜?"

"1경기는 진짜 질지도 모르겠는데……."

"왜?!"

"저기 봐."

태현은 손가락으로 앞을 가리켰다. 폐허의 뒤편에 탱커 두명이 자리를 잡고 버티고 있었다. 어디서든 쇠사슬이 날아오면 바로 피할 수 있도록 엄폐물을 끼고 있는 자세.

"아주 노골적으로 시간을 끌려고 하고 있다. 그러면 우리 쪽에서 승부를 보려는 게 아니라 다른 쪽에서 승부를 보려는 건데……."

"우리가 뒤집을 수 있잖아! 이제까지 그래왔던 것처럼!"

"이제까지랑은 좀 다르지."

태현은 상황을 정확하게 꿰뚫고 있었다. 숲에 불을 지른 건 상대방이 전혀 예상할 수 없는 전략이었다. 그에 비해 지금 할 수 있는 건 케인과 태현 둘이서 저 탱커 둘과 맞붙는 것 정도.

폭탄 정도는 적의 예상에 들어가 있을 것이다.

'차라리 재료를 더 모아볼까……'

1경기에서 상대를 파악하고 2경기에서 승부를.

태현은 장기전을 각오했다. 도동수의 이상한 태도, 상대방의 전략, 이런 모든 것들이 강하게 경고해 주고 있었던 것이다.

콰콰콰콰쾅!

그 순간 저 멀리서 폭발 소리가 들려왔다.

"뭐지?!"

"이세연 쪽인데……."

태현의 얼굴색이 어두워졌다.

"문제가 생겼군."

"뭐? 왜?"

"이세연이 진 모양이다."

"그걸 어떻게 알아?!"

"이세연은 저런 스킬 안 쓰거든."

태현은 저 멀리서 보이는 스킬 이펙트만으로 누가 쓰고 있는 스킬인지 구분했다. 다른 플레이어들의 스킬들만 저렇게 연속으로 터져 나온다는 건…….

'저걸 알아봤다고?!'

멀리서 희미하게 색만 보이는 스킬 이펙트를 알아보고 구분했다는 것에 케인은 경악했다.

그리고 태현의 예측은 곧 맞아떨어졌다. 도동수를 데리고 간 사제 둘과 류태수가 이세연-김철수를 공격한 것이다.

불리한 상황에서도 이세연은 도동수와 사제를 잘라내는 데 성공했지만 거기까지였다.

4:2. 4명이서 덤벼도 될 상황이었는데도 류태수는 덤비지 않았다. 탱커 둘이서 태현과 케인을 잡아놓고 남은 둘은 나뉘어져서 진지를 점령한 것이다.

확실하게 버프를 받은 다음에도 쉽게 움직이지 않았다.

"먼저 비교적 쉬운 케인을 무너뜨린 다음, 혼자 남은 김태현을 공격한다. 너희 둘이 잘해 줘야 해. 진지 버프를 두 겹이나 받았으니 어지간하면 버틸 수 있을 거다. 아무리 김태현이라도 없는 딜을 만들어 낼 수는 없을 테니까. 너희들이 맞으면서 버티면 우리가 김태현을 공격하겠다."

태현이 감탄할 정도로 류태수의 계획은 맞아떨어졌고, 그들은 1경기의 승리를 거머쥘 수 있었다.

대기실의 분위기는 무거웠다. 아무도 입을 열 것 같지 않은 분위기. 놀라운 건 태현도 눈을 감고 생각에 잠겨 있었던 것이었다. 태현에게서는 보기 힘든 반응!

이세연은 속으로 생각했다.

'아무리 김태현이라도 이번 패배는 좀 충격적이었나? 나도

저런 사기 스킬이 있다는 건 몰랐으니……'

지금 경기를 지켜보고 있던 팬들의 반응도 비슷했다.

-뭐 저런 스킬이 있냐!

-사기 아니냐?! 밸런스 패치 해야 하는 거 아니냐?!

-웃고 있네. 스킬도 실력이지. 꼬우면 이런 스킬 배워서 오든가!

-저거 맞은 놈이 멍청한 거 아니냐? 딱 봐도 써먹기 힘들어 보이던데.

-아니, 작정하고 저거 위주로 플레이하면 상대할 방법이 있나? 완전 경기 노잼으로 만드네.

-아, 이기면 그만이죠~

"자. 진 게 충격적이지만 그렇다고 이대로 있을 수는 없어. 상대방 스킬이 좀 사기긴 하지만 작정하면 막을 방법은 있을 거야. 도동수. 앞으로는 2, 2, 1이 아니라 3, 2로 움직이자."

이세연의 방법은 간단했지만 효과적이었다. 저런 허점 많은 스킬은 같이 움직이면 맞추기 힘들어질 수밖에 없었다.

"거절한다."

도동수의 말에 이세연은 '야 이 개새끼야' 하고 욕을 하려다 참았다. 오히려 분노한 건 케인이었다.

"야 이 자식아! 지금 누구 때문에 진 건지 알아?! 대회 내내 발목만 잡더니! 실력 없으면 나처럼 말이라도 잘 들으란 말이야!"

태현은 그 말을 듣고 속으로 고개를 갸웃거렸다. 저건 자기 욕하는 거 아닌가?

그러나 마음을 정한 도동수는 흔들리지 않았다.

"난 내 마음대로 할 거다. 아. 내가 네 말을 듣게 하려면 한 가지 방법이 있지."

"뭔데?"

"김태현이 내게 진심을 담아서 무릎을 꿇고 사과하면 한 번 생각해 보겠다."

전원의 시선이 쏠렸다. 태현은 웃으면서 말했다.

"미쳤냐?"

"그래. 그럴 거 같았어."

이세연은 포기하고 태현에게 말했다.

"2경기에서는 너하고 케인 둘이 도동수를 따라 움직여 줄 수 있겠어?"

"그렇게 하지. 큰 차이는 없을 거 같지만."

"무슨 소리야?"

"저 자식. 아무래도 일부러 저러는 거 같단 말이지."

"……!"

"뭐, 내 기분 탓일 수도 있으니까 2경기까지는 보자고. 나도 준비 좀 더 할 수 있으니."

"잠깐만, 뭔가 이상하다면 지금 당장 대책을……!"

"괜찮아. 3경기부터 다 이기면 되니까."

"야!"

이세연은 속으로 다짐했다. 이 대회만 끝나면 진짜 김태현 같은 놈들을 억지로 데리고 대회에 나가지 않겠다고!

태현의 예측은 다시 맞아떨어졌다. 3명, 2명으로 나눠 움직이는 태현 팀에 맞서 팀 에이트는 4명, 1명으로 맞서 움직였다. 이번에는 시간을 끌 필요 없이 남은 1명이 다른 진지로 가고, 4명이 태현, 케인, 도동수가 있는 곳으로 찾아온 것이다.

　거기까지는 괜찮았다. 침착하게 플레이한다면 상대의 스킬에 당하지 않고 싸워나갈 수 있었으니까.

　그러나 도동수는 다시 한번 돌격했다.

　파파파파팟!

　"야 이 개- ×××아!"

　케인의 고함에도 아랑곳하지 않고 도동수는 돌진했다. 팀 에이트 입장에서는 '이게 웬 떡이냐' 싶을 수밖에 없었다.

　냉큼 덥석 먹는 팀 에이트! 원래라면 '이거 뭔 함정 아닌가' 하고 의심할 수준의 자폭이었지만, 도동수는 그대로 들어가서 잡혀주었다. 이렇게 되니 팀 에이트 입장에서는 도동수를 믿을 수밖에 없었다.

　저놈은 확실히 구멍이야!

　기세 좋게 달려가서 정신 지배를 당하는 도동수를 보며 태현은 확신했다.

　'저 자식, 결심했군.'

　도동수는 결심한 것이다. 개망신을 당하는 한이 있더라도 태현을 엿 먹이겠다고!

'저 욕심 많은 자식이 제멋대로 결심했을 리는 없는데……
저 자식을 설득할 수 있는 놈이 누가 있지?'.

'제카스! 그래. 그거면 말이 되네.'

제카스가 와서 도동수를 꼬드겼다면 말이 됐다. 둘 다 태현
에게 당한 놈들이니 서로 뜻이 통했으리라.

'성가시게…….'

아까 대기실에서 눈을 감고 다른 걸 고민하고 있었다. 이세
연은 '패배의 충격 때문인가?' 하고 넘어갔지만, 사실 아니었
다. 태현은 이걸 의심하고 있었던 것이다.

도동수의 수상쩍은 태도. 도동수가 갑자기 혼자 미쳐서 안
하던 결심을 할 리는 없을 테니…….

'방법은 있지만 그 뒤가 문제군.'

결승전에서 우승할 수 있는 방법은 몇 개 생각해 놓고 있었
다. 문제는 그 뒤였다. 뒷감당을 어떻게 하느냐?

진흙탕 싸움을 하느라 같이 밑으로 추락하는 건 태현의 자
존심이 허락하지 않았다. 이미지가 망가지는 건 괜찮았지만
도동수의 속셈대로 같이 망가지는 건 절대 안 됐다.

'어차피 제카스나 도동수 같은 놈들이 손을 잡았다면 판온
1때 랭커 놈들도 계속 나올 거다. 그놈들이 계속 입을 털어대면
내가 아무리 때우고 때워봤자 한계가 있을 거고. 아무래도……
각오를 해야겠군.'

태현은 각오를 다졌다. 원래 영원히 갈 거라고 생각한 비밀

은 아니었다. 적당히 판온 2의 캐릭을 성장시키면 공개하려고
했던 비밀!

2경기도 패배. 이세연은 태현을 따로 불러내서 물었다.

"아까 말했었지. 생각이 있다고. 말해줄래?"

"말하는 건 좋은데 네가 화를 낼 거 같아서."

"대체 뭔 방법을 쓰려고……."

"나하고 도동수가 사이가 더 안 좋아질 방법이지."

"뭐라고 하지는 않겠어. 나도 지금 상당히 화가 났으니까. 좋
아. 내가 뭘 해야 해?"

"평소대로 해. 다만 좀 더 공격적으로 해도 될 거야. 김철수
와 같이 움직여서 진지로 간 다음, 아무도 없으면 김철수를 두
고 너는 다음 진지로 이동해. 상대도 어차피 한 명일 테니까."

2명, 3명을 상대하는 팀 에이트의 조합은 1명, 4명일 것이다.
그렇다면 이세연이라면 충분히 일대일이 가능할 테니 놀려둘
필요가 없었다.

'아마 우리 인원의 위치를 파악하는 건 사제들이겠지. 경기
가 시작되고 흩어지면 파악하기 힘들 거고.'

-한국 대표팀이 1, 2경기를 속수무책으로 패배하다니, 누가
알았겠습니까! 무패 전승으로 무적으로 보이던 한국 대표팀이

이렇게 수세에 몰립니다!

  -이렇게 되면 첫 대회의 영광스러운 우승컵을 가져가게 될 팀은 팀 에이트일까요?

  -그렇다고 봐야겠죠. 지금 전혀 대처할 방법을 세우지 못하고 있어요.

  전 프로게이머 해설가인 배중환은 인상을 쓰며 말했다.

  -솔직히 말해서 전 실망했습니다. 한국 대표팀에게요. 저 정도도 뚫지 못하고 무너지다니요.

  -아하하. 배중환 해설자님 말씀이 좀 독하시네요.

  -지금 침착하게 상대하면 팀 에이트의 전략도 분명히 허점이 있거든요. 그런데 도동수 선수는 계속 덤벼들고 있어요. 저게 나 잡아달라는 거지 뭡니까! 저렇게 먼저 당해 버리면 다른 팀원들은 아무것도 할 수 없잖습니까. 최악입니다, 최악!

  배중환 해설자가 침을 튀겨가며 비판을 해댔다. 김수아 캐스터와 동생 배중열이 말리려고 했지만 배중환은 날 선 비판을 멈추지 않았다.

  -대회 시작 전에 MBS 쪽에서 한국 대표팀 선발 기준에 문제가 있다는 소문이 돈 적 있었잖습니까. 팀원들끼리의 제대로 된 대화 없이 너무 멋대로 뽑은 거 아니냐고. 이런 모습을

보여주면 그 소문이 사실이라는 것밖에 더 되겠습니까?

'형, 미쳤어?!'

배중열은 기겁해서 배중환의 정강이를 걷어찼다. 카메라 화면에 안 보이는 절묘한 공격! MBS 대회에서 해설자가 이런 소리를 했다가는 크게 문제가 될 수 있었다.

아무리 맞는 소리라고 해도 그렇지!

'미안하다, 동생아!'

정강이를 얻어맞은 배중환이 정신을 차렸다. 당황하던 김수아가 재빨리 수습에 들어갔다.

-아직은 모릅니다! 한국 대표팀도 강한 팀이니까요.

-그렇습니다. 강팀의 저력은 언제나 이럴 때 나오는 법이죠. 이제까지 기상천외한 전략을 보여줬던 것처럼, 김태현 선수가 새로운 방법을 찾아내지 않을까 생각해 봅니다.

그러나 이미 게시판에서는 벌써 '방송사고 났다ㅋㅋㅋㅋㅋ', '배중환이 MBS 깜 ㅋㅋㅋㅋㅋㅋㅋ' 같은 글들이 올라오고 있었다.

3경기가 시작되고 나서 태현이 가장 먼저 한 건 요리였다.

"가능한 버프는 모두 받고 가야지. 1, 2경기 동안 요리 재료

모아놨으니까 먹고 들어가자."

"……그, 그래."

이세연은 황당했지만 아까 태현이 말한 게 있어서 일단은 고개를 끄덕였다. 김철수도, 케인도 순순히 요리를 기다렸다. 급조한 돌냄비에 간단한 스튜를 끓였지만, 원래 태현의 요리 스킬들은 이런 상황에서 빛이 났다. 적고 한정된 재료만으로도 기적 같은 결과물을 만들어내는 능력!

물론 도동수는 아랑곳하지 않고 가려고 했다.

그 모습에 케인이 울컥해서 외쳤다.

"야. 넌 안 먹냐?"

대답도 하지 않고 가려는 도동수.

"이 자식이 진짜 기껏 만들어서 버프 주려고 하니까…… 야! 너 적팀 스파이지?!"

무심코 정답을 짚은 케인! 태현은 속으로 뿜을 뻔했다. 아무것도 모르는 케인이었지만 상황은 좋게 흘러가고 있었다.

"먹고 가 새끼야! 또 정신 지배 당해 가지고 방해하지 말…… 잠깐, 정신 지배 당할 거면 안 먹는 게 낫겠다. 먹지 마라."

"……내놔라."

태현은 어떻게 요리를 먹일까 고민하고 있었다. 그런데 케인 덕분에 일이 쉬워졌다. 도동수도 대놓고 감정이 얼굴에 드러나는 케인은 의심하지 않는 것이다.

'여기서 요리도 안 먹고 가면 너무 수상할 테니까.'

1, 2경기는 혼자 공을 독차지하고 싶어서 돌격을 했다고 변

명을 해도, 지금 요리를 안 먹고 가는 건 좀 변명하기가 뭐했다.

도동수는 나중에 대회가 끝나면 제카스와 손을 잡고 언론플레이를 할 생각이었다. 그러려면 최대한 할 수 있는 건 할 생각!

덥석- 우물우물!

'맛있긴 맛있군.'

도동수는 이 스튜가 상황에 안 맞게 쓸데없이 맛있다는 생각을 했다.

[즉석에서 만든 분노의 스튜를 맛봤습니다.]

[모든 능력치가 일시적으로 오릅니다. 몸이 마비됩니다. 움직일 수 없습니다.]

도동수는 눈을 깜박였다. 방금 뭐라고?

그러거나 말거나 태현은 도동수에게 다가가 친근한 태도로 어깨에 팔을 올렸다.

"내가 마비 재료 찾느라 1, 2경기 동안 좀 뺑뺑이 돌았다. 네가 안 먹으면 어쩌나 싶었지."

"이런 미친놈⋯⋯!"

"하하. 아직 시작도 안 했는데 벌써 그러면 안 되는데."

-살아 움직이는 폭탄!

태현은 바로 도동수의 몸에 손을 대고 스킬을 사용했다.

케인은 그걸 보고 경악했다. 저 요리에 저런 함정이 있었구나!

"도동수를 폭탄으로 쓰려고 요리를 한 거였냐?!"

"버프도 받고 도동수도 폭탄으로 쓰고…… 너 연기 잘하더라."

태현의 말을 들은 도동수가 핏발 선 눈으로 케인을 노려보았다. 케인은 황급히 손을 내저었다.

"난 몰랐어!"

"자식. 연기 그만해. 가끔 보면 네가 나보다 더 사악하단 생각이 들 때가 있어."

"진짜 몰랐다니까?!"

그러나 도동수의 눈에는 다 알면서 모르는 척하는 가증스러운 모습으로밖에 보이지 않았다.

"업어라. 케인. 움직일 거니까. 시간 없다!"

"……에라 모르겠다!"

케인은 도동수를 냉큼 들고 달리기 시작했다. 일단 자기가 폭탄이 된 게 아닌 것만으로도 충분히 만족!

이세연과 김철수는 빠르게 움직이기 시작하는 셋을 보며 서로 마주 보았다. 그리고 한숨을 내쉬었다.

"도동수, 김태현, 케인이 같이 움직입니다."

"이것들 전 판에 져놓고 또 똑같이 움직여? 바보들인가? 학습 능력이 없네."

"시끄럽다. 집중해라. 태수한테 한 소리 듣고 싶냐?"

"아니, 사실이 그렇잖아. 좀 심한데? 우리가 강한 건가?"

두 사제는 시시덕거리며 웃었다.

그럴 법도 했다. 결승전이 시작되기 전만 해도 무패전승으로 가장 강력한 우승 후보였던 한국 대표팀이 처참하게 2연패를 한 것이다. 당연히 긴장이 풀릴 수밖에 없었다.

"내 생각에 상대 팀 선수들이 사이가 안 좋다는 게 진짜인 거 같아. 그게 아니면 설명이 안 돼. 도동수 봤지? 아무리 욕심에 눈이 멀어도 그렇지 뇌가 있는 이상 그렇게 개돌을 할 수가 없다니까."

"온다!"

넷은 긴장한 얼굴로 자세를 잡았다. 이제까지는 쉽게 이겼지만 상대는 만만히 볼 수 없는 상대였다. 바라는 게 있다면 도동수가 아까처럼 먼저 돌진해서 쉽게 스킬에 걸려주는 것!

"위에! 위다!"

"허튼수작을……!"

위에서 무언가 빠르게 날아오는 걸 발견한 팀 에이트 플레이어들은 재빨리 움직였다.

"……도동수다! 잡아!"

탱커 한 명이 방패를 들더니 위에서 떨어지는 도동수를 후려쳤다.

픽!

-상급 방패 밀쳐내기!

가까이 붙은 상대를 후려쳐 스턴 상태로 만드는 스킬. 도동수를 제압해서 정신 지배를 걸려는 상황에 딱 맞는 스킬이었다.

"잡았다! 하하!"

"빨리 묶어! 정신 지배 걸어!"

팀 에이트 플레이어들은 신이 나서 외쳤다.

2경기처럼 3경기도 쉽게 풀리려나 보다! 도동수를 정신 지배만 하면 지려고 해도 질 것 같지 않았다.

"읍읍! 읍읍읍!"

그런데 도동수의 입에 급조한 것 같은 조잡한 재갈이 물려 있었다.

'이런 기본 장비가 있었나?'

의문을 품기도 전에, 도동수의 몸이 빛나기 시작했다.

"어……."

콰콰콰콰콰콰콰콰콰쾅!

"일단 한 경기는 간신히 이겼군."

앞쪽에서 거대한 폭발이 터져 나오는 걸 보며 태현은 만족스럽게 중얼거렸다. 하필 네 명이 모여서 도동수를 제압하려고 덤벼든 덕분에 인간 폭탄의 효과를 제대로 맛보게 되었다. 케인은 복잡한 표정으로 폭발을 지켜보았다.

원래라면 저게 그의 역할이라고 생각하니 웃으며 볼 수가 없었던 것!

"야. 근데 저렇게 죽으면 도동수가 킬한 걸로 뜨냐, 내가 킬한 거로 뜨냐?"

"지금 그게 중요하냐?!"

To Be Continued

Wish Books

崑崙 곤륜패선
覇仙

윤신현 신무협 장편소설
WISHBOOKS ORIENTAL FANTASY STORY

선대의 안배로 인해 시공간의 진에 갇힌
곤륜의 도사 벽우진.

"······뭐야? 왜 이렇게 되어 있어?"

겨우겨우 탈출해서 나온 그의 눈에 보이는 것은!

"정말, 정말 멸문했다고? 나의 사문이? 천하의 곤륜파가?"

강자존의 세상, 강호.
무너진 곤륜을 재건하기 위해 패선이 돌아왔다!

곤륜패선(崑崙覇仙)

'이왕 할 거면 과거보다 더 나은 곤륜파를 만들어야지.'

만 년 만에 귀환한 플레이어

나비계곡 퓨전 판타지 장편소설
WISHBOOKS FUSION FANTASY STORY

어느 날, 갑작스럽게 떨어진 지옥.
가진 것은 살고 싶다는 갈망과 포식의 권능뿐.

일천의 지옥부터 구천의 지옥까지.
수십만의 악마를 잡아먹고 일곱 대공마저 무릎 꿇렸다.

"어째서 돌아가려 하십니까?"
"김치찌개가… 김치찌개가 먹고 싶다고."

먹을 것도, 즐길 것도 없다.
있는 거라고는 황량한 대지와 끔찍한 악마뿐!

"난 돌아갈 거야."

「만 년 만에 귀환한 플레이어」